세상의 모든 부모에게 반늘 내며,
끝날 후에도 차늘 많이 미안했다.

하지만 분명한 것 하나,
나도 누구도 결국은 부모들이 걸어가는
그 길위에 놓여있던 거다.

절해 다른 길위에 놓여있는 게 아니라.

남희경 아빠가
2016. 7.

디어 마이 프렌즈

# 디어 마이 프렌즈 **2**

**초판 1쇄 발행** 2016년 8월 2일
**초판 11쇄 발행** 2022년 10월 11일

**지은이** 노희경
**소설 구성** 이성숙 노을
**펴낸이** 金滇珉
**펴낸곳** 북로그컴퍼니
**주소** 서울시 마포구 와우산로 44(상수동), 3층
**전화** 02-738-0214
**팩스** 02-738-1030
**등록** 제2010-000174호

ISBN 979-11-87292-26-5 04810
      979-11-87292-22-7 (세트)

노희경 원작 소설

# 디어 마이 프렌즈

Dear My Friends

2

북로그컴퍼니

# 우리가 사랑하는, 사랑했던,
# 순간은 버리고 싶은
# 우리 부모들의 이야기

작가가 되어서 이렇게 잔인해도 되나. 드라마의 결말을 쓰며, 내 잔인함에 내가 소름이 돋았다. 아무리 포장해도 이 드라마의 결론은, 부모님들 자식들에게 의지하지 마세요, 우리 살기 바빠요, 그러니 당신들은 당신들끼리 알아서 행복하세요, 우리는 이제 헤어질 시간이에요, 정 떼세요, 서운해하지 마세요, 어쩔 수 없잖아요, 그것 아닌가 싶었다. 그래서 세상의 모든 부모에게 쓰는 내내, 끝난 후에도 참 많이 미안했다.

하지만, 분명한 것 하나, 나도 누구도 결국은 부모들이 걸어간 그 길 위에 놓여 있단 거다. 전혀 다른 길 위에 놓여 있는 게 아니라.

드라마를 함께한 친애하는 나의 늙은 동료 배우 선생님들, 완이를 내세워 내뱉은 살벌한 작가의 꼰대 뒷담화에 맘도 아리셨을 건데, 너그러이 괜찮다 받아주신 것, 눈물 나게 감사한 마음이다. 더러는 아파서, 불편해서, 이 드라마를 보고 싶지 않다고 하는 시청자도 있는데, 당신들은 당신들의 불편한 얘기를 온몸으로 마주하고 서서, 표현하면서, 얼마나 막막하고 두려우셨을까. 가슴이 먹먹하다. 그리고 배운다. 나도 당신들처럼 어떤 미래가 닥쳐도 내 앞에 주어진 길을 피하지 않고 당당하고 치열하게 걸어가리라. 도망치지 않으리라. 웃음도 잃지 않으리라.

대본을 소설 작업해준 이성숙 작가와 노을 작가에게 고마운 마음이다.

노희경

차례

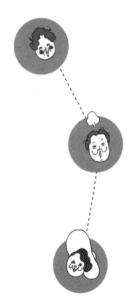

작가의 말 / 4

그건 내게도 아픔이었어 / 11

조짐은 그렇게 소리 없이 온다 / 21

앞으로 내 인생에 끼어들지 마 / 31

사랑보다는 우정 / 37

인생 정말 아름답지 아니한가 / 46

보고 싶으면 달려가면 그만인 것을 / 56

지금껏 살아줘서 참 고맙다 / 63

삶이라는 리듬을 타고 / 73

인생, 심심할 겨를이 없구나 / 78

너에게 가는 길 / 86

괜찮아, 그럴 수 있어 / 94

약속하지 말고 그냥 가 / 101

그렇게 그녀는 떠났다 / 109

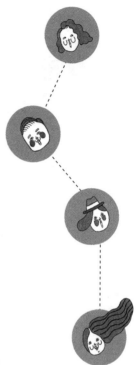

복수의 칼날을 갈며 / 116

누구에게나 만만찮은 게 인생 / 126

반드시 행복하기 / 134

꼰대는 외로워 / 138

진실한 이야기 / 149

길들여진다는 것 / 164

그냥 친구처럼 살다 가면 좋을 건데 / 170

네 엄마한테 잘해, 년아 / 180

맘은 안 늙을 줄 알았는데… / 186

과연 우리는 모여 살 수 있을까? / 194

모르고 지은 죄, 천 가지 만 가지 / 200

그녀의 밤 외출 / 211

엄마… 나 좀 무서워 / 216

우리 모두의 엄마를 위하여! / 228

석균의 된장국 / 232

엄마 인생에도 사랑이 / 240

희자 그거 불쌍해서 어떡하니 / 247

인생, 아끼다 엿 됐다 / 257

그녀는 어디로 가고 있는 걸까 / 264

끝까지 엄마답게, 끝까지 투사처럼 / 275

넌 왜 맨날 사는 게 힘드니? / 286

지금부터 엄마 딸 말고, 친구 하자 / 296

지금처럼 혼자 살 수 있어 / 301

우리는 눈물 흘릴 자격도 없다 / 305

사랑하는 사람들을 위해 할 수 있는 일 / 311

이제야 좀 위로가 된다 / 322

이젠 돌이킬 수 없는 일 / 333

우리 자식들의 잘못은 단 하나 / 341

이젠 울어도 돼 / 348

사랑도 별거 아니네 / 353

둘 사랑이 깊고 예쁘더라 / 358

이제 정말 그건 꿈이네 / 366

우리들의 러브 스토리 / 374

인생이란 얼마나 잔인한가 / 381

자유롭게 길 위를 달리다 / 388


에필로그 / 396

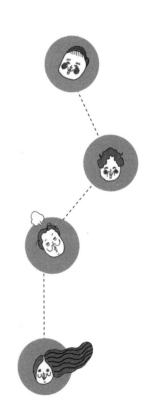

# 그건 내게도
# 아픔이었어

"왜 나 죽이려 그랬어? 들판에서…."

완이 그날 일을 추궁하고 있다.

"들판은 무슨… 지, 지랄. 너 미쳤냐? 별 그지 같은… 말 같지도 않은 소릴 해대고."

살다 보면 늪에 빠진 기분이 들 때가 있다. 세상에 버림받고 배신당해 외로움에 치를 떨며 늪의 바닥까지 가라앉는 순간, 자신에게 남은 건 죽음밖에 없다는 체념이 밀려오는 그런 순간이 있다. 난희에게는 그날이 그랬다. 그래서 평생 없었던 일처럼 묻어두고 싶었는데, 완이 그걸 파헤치고 있다.

얼음장처럼 굳어 있던 난희가 자리에서 일어났다. 짐을 챙기는 손이 덜덜 떨렸다. 완이 기억하지 못하길 바랐다. 살

면서 한 번도 그날 일을 꺼내지 않아 잊은 줄 알았다. 잊어
줘 다행이라 여기며 살아왔다. 그랬는데 지금껏 독을 품듯
마음속에 품고 있었던 모양이다.

난희는 완과 마주할 자신이 없어 허둥지둥 현관으로 나갔
다. 그러다 문득, 지금 자신에게 중요한 건 다 지나간 옛날
일이 아니라 현재 완의 일이라는 게 떠올랐다. 완이는 동진
과의 관계에 대해 똑 부러지게 답하지 않았다. 난희가 다시
집으로 들어가 완이를 몰아붙였다.

"너 정말 동진이 안 사귀었어? 근데 입은 왜 맞춰! 왜 껴
안아? 미치지 않고서 유부남을 왜 껴안아? 이게 어디서 거
짓말을…."

"그건 실수야."

완이 말꼬리를 자르며 담담하게 답했다. 아무렇지 않게
연필을 깎는 완을 보니 속에서 열불이 났다.

"실수? 말이 좋다, 기지배야! 그리고 뭐, 네가 엄마 말을
잘 들어? 내 말을 그렇게 잘 들어서 유부남이랑 처놀아, 미
친년아! 웃기고 있어."

난희는 실컷 욕을 퍼붓고 다시 현관으로 걸어갔다.

"기다릴게."

난희의 악다구니를 온몸으로 뒤집어쓴 완이 담담한 얼굴
로 말했다. 완은 마음의 준비가 되어 있었다. 연하나 동진과
의 관계가 아니라 그보다 더 근원적인 엄마와의 관계를 정

리할 때가 되었다. 그래야 엄마로부터 독립된 삶을 살아갈 수 있을 테니까.

"애미 알길 길바닥 개똥만큼도 안 여기는 년! 네 애비가 엄마한테 한 짓거릴 몰라서 네가 그 짓거리야? 실수? 실수! 뚫린 아가리라고 함부로 지껄이고 있어, 기지배가!"

문이 큰 소리를 내며 닫히자 방금 전 소란이 거짓말인 것처럼 집 안이 고요해졌다. 완은 연필을 내려놓고 노트북을 열어 어제 써놓은 문장 한 줄을 뚫어지게 노려봤다.

'난희 이야기.'

완은 자신이 엄마의 것일 수밖에 없다는 무거운 올가미가 이제 더 이상 두렵지 않았다. 엄마의 소유욕과 자신의 분리불안에서 벗어나는 첫발을 그렇게 내디뎠다.


물밀듯 몰려드는 손님들이 오늘처럼 곤혹스러울 수가 없다. 난희는 억지웃음 짓는 게 버거워 직원에게 카운터를 맡기고 주방으로 들어갔다.

하지만 부글거리는 감정을 주체할 수 없어 혼잣말을 하며 탕수육을 튀기다 결국 사고를 치고 말았다. 펄펄 끓는 기름이 얼굴에 튄 것이다. 놀란 직원이 가져다준 얼음으로 얼굴을 문지르던 난희가 앞치마를 벗었다.

"오늘 삼십 명 단체손님 오는 거 알지? 탕수육 초벌 한 거니까 구분 잘 해놔. 나 퇴근한다."

단체손님이 예약된 날 자리를 비우는 난희가 아니었지만 이러다 더 큰 사고를 치지 싶어 미련 없이 가게를 나왔다. 그러나 갈 곳이 없었다. 집에 들어가 쉬고 싶어도 완의 얼굴을 떠올리니 마음이 편치 않았다.

　난희는 대형 마트로 차를 몰았다. 특별히 살 게 있는 건 아니었지만 완이 돌아갈 때까지 시간을 때울 참이었다. 식품 코너에서 카트에 물건을 담고 있는데 문자 수신음이 울렸다. 난희는 중얼거리듯 문자를 읽어나갔다.

　"어머니, 저 동진입니다. 오해가 있으신 거 같은데, 저 완이랑 어머니가 염려하시는 관계 아닙니다. 아내랑 곧 미국에 들어갑니다… 미친놈! 염병 지랄! 병 주고 약 주는 것도 아니고! 미국에 여편네랑 들어갈 놈이 왜! 내가 이걸 모가지를 콱!"

　난희는 휴대폰을 주머니에 집어넣었다. 오해였다니 천만다행이고 미국에 들어간다니 더 바랄 나위 없지만, 동진 때문에 완이와 자신이 사달이 났다 생각하니 화가 났다.

　마트에서 장을 보며 두어 시간쯤 보내고 온 난희는 거실 창에 어른거리는 그림자를 보고 멈춰 섰다. 지금쯤 제집으로 돌아갔으려니 했건만 완은 아직 자신을 기다리고 있었다. 장 본 것들을 현관문 앞에 내려놓고 문을 열까 말까 망설이던 난희가 다시 짐을 들고 차로 돌아갔다. 그날 일에 대해 해명을 요구하는 완이를 마주할 자신이 없었다. 무슨 말을 할 수 있을까. 그날을 생각하면 지금도 간담이 서늘한데.

술이라도 마시며 시간을 보낼까 싶어 충남에게 전화했더니 조카 주영이 받았다.

"우리 고모가 죽고 살 일 아니면 나중에 하시라는데요? 젊은 교수 친구들 오셔서 늙은 친구들은 관심 없으신가 봐요."

"죽고 살 일은 아니지만 주영아, 고모한테 늙은 친구도 친구라고 전해라."

충남의 성향을 잘 아는지라 크게 서운한 맘은 없었다. 그런데 영원이마저 촬영 중이라고 하자 맘 편히 술 마실 친구도 없는 신세가 한심스럽게 느껴졌다. 아무것도 모르는 희자와 정아에게 괜한 말을 할 수도 없는 노릇이어서 친정집으로 차를 몰았다.

"연하가 딱 좋았는데… 왜 장애인이 됐어."

운전을 하던 난희가 연하 생각에 마음이 아파 괜히 중얼거렸다. 기다리다 지쳤는지 완에게서 전화가 왔다.

"어디야?"

"할머니네 가."

난희가 쌀쌀맞게 대꾸했다.

"내가 집에서 기다리는데 할머니네를 왜 가?"

완의 목소리엔 아무 감정이 없었다.

"네가 기다리거나 말거나, 내가 가고 싶으면 가는 거지.

내가 뭐 할머니네 가는 것도 네 허락받아야 가? 네가 언제부터 날 챙겼어!"

차분한 완의 태도에 난희는 오히려 목소리를 높이고 전화를 끊었다. 완이 그날 일에 대해 차갑게 추궁할수록 난희는 자신이 허둥대고 있다는 걸 느꼈다. 삼십여 년 키워온 딸이 남처럼 느껴지기는 처음이었다.


친정에 도착했을 때 쌍분은 나가고 없었다. 난희는 장 본 비닐봉지에서 고기를 꺼내 저녁을 준비했다.

난희가 갓 구운 고기를 후후 불어 호진 입에 넣어주는데, 인봉은 뾰로통한 표정으로 한쪽 벽에 기대앉아 딴 데만 보고 있다.

"넌 진짜 안 먹어?"

인봉이 심통 난 어린애처럼 대꾸도 않자 난희가 젓가락으로 고기 한 점을 집어 다가갔다.

"소고기야. 좀 먹어봐. 이거 등심이야. 부드러워. 먹어."

난희는 살살 달래며 인봉 입에 고기를 넣어주려 했다. 그러나 인봉은 난희의 손등을 탁 쳐 고기를 떨어트리고는 절뚝이며 밖으로 나가버렸다.

"저거, 저거… 싸가지 봐, 싸가지."

난희는 떨어진 고기를 주워 먹으며 대문 쪽을 향해 소리쳤다.

"누나 내일 새벽시장 가야 돼! 설거지하고 가게 밥 먹어, 인봉아!"

호진이 인봉에게 가보라는 듯 난희 등을 쳤다. 난희는 아버지에게 꼭꼭 씹어 드시라고 당부하고, 부리나케 인봉을 따라 밖으로 나갔다. 집 밖 들판으로 나와 두리번거리던 난희는 나무에 기대 소변을 보는 인봉을 발견했다.

"집 놔두고 길가에서…. 사내구실은 잘하겠다."

"왜, 다리병신은 밤일도 안 될까 봐!"

인봉이 뾰족하게 날을 세워 쏘아붙였다.

"걱정되지 누난. 남의 딸 데려다가… 너 허리 못 쓰고 똥오줌 받아내던 게 엊그제야. 칠 년 누워 있다가 걸어 다닌 지 이제 이삼 년도 안 되잖아. 암마, 자끌린은 너 안 좋아할지도 몰라. 돈만 이천 쓰고 여자 날르면? 재 너머 아재도 여자가 돈만 갖고 날랐다며! 여자 돈으로 사는 거 아니야."

"자끌린도 나 좋아해."

인봉이 바지춤을 추어올리고 난희 쪽으로 돌아서며 맺힌 걸 쏟아내듯 소리쳤다.

"내가 다리병신이래도 농사도 짓고, 나무도 패고, 밭도 가는데 왜! 장애인은 여자가 좋아하면 안 되냐?"

난희는 문득 장애인이 된 연하를 완이 아직도 좋아하는 건 아닐까 걱정스러웠다. 장애인의 아내로 산다는 건 현실적으로 너무 어려운 일이다. 인봉이 이렇게나마 걷기까지 본인 못지않게 가족들도 힘들었다. 경제적인 문제도 무시할 수 없는 일이다. 난희는 딸이 그런 짐을 지지 않기를 바랐다. 자끌린도 마찬가지다. 난희는 벌써 멀찍이 걸어가고 있는 인봉을 향해 소리쳤다.

"야, 자끌린은 말도 안 통하잖아!"

"돈 주기 싫으면 말어! 쓸데없는 소리 말고!"

"얌마, 내가 돈을 얼마나 많이 버는데 설마 그 돈이 아깝겠냐? 결혼하면 애도 낳아야 할 건데 엄마도 누나도 생각이 많지! 너는 아프고. 인봉아, 인봉아!"

난희는 인봉을 짠하게 바라보다 발길을 돌렸다. 순간, 그녀의 눈에 잡풀이 우거진 들판이 들어왔다. 완이 말하던 삼십 년 전의 그 들판이다.

묻으려 해도 묻히지 않는 상처가 있다. 묻고 싶은 상처일수록 어느 순간 생살을 에는 아픔으로 올라오고야 마는 것인가 보다. 그날의 기억이 그녀의 심장을 움켜잡고 흔드는 듯 가슴이 옥죄어왔다.


그 시각 쌍분은 영원의 촬영장을 찾았다. 딸 친구에게 아쉬운 소리 하러 가는 발걸음이 가볍지는 않았다. 그러나 노부부 죽고 혼자 남을 인봉을 생각하면 결혼이라도 시키는 게 맞겠다 싶었다.

영원은 자신의 분량을 찍자마자 이동용 의자를 가지고 쌍분 옆으로 왔다. 쌍분이 영원을 찾아온 이유를 설명하자 그녀는 어이없는 웃음을 터트렸다.

"엄마, 내가 잘나가는 대배우야. 돈 이천 정도는 전화로 하지 뭐하러 노친네가 여길 와. 버스 타고, 버스 타고, 버스 타고… 몇 번을 갈아탔을 건데."

"너 암 걸려서 돈 들잖아."

쌍분은 미안한 마음에 얼굴을 떨군 채 중얼거렸다. 영원은 짠한 표정을 감추고 따뜻하게 웃었다.

"참나… 그래도 그 돈은 있지. 그리고 난희 됐다 뭐해? 엄마, 난희 사장님이야, 사장님. 설마 걔가 엄마한테 돈 안 줘?"

"맨날 줘도 모자라. 전봇대에서 떨어진 인봉이 새끼, 숨만 깔딱거리는 거 살린다고 재작년까지 수술을 열두 번을 하고. 억에 억을 더 쓰고, 사시사철 비싼 보약 해대고, 아버진 툭하면 응급실 가고…. 장사 잘되면 뭐해. 옆에서 다 써 조지는데. 나는 안 죽고…."

"엄마가 죽긴 왜 죽어!"

쌍분의 속마음을 이해한 영원이 속상해 낮게 꾸짖었다.

"애미, 애비, 동생이 아니라 돈 쓰는 귀신들이야. 나 죽으면 화장하고 선산 팔아서 너 가져. 그리고 돈 줘. 난희한테 말하지 말고. 어차피 조카들 낳으면 반은 또 난희 몫이야. 미친놈, 씨를 못 뿌리게 내가 아주 아랫도리를 묶어버릴 거

여.”

그 말에 영원이 깔깔 웃었다.

“인봉이 아랫도리를 뭐로 묶게. 쇠사슬로 묶게? 노친
네… 진짜.”

“평생 돈 걱정이다, 이놈의 팔자는.”

한숨 지으며 말을 마친 쌍분이 덤덤히 자리에서 일어났
다. 큰 시름 하나 던 것 같아 마음이 한결 가벼웠다.

# 조짐은
# 그렇게 소리 없이 온다

희자는 산동네 오르막길을 오르며 땀을 뻘뻘 흘리고 있었다. 다리가 후들거리고 괜히 오줌이 마려운 것처럼 아랫배가 찌릿찌릿했다. 앞서가는 젊은 부동산업자는 조금만 더 가면 된다며 껑충껑충 오르막길을 잘도 올라갔고, 뒤이어 가는 정아도 다부지게 걷고 있었다. 뒤처진 희자가 숨을 몰아쉬며 손을 휘저었다.

"저, 정아야…"

돌아선 정아 얼굴엔 귀찮은 기색이 역력했다.

"뭐한다고 따라와서 사람을 불러. 성당에나 가! 그저 사람을 귀찮게…"

말을 마치고 성큼성큼 걸어가는 정아를 희자가 서운한 눈으로 올려다봤다. 혼자라도 돌아갈까 싶어 뒤를 보니 끝없이 이어진 내리막길이 까마득하게 느껴졌다. 어쩔 수 없이 한숨을 내쉬고 다시 가파른 길을 올랐다.

그렇게 도착한 곳은 금방이라도 쓰러질 것 같은 낡은 집이었다. 관리가 안 된 좁은 마당엔 떨어진 나뭇잎과 흙무더기가 나뒹굴고 집 여기저기에 거미줄이 얽혀 있었다.

"아휴, 왜 안 열려 이게!"

정아가 열리지 않는 문짝을 잡고 씨름하는 사이 희자는 심드렁한 표정으로 평상에 앉았다. 순간, 정아가 '엄마야!' 하더니 뚝 떨어져버린 문짝을 들고 큰 눈을 껌뻑였다.

"귀신 나오겠다."

희자는 집이 마음에 들지 않아 고개를 저었다.

"경관은 좋은데."

정아가 한쪽에 문짝을 내려놓으며 껄껄 웃었다. 높은 산동네 꼭대기에 있는 집이라, 낮은 담벼락 아래로 훤히 내려다보이는 전망은 속이 시원할 만큼 탁 트이고 좋았다.

"나이 들어 이 산길을 삼십 분씩 걸어서…. 너 늙어서 못다녀."

"살 빼고 좋지 뭐. 마을버스도 있대."

정아는 집이 마음에 드는지 여기저기 꼼꼼히 둘러보고 마당에 있는 수도도 틀어보았다.

"물은 잘 나오네."

희자가 정아 팔목을 붙들었다.

"여긴 안 돼. 나한테 여긴 둘째 있는 필리핀보다 멀어. 거긴 차 타고 비행기 타면 가지만 여긴…."

"우리 동네에서 얻으라는데 네가 네 동네에서 얻으라며! 그래서 굳이 여기까지 왔는데 그게 또 뭔 소리야! 필리핀이 멀지 어떻게 여기가 멀어! 너는 왜 싫은 것만 봐? 좋은 게 천진데!"

정아가 버럭 성질을 냈다. 적은 돈에 집을 맞추려니 희자 마음에 흡족한 집이 있을 리 없다. 그걸 모르는 바 아닐 텐데 어린애처럼 자기한테 맞추려고만 하는 희자가 정아는 못 마땅했다.

"아저씨, 다른 집 좀 봐요!"

희자는 이미 손을 휘저으며 대문을 나서는 중이었다.

그 뒤로도 희자는 정아가 이만하면 괜찮다는 집들을 연달아 세 번이나 안 된다며 말리고, 그냥 같이 살자고 조르기까지 했다. 먼저 지쳐버린 사람은 부동산업자였다. 그는 더 보여줄 집도 없다며 마지막으로 반지하 집을 소개했다. 골목을 향해 나 있는 코딱지만 한 창문 앞에서 망연자실 서 있는 그녀들을 두고, 부동산업자는 먼저 떠나버렸다. 정아 눈치를 살피며 희자가 조심스럽게 말을 꺼냈다.

"운치는 있다. 나 신혼 때 이런 데서 살았는데. 근데 네가 두더지도 아니고 지하는…."

"볕이 안 들라나?"

"늙을수록 볕 받아야 돼. 골다공증 걸려. 우울증 생기고."

"그러게 볕은 받아야 되는데."

정아가 하늘을 올려다보며 어처구니없는 웃음을 지었다. 그때, 정아 휴대폰이 울렸다.

"동태찌개. 고춧가루 많이 넣고!"

석균은 제 할 말만 하고 전화를 뚝 끊었다. 정아가 한숨을 쉬자 희자가 묻는다.

"석균씨? 뭐래?"

"동태찌개 먹고 싶대."

그때 갑자기 반지하 방 창문이 열리더니 자다 깬 듯한 험상궂은 남자가 욕을 퍼부었다.

"뭐야, 썅! 할망구들이."

정아와 희자는 깜짝 놀라 뭐라 대꾸도 못 하고 서둘러 골목을 빠져나왔다.

"썅, 할망구래. 간만에 욕 들어본다."

희자가 어깨를 으쓱했다.

"네가 곱게 산 거지."

석균에게 주야장천 거친 말을 들으며 살아온 정아에게 이 정도 욕은 아무것도 아니었다.

"이제 어디 가?"

"동태 사러."

"석균 씨랑 언제 헤어져?"

"집 얻고 나면."

"동태찌갤 해주지 말던가 이혼을 말던가. 너도 참 볼수록 신기하다. 근데 이혼 도장 찍고, 말하고 집 나와야 하는 거 아냐? 이렇게 불쑥 나오면 석균 씨 놀랄 건데."

"놀라라 그래. 말하면 뭐 달라지나, 시끄럽기만 하지."

"애들한테는 말했어? 애들 놀랄 건데."

정아는 끝없이 이어지는 희자의 걱정에 신경 쓸 정신이 없었다. 그녀 머릿속엔 처음 봤던 집만 계속 아른거렸다.

"아까 첫 집이 난 좋던데…."

정아가 중얼거리다 걸음을 멈추고 말을 이어갔다.

"너 집에 가. 나 그 집 한 번 더 보고 갈게."

정아가 다시 오르막길로 가는 걸 보며 희자가 소리쳤다.

"사거리에서 동태 사서 기다릴게."


정아는 산동네 꼭대기 집을 다시 한 번 둘러보았다. 아무리 봐도 이만한 집이 없을 것 같았다. 답답하게 막힌 가슴이 시원하게 뚫리는 기분이 좋았고 마당까지 있어 더 마음에 들었다. 낮이면 마당에 나와 햇빛바라기도 하고, 밤이면 평상에 누워 별도 올려다보고. 나이 들어 호젓하게 지내기엔 부족해 보이지 않는 집이었다.

정아는 마음을 정하고 기분 좋게 희자와 만나기로 한 사거리로 갔다. 그런데 희자가 보이지 않았다. 전화도 받지 않고 한 시간 넘게 기다려도 나타나지 않았다. 정아는 슬슬 걱정이 되어 부리나케 그녀 집으로 걸음을 옮겼다.

희자네 집 대문 앞에 도착하니 성재가 서성이고 있었다.

"성재 씨!"

"어… 정아 씨."

성재는 정아가 퍽이나 반가운 기색이었다.

"희자 없어?"

정아가 걱정스러운 얼굴로 물었다.

"있어. 근데 안 열어주네."

그 말에 정아는 마음이 놓였다. 혹시 정신을 놓고 어딜 헤매고 있는 건 아닌지 괜스레 마음이 불안했던 참이다.

"얘가 돌았네, 진짜. 왜 사람을 밖에 두고…."

정아가 구시렁거리며 문 옆에 놓인 화분을 들어 올렸다. 화분 받침 밑에 숨겨둔 열쇠로 문을 열고 들어가자, 성재가 뒤따라 들어왔다. 평소처럼 소파에 앉아 묵주를 만들던 희자는 둘을 보고 고개를 갸웃거렸다.

"네가… 왜?"

"네가 왜는…. 너 사거리에서 동태 사서 나 기다린다 했어, 안 했어?"

"어머!"

그제야 생각이 났는지 희자가 만들던 묵주를 테이블에 내려놓고 손뼉을 쳤다.

"어머 같은 소리 하네. 미친 할마시 저거…. 동태는?"

"샀지, 샀지. 그거 샀는데, 갑자기 길가에 꽃이 너무 예쁘고, 쪼그만 강아지가 엄마를 잃고… 걔 따라오다 보니 집이더라고. 어쩐지. 내가 동탤 왜 샀나 했네."

희자가 주절주절 변명을 늘어놓으며 냉장고로 가 동태를 꺼냈다. 정아는 희자가 건넨 비닐봉지를 휙 낚아채고 한마디 했다.

"사람이 갑자기 없어지면 걱정을 얼마나 해! 전화는 왜 또 안 받아!"

"배터리가 없었나?"

"배터리도 챙기고 정신도 좀 챙겨! 나는 누구야?"

"정아."

"정신 멀쩡하면서 왜 그래? 그리고 성재 씨 문은 왜 안 열어줘?"

희자는 성재를 힐끗 보고는 정아에게 다가가 속삭였다.

"충남이."

정아는 의리를 지키겠다고 집에 찾아온 사람을 나 몰라라 한 희자가 오버한다 싶어 인상을 구겼다.

"성재 씨, 나중에 봐."

정아가 가자 희자가 성재를 재촉했다.

"가요."

성재는 제 가방에서 묵주 재료들을 꺼내다가 일어서서, 자신을 향해 있는 시시티브이를 문 쪽으로 휙 돌려버렸다.

"그걸 왜 돌려요?"

"이걸로 날 왜 찍어? 문 쪽에 두고 나쁜 놈 들어오나 안 들어오나 찍으련 되시."

희자는 시시티브이가 감시해야 하는 건 치매가 올지도 모르는 자신이라는 말을 차마 할 수 없어 입을 꾹 다물어버렸다. 성재는 다시 가방에서 묵주 재료들을 꺼내 테이블 위에 올려놓았다.

"이거 갖고, 묵주 만든 거 줘."

성재가 사무적으로 딱딱하게 말했다. 희자는 그가 묵주 때문에 왔다고 은근 내세우면서도 혹시 또 여행을 가자고 보챌까 괜스레 싫은 내색을 했다. 성재는 문전박대에 이어 대놓고 싫은 기색을 보이는 그녀에게 화가 났다.

"성당에서 가져오래! 나도 여기 오기 그랬는데, 신부님이 너 무사한지 가보라 그러고, 신도님이 묵주 만든 거 가져오라잖아. 묵주 재료, 그게 다 성당 재산이야. 너같이 묵주 만든다고 가져가서 팔아먹는 늙은이들이 많은지 꼭 챙겨 오래!"

성재는 자신이 왜 이런 변명을 늘어놓아야 하나 싶어 기분이 상했다. 희자는 완성된 묵주들을 보따리에 챙겨 그에게 건넸다. 그걸 가방에 넣고 현관으로 나가던 성재가 참지 못하고 돌아서 소리쳤다.

"좋냐? 이렇게 안 웃고 남처럼 할 말만 딱딱 하고, 내가 휙 가니까 속이 편하고 시원하냐?"

"안 불편해."

희자는 불편하고 말 것도 없었다. 나이 들어보니 남자보다는 친구가 좋고 편한 걸 어쩌랴. 오히려 성재 때문에 불편해할 아들 민호나 충남이 더 마음 쓰일 뿐이었다. 희자는 무심히 묵주 구슬만 꿰나갔다.

"내가 너랑 살자 그랬냐? 놀자 그랬지. 애인 하재? 친구 하재지. 맨날 집구석에서 이러고 있느니 차 타고 드라이브라도 하면 좀 좋아? 햇빛 받으면 좀 좋아!"

"정아도 운전해요. 가끔 둘이 드라이브해."

희자가 고집스럽게 말했다.

"꼬박꼬박 말대답은…. 관두자, 관둬."

성재가 문을 꽝 닫고 나가버렸다. 희자는 계속해서 묵주를 꿰다가 문득 드는 생각에 고개를 갸웃거렸다.

"참! 내가 정아한테 동태를 줬나?"


석균은 쪽쪽 소리를 내며 동태를 발라 먹다가 수저로 찌개를 헤집었다.

"동태 눈알이 어디 있나?"

냉장고 정리를 하던 정아가 냄비 안에 있는 동태 머리를 국자로 떠서 석균 그릇에 부어주고는 맞은편에 앉았다. 석균은 동태 머리를 들고 다시 쪽쪽 국물을 빨아 먹었다.

"동태는 눈알이지!"

"그치, 동태는 눈알이지."

정아는 담담히 석균의 말을 따라 하며 티슈를 뽑아 입가를 닦아줬다. 정아가 오랜만에 다정하게 대해주자 석균은 기분이 좋아 얼굴 가득 미소가 번졌다.

"서비스가 좋다! 내가 그렇게 냉장고 정리하래도 안 하더니 그것도 하고."

"잘해줄라고."

"왜?"

"볼 날… 얼마 안 남아서."

석균이 밥을 먹다 말고 깔깔 웃었다.

"네가 진짜 이제야 철이 드는구나. 잘 생각한 거야. 우리가 이제 살아봤자 얼마나 사냐? 오순도순, 오순도순! 부부는 그게 최고지. 넌 왜 안 먹냐?"

"당신 돈 아껴줄라고."

"그래. 살도 좀 빼고!"

곧 자신의 인생을 뒤흔들어놓을 엄청난 일이 닥쳐올 줄은 모르고 석균이 만족스러운 기분으로 부른 배를 두드렸다.

# 앞으로 내 인생에
# 끼어들지 마

집을 말끔히 청소해놓고 엄마를 기다리며 오늘은 대답을 받아내고 말리라 마음을 다잡았다. 또다시 아무 일도 없었던 듯 묻어둘 순 없다.

해가 지고 시간이 꽤 지난 후에야 커다란 봉지를 든 엄마가 돌아왔다. 엄마는 집에 들어서자마자 짐을 우르르 풀어놓고 정리를 시작했다.

"이렇게 집구석을 잘 치워놓으면서, 제 집구석은 왜 늘 개난장으로…. 웬일이야, 안 하던 짓을 하고."

엄마는 깨끗하게 정리된 거실이며 주방에 예쁘게 꽂아놓은 꽃들을 보고 시비 걸듯 입을 열었다. 나는 냉장고에서 물을 꺼내 마시며 담담하게 대답한다.

"안 하던 짓은… 어려선 잘하던 짓이지. 기억 안 나? 여섯 살 때부터 내가 방 치우고, 설거지하고, 엄마 웃으라고 들풀 꺾어 꽃꽂이하고. 다 커서는 그게 질려 안 했지."

"그때가 그립지."

엄마가 퉁명스럽게 내뱉고 이번엔 잡다한 생필품을 거실로 가져갔다. 나는 냉장고에 기대앉아 엄마를 빤히 보았다.

"뭐가 그리워? 난 그때 매일이 조마조마했는데. 엄마가 도망갈까, 아니면 나한테 또 약을 먹일까."

물건을 정리하던 엄마 손이 멈칫했다. 엄마는 내 말에서 도망이라도 가듯 사 온 물건들을 거실 한쪽에 몰아놓고 소파에 앉아 텔레비전을 켰다.

"대체 어제부터 알지도 못할 소릴 왜 저렇게 해대. 가, 기지배야. 꼴 보기 싫어. 그리고 동진이…."

나는 엄마 손에서 리모컨을 빼앗아 텔레비전을 꺼버렸다. 그리고 엄마 앞에 버티고 앉아 단호하게 말했다.

"엄마. 앞으로 내 인생에 끼어들지 마."

갑작스런 말에 놀라 잠시 나를 노려보던 엄마가 이내 격앙되어 소파에 있던 쿠션을 내게 던졌다.

"끼어들면! 엄마가 네 인생에 끼어들면 어쩔 건데, 네가! 이 기지배야! 내가 동진이 만나지 말란 게, 네가 나를 그렇게 웬수 보듯 쏘아볼 일이야? 그게 그럴 일이야!"

"내가 동진 선밸 왜 만났는데."

나는 최대한 감정을 억누르고 차분히 말했다.

"어허, 그것도 내 탓이네!"

엄마의 비꼬는 말투에 내 가슴속에서 무언가 울컥 올라왔다.

"그럼, 엄마 탓이지. 막가고 싶었거든. 내가 동거까지 한 연하를 왜 버렸는데!"

연하 이야기를 꺼내자 나도 모르게 눈물이 차올랐다. 나는 안간힘을 써 눈물을 참으며 엄마를 빤히 보았다.

"도… 동거?"

엄마의 눈이 충격으로 붉어졌다.

"난 엄마 거니까. 엄마가 하지 말란 짓은 못 하지. 엄마가 장애인 싫댔지. 그래서 다친 애 놔두고 한국 왔어. 당시에 엄마가 쓰러졌고. 핑계도 좋았지. 여섯 살 때, 할머니 집 앞 들판에서 약 먹을 때 분명히 알았거든. 나는 엄마 거구나. 그러니까 무서워도 약을 먹으라면 먹어야 하는구나. 내가 연하를 버린 건 다 엄마 탓이야. 미치게 사랑한 남자 아프다고 버리고 나니까, 내 안의 내가 그러더라. '나쁜 년, 막살아 버려! 양심도 버리고 막살아, 그냥!' 그래서 막살려고 내가 동진 선배 꼬셨어. 그러니까… 모든 게 다 엄마 탓이지!"

참았던 눈물이 주르륵 흘러내렸다. 나는 엄마가 던진 쿠션을 집어 엄마를 향해 힘껏 내던졌다. 여태 엄마한테 툴툴대기는 했어도 이런 짓은 처음이다. 상상도 할 수 없는 짓을 하고 나자, 가슴 밑바닥의 마그마가 폭발해 뿜어져 나오기 시작했다.

"잘못했다 그래, 나한테! 잘못했다 그래!"

노트북을 집어 바닥에 내동댕이쳤다. 내 안에 이렇게 엄청난 분노가 숨어 있는 줄 나조차 몰랐다. 한 번 터져 나온 감정은 격렬하게 솟구쳤다. 나는 거실 탁자 위에 있던 꽃병도 내팽개쳐 산산조각 냈다. 유리 조각이 손에 박혀 피가 흘렀지만 상관없었다. 내 가슴의 통증도 그렇게 흘러나와 사라져버렸으면 했다.

"내가 엄마 거야? 엄마가 낳았으니 엄마가 죽여도 돼? 말해! 나한테 왜 그랬어!"

산산조각 난 유리 파편을 주먹으로 내려찍으며 악을 더해 갔다. 그때까지 멍한 얼굴로 나를 보던 엄마는 내 손에서 뚝뚝 떨어지는 피를 보더니 달려와 나를 끌어안았다. 나는 미친 듯이 몸부림치며 엄마에게서 벗어나려 했다.

"말해! 내가 왜 엄마 거야!"

"당연히 넌 내 거지!"

엄마가 울먹였다.

"내가 왜 엄마 거야? 내가 왜 엄마 거야! 왜 그랬어, 나한테!"

엄마는 내가 다칠까 봐 내 팔을 부여잡고 매달렸다.

"넌 내가 낳았는데, 나 죽을 생각하면서 널 어떻게 두고

가! 널 어떻게 두고 가!"

"나는 정말 엄마 너무 싫어! 나는… 정말 엄마가 이해 안
돼! 지겨워! 지쳐! 끔찍해!"

"알았어. 넌 엄마 싫어. 이제 내가 다 알았어. 싫으면 싫
어해. 누가 뭐래. 근데, 다쳐 완아. 다쳐, 이러지 마. 이러지
마."

엄마는 나를 진정시키려 애썼다.

"내가 연하랑 헤어진 건 다 엄마 탓이야! 내가 이렇게 된
건 다 엄마 탓이야! 다 엄마 탓이야! 다! 다!"

나는 처절하게 울부짖었다. 그러나 내가 정말 이해가 안
되고 끔찍해하는 사람은 엄마가 아닌 바로 나 자신이었다.
나는 떨어져나간 퍼즐을 맞추듯 기억의 한 조각을 떠올렸다.

그날 엄마는 약 탄 요구르트를 먼저 마신 뒤 내가 따라 마
시려 하자, 차마 못할 짓이다 싶었는지 요구르트 병을 손으
로 쳐 엎어버렸다. 그때 멀리서 아빠가 내 이름을 부르며 달
려왔다. 나는 구원자를 만난 듯 안도하며 아빠에게 달려갔
다. 넋이 나가 멍하니 하늘을 올려다보고 있는 엄마를 버려
두고. 내가 아빠 품에 안기는 순간 엄마는 검붉은 피를 토하
며 쓰러졌다.

'비열하고 비겁한 박완. 너는 왜 삼십 년 동안 묻어둔 그
애길 이제야 이렇게 미친년처럼 터트리는 건데? 정말 그때
그 일이 네 평생의 한이었다고? 그때 그럴 수밖에 없었던

엄마를 단 한순간도 이해한 적이 없다고? 아니. 너는 알고 있어. 그때 엄마가 잘한 짓은 아니어도 그럴 만했던 걸. 너는 그때도 엄마를 이해했고, 지금도 엄마를 이해해. 근데 왜 너는 지금 엄마를 이렇게 원망하는 건데?'

그날의 무서운 기억은 한동안 나를 옭아맸지만 아이에서 소녀로, 그리고 어른이 되면서 나는 이미 엄마 것이 아닌 나 자신으로 살아왔다. 연하와 사랑에 빠지고 결혼 아닌 동거를 선택하던 순간에도 이미 난 엄마 것이 아니었다.

나 자신에게 질문을 던지니, 그간 나도 몰랐던 내 마음의 정체가 또렷이 모습을 드러냈다. 나는 연하를 버린 게 내 이기심만은 아니었다고, 이유가 있었다고 변명하고 싶었다. 내 탓만 하기에는 너무나 힘이 들어서 누구 탓이라도 하고 싶었다. 그리고 그 대상이 만만한 엄마였다.

나는 연하를 버린 나를 용서할 수 없었다. 그걸 받아들일 수 없어 엄마 때문이라고 자신을 속이고 있었다. 엄마에게 안겨 몸부림을 치면서 엄마에게 미안했고, 동시에 연하가 너무도 그리웠다.

# 사랑보다는
# 우정

"누구랑 있어?"

정아 목소리가 그녀답지 않게 무뚝뚝하다.

"다짜고짜 누구랑 있냐니? 교수 친구들이랑 있어. 왜?"

충남은 와인을 가지고 걸어가며 의아한 듯 되물었다.

"뭐하는데?

"뭐하긴, 와인 먹지."

"어, 잘하네. 너는 젊은 교수들이랑 와인 먹고, 희자는 혼자 방구석에서 묵주 만들고."

정아는 충남과의 의리를 위해 성재를 문전박대하던 희자가 마음에 걸렸던 것이다.

"희자 언니한테는 언니가 있잖아."

"너는 성재 씨한테 미련 있고?"

정아는 에두르지 않고 정곡을 찔렀다.

"… 있다면?"

잠시 머뭇대던 충남이 제 감정을 인정했다.

"네가 접어야지."

정아는 가차 없었다. 아무 말 없는 충남이 조금 안쓰럽긴 했지만 정아는 내처 말을 이었다.

"둘이 좋다는데 네가 접는 게 맞지. 희자, 성재 씨랑 나댕기며 놀게 해. 나는 애들 집 일 봐준다고 나댕기기도 하고, 너는 카페에 조카들도 끼고 살고 와인 마실 친구들도 많잖아. 그런데 희자 그거는 매일 방구석에서 텔레비전만 보면서 정신 안 놓치려고 혼잣말만 하고…. 그게 얼마나 심심했으면 묵주를 사흘 만에 백 개를 만들었대. 젊은 애들도 못 하는데."

"재주 좋네."

말은 그렇게 했지만 충남 또한 마음이 편치 않았다.

"정말… 못 접어? 언니가 이런 말 해서 서운해? 너는… 성재 씨랑 다음 생에 만나, 어?"

"다음 생에도 그 인간은 희자 언닐 만나겠지. 됐고, 언닌 이혼이나 잘해."

충남은 담담하게 말하고 전화를 끊었다. 정아의 말이 머릿속에 맴돌아 마음이 불편했다. 희자 언니가 오죽했으면 사흘 만에 묵주 백 개를 만들었을까 생각하니 그 외로움이 시리고 짰했다. 혼자 설레며 상상한 시간이 억울해서 어깃장을 놓았지만 어차피 제 것이 될 사랑은 아니었다. 성재에 대한 감정이 아무것도 아닌 게 될 때까지만 억지를 부리자 했는데 희자는 약해도 너무 약한 상대였다.

술자리가 끝나자 충남은 집 방향이 희자네 쪽인 박 교수와 택시를 탔다. 택시가 희자 집 앞에 서자 박 교수는 굳이 충남을 따라 내려 인사를 건넨다.

"누님, 이번 작품 사주셔서 정말 감사. 모르긴 몰라도, 그게 나중에 엄청 돈값 좀 할 겁니다. 제가 지난달에 한국도자기전…"

"우수상 받은 거 알고 있지만 그건 별로야. 엊그제 선물로 준 게 좋지."

"누님 같은 친구가 있어서 내가 얼마나 기쁜지 모르죠?"

박 교수는 입꼬리를 올리며 아양을 떨었다.

"친구? 함부로 친구 친구, 하지 마라. 나한테 친구는 애인도 주는 건데."

"애인을 줘요?"

박 교수 눈이 휘둥그레졌다.

"젊으면 싸울 건데… 줄라고. 나보다 늙은 친구한테."

"누님보다 더 늙은 친구면 대체 얼마나 늙은 거야?"

박 교수가 놀리듯 웃어댔다. 충남이 째려보자 박 교수는 멋쩍게 웃으며 기다리던 택시를 타고 갔다.

희자는 늦은 밤임에도 충남에게 잔치국수를 말아주고, 그녀가 그릇을 채 비우기도 전에 잡채 한 그릇을 뚝딱 만들어 가져왔다. 집에 누군가 찾아온 게 마냥 좋았다. 그리고 그 누군가가 예쁜 동생 충남이어서 더 좋았다.

"먹다 죽어? 국수 먹는데 잡채는…. 이게 구색이 맞냐?"

충남이 황당해 물었지만 희자는 해맑게 웃으며 잡채를 테이블 위에 올려놓았다.

"한 젓가락만 먹어."

충남은 잡채를 한 젓가락 집어 우물거리다 피식 웃었다.

"어휴, 손도 커. 그래도 맛은 좋네."

희자가 반색하며 그릇을 앞으로 디밀자 충남은 젓가락을 단호하게 내려놓았다.

"더는 못 먹겠어. 애들 가져다줘."

"안 해, 그런 짓. 애들은 그저 내가 저희들 눈에 안 띄는 게 최고야. 뭐 갖다주는 거 싫어해."

"그럼 택배로 보내. 얼려서."

"자식들은 집에서 온 택배도 싫어한대. 택배 상자 안에 혹시라도 제 부모가 들어 있을까 봐."

"그 말 언니가 지어냈지?"

희자의 미소가 쓸쓸해서였을까, 충남은 희자가 만들었다

는 묵주 백 개가 떠올라 마음이 짠했다.

"난 이해해. 젊을 땐 괜히 사는 게 골이 아프니까. 힘들잖아."

"그러다 부모 죽으면 후회하고."

"나중에 죄책감으로 퉁치고."

희자가 낄낄 웃으며 충남의 말을 받아쳤다.

"약은 애새끼들."

충남이 대꾸하며 휴대폰을 꺼내 성재 번호를 눌렀다.

"어, 성재 오빠! 오빠 내일 차 갖고 아침에 희자 언니네로 와서, 둘이 놀러 가!"

"뭐?"

수화기 너머로 성재의 당황한 목소리가 들렸다.

"못 들었어? 어, 그럼 말어."

충남은 장난스럽게 전화를 끊어버리고 희자를 보며 씩 웃었다.

"애, 너 왜 그래?"

희자가 난처한 표정을 지었다.

"내가 성재 오빠 양보하는 거야, 언니한테."

충남의 말이 떨어지기 무섭게 박자를 맞추듯 성재에게서 문자가 날아왔다.

'감사하다, 충남아.'

좋아 어쩔 줄 모르는 성재 모습이 떠올라 잠시 서운했지만, 희자에게 내색은 하지 않는다.

"난 싫어."

희자는 말은 그렇게 해도 정말로 싫은 얼굴은 아니다.

"여행 갈라 그랬잖아. 튕겨?"

"그건 그냥… 순간적으로. 근데 늙어서 주책이야. 이상해. 늙은이들 둘이서 여행 가는 거."

"언니, 우리 나이엔 이 순간 국수 먹다 갑자기 꽥, 해도 하나도 이상할 게 없는 나이야."

"그치. 늙은이들 그렇게도 갈라면 가지."

"우리가 오늘 갑자기 죽어도 이상할 게 없는데, 죽기 전에 남자 좀 만난다는 게 뭐 이상해? 여행 간다는 게 뭐 이상해! 아, 저 늙은이들이 죽기 전에 마지막 불꽃을 태우나 보다 하고 이해받을 일이지."

"그런가."

희자가 헤실거리며 수긍하다 문득 생각난 듯 묻는다.

"근데 네가 성재 씨 좋다며."

"싫어졌어. 그 인간이 언니 좋대서 정이 뚝 떨어졌지. 진짜야. 여행 가방 챙기자."

충남은 빤한 거짓말을 아무렇지 않게 던지고 일어나 핸드백에서 마스크 팩을 꺼내며 아이처럼 웃었다.

"이것도 하자."

희자가 충남을 가만히 보다가 다정하게 묻는다.

"같이 갈까?"

충남은 어이없는 표정이다.

"그건 우리가 지금 이 순간 한꺼번에, 동시에 접시 물에 코 박고 죽는 거보다 더 이상하네."

그 말이 맞다 싶은지 희자가 킥킥 웃는다.


사이좋게 팩 마사지를 마치고 충남이 거실에 잠자리를 펴는데, 희자가 커다란 여행 가방을 들고 나왔다.

"집 나가?"

충남이 황당해하며 가방을 열어보니 가장 먼저 커다란 사탕 봉지와 초콜릿 봉지가 눈에 띄었다.

"당 떨어질까 봐."

"반씩만 넣어."

충남이 다시 가방을 뒤적이자 한 무더기의 약봉지와 부피가 상당한 까만 비닐봉지가 나왔다. 도대체 뭘 싼 건가 싶어 봉지를 열자 또 봉지가 나오고, 열면 또 나오고…. 꽁꽁 싸맨 봉지를 열다 짜증이 난 충남이 '뭐야?' 하는 눈빛으로 돌아보자 희자가 기어들어가는 목소리로 말했다.

"내가 요실금이라…."

"기저귀네."

강박적이리만큼 깔끔한 희자 언니가 기저귀라니, 늙는다는 건 여자로서의 품위조차 지키지 못하게 하는 건가 싶어 충남이 씁쓸한 표정을 지었다.

"태어나자마자 기저귀 차고, 갈 때 되니 또 기저궐 차고. 아우, 추저운 인생."

충남은 하루 나들이에 필요한 물건만 작은 가방에 다시 챙겨 정리했다. 물론 기저귀는 넣지 않았다.

"오빠한테 한 시간에 한 번씩 화장실 가야 한다 그래. 여자는 그래야 한다고. 화장실에 세워주기 싫다고 빽빽대면 그길로 여행 끝내고 돌아와."

희자가 걱정스러운 얼굴로 한쪽에 빼놓은 기저귀를 쳐다보았다.

"이래서 내가 어딜 안 가는 거야. 어디 한번 갈라면 뭘 바리바리 한도 끝도 없이 싸야 되고…. 불편해."

희자는 복잡한 마음으로 힘없이 이불 속으로 들어갔다. 충남이 그녀를 다독였다.

"걸어는 다니잖아. 좋게 생각해. 근데, 언닌 매일 거실에서 자?"

"어. 방이 좀 무서워. 넌 혼자 자는 거 안 무서워?"

"혼자 자는 건 괜찮은데 혼자 자다 죽을까 봐. 사후에 시체 처리는 빠를수록 좋거든. 사람이 죽으면 냄새가 많이 나요. 신속 정확하게 처리할 사람을 주변에 뒀음 싶지."

충남이 실리적이고 똑 부러지는 성격답게 말하자, 희자가 건성으로 고개를 끄덕이다가 충남의 머리를 쓰다듬으며 다정하게 말했다.

"너 어려선 똘망똘망 예뻤는데. … 나도 예뻤지?"

"지금도 나이 칠십 먹은 노인 중엔 단연 갑이지."

충남이 엄지손가락을 세워 보이자 희자가 킥킥 웃었다.

희자가 수줍게 웃는 모습을 보며 충남은 생각했다. 여자에게 늙는다는 건 무슨 의미일까. 몸이 늙어 기저귀를 차도 예쁘다는 말에 기분 좋아지고, 사랑 앞에 여전히 가슴이 설레고, 그런 감정은 젊으나 늙으나 똑같았다. 하지만 한 가지, 여자가 늙어 좋은 게 있다면 친구를 위해 사랑도 접을 수 있는 여유와 배포를 갖게 된 것 아닐까.

# 인생 정말 아름답지
# 아니한가

다음 날, 성재는 출발할 때부터 기분이 들떠 오디오에서 흘러나오는 노래를 흥얼거리며 어깨를 흔들었다. 조수석에 앉은 희자는 오픈카로 밀려드는 바람 때문에 신경이 곤두서 있었다. 까다롭고 예민하다는 인상을 주기 싫어 꾹꾹 눌러 참던 희자가 제 앞으로 까만 가루가 날아들자 못마땅한 기색을 드러냈다.

"성재 씨, 차 뚜껑 좀 닫아요."

"왜, 바람 좋은데."

성재는 자기 기분에 빠져 다시 휘파람을 불었다.

"나는 싫어. 차 뚜껑 좀 닫아."

희자는 짜증이 올라왔지만 그의 기분을 망치고 싶지 않아 최대한 담담하게 말했다.

"바람 맞아. 봄바람은 약이야."

희자는 눈앞에 날리는 까만 가루를 손으로 휘휘 젓다가 결국 버럭 소리를 질렀다.

"아, 닫아! 흑채 날려! 와이셔츠에 까만 가루가 버글버글…."

그제야 성재가 멋쩍은 미소를 지으며 차 뚜껑을 닫았다.

"미안, 미안, 미안합니다."

성재가 여전히 싱글벙글 웃어대자 희자도 따라 웃고 말았다. 오랜만에 느껴보는 즐거움이었다.


"여기가… 어디야? 화장실 가자니까. 강으로 갔다 들로 갔다 여긴 또 어디예요?"

안색이 창백해진 희자가 성재를 다그쳤다. 차가 멈춰 선 곳은 개울이 흐르는 허허벌판이었다. 상가 건물은커녕 인가조차 보이지 않았다. 몇 시간째 소변을 참느라 고생한 희자는 당장이라도 기절할 것 같았다. 성재는 난감해하며 희자를 데리고 차에서 내렸다.

"내비게이션 박 여사가 분명히 여기랬는데…. 박 여사 저년 못쓰겠네, 저거. 요사스런 목소리로 요리 가라 조리 가라 사람을 꼬드기더니, 결국 길을 잘못 안내하고. 역시 같은 년이 목소리만 좋고…."

미안한 마음에 횡설수설하는 성재를 희자가 어이없게 바라봤다.

"늙으면 이 사람 저 사람 시비 붙다 나중엔 귀신하고도 시비 붙는다더니… 고문 변호사가 기계보고 이년 저년…."

"어쩌냐…. 화장실 급해? 내가 저기 가 있을게, 여기서 대충…."

성재가 미안해 고개도 못 들고 멀리 풀이 우거진 쪽을 가리켰다. 주변을 둘러봐도 답이 없겠다 싶어 희자가 차 뒤편으로 걸어갔다.

"가요, 저리."

"미안하다. 아, 참…."

성재는 머리를 긁적이며 멀리 사라졌다. 희자는 늙어 데이트랍시고 나왔다가, 남자 앞에서 노상 방뇨를 하게 된 자신이 참담하기 그지없었다. 차 뒤편에서 옷을 내리고 쪼그려 앉은 희자가 중얼거렸다.

"집을 나서는 게 아니지. 누굴 탓해."

"희자야, 여기 맞다, 맞다! 제대로 왔어, 제대로!"

멀리서 성재가 고함을 질렀다. 볼일을 마친 희자는 훨씬 느긋한 기분으로 성재 쪽으로 걸어갔다.

성재가 기다리는 곳에는 개울을 가로지르는 돌다리가 놓여 있었다. 성재는 신이 나서 바짓단을 걷어 올리고 차를 돌아보며 떠들어댄다.

"박 여사 저게 뭘 모르진 않네. 길이 났을 줄 알았는데, 여적 돌다리길이네. 히히."

성재가 소년처럼 웃으며 덧붙인다.

"우리 예전에 놀러 왔던 데. 집에는 성당에서 놀러 간다고 뻥치고 와서 너랑 나랑 첫 키스한 데. 여기 건너서 갔잖아. 이거 건너고 산길 지나…. 그 오두막 같은 집이 아직 거기 있나 가보자."

"거기 갔다 집에 가면 몇 신데?"

"신발 벗어. 젖어."

성재는 말을 돌리고 희자 가방을 뺏어 들며 재촉했다. 희자는 어쩔 수 없이 신발과 양말을 벗어 손에 들었다.

"오늘 집엔 가는 거죠?"

희자가 확인하듯 물었다.

"업고 갈까? 예전처럼?"

"제 몸이나 가눠."

희자가 앞장서서 돌다리를 건너기 시작하자 성재는 뒤뚱뒤뚱 따라 건너며 주절거린다.

"야야야, 조심해 조심. 늙은이 넘어지면 도가니 나간다."

"조용히 좀 해. 내 도가니 걱정 말고 그쪽 도가니나 걱정해요. 말하다 일 나."

희자는 돌다리에만 눈을 고정시키고 조심조심 앞으로 걸어갔다.

"나는 끄떡없어. 내가 중심을 얼마나 잘 잡는데. 나는 이 돌길 정돈 아직도 휙 하니 바람처럼 왔다 갔다 뛰어다니고 도 남아. 왜 이러셔. 내가 업어줄게 예전처럼. 너는 그때나 지금이나 솜털 같아서, 업어도 업은 거 같지도 않을걸."

성재가 의기양양 떠들어댔다.

"솜털은 무슨… 거참, 아줌마처럼 말도 많네."

희자가 앞서 나가며 중얼거렸다.

"좋다. 돌다리가… 아주 든든하네, 든든해. 야, 천천히, 천천히. 그러다 넘어…."

성재 목소리가 뚝 끊기며 풍덩, 하고 요란한 물소리가 들렸다. 희자가 놀라 돌아보니 성재가 물에 빠져 어쩔 줄 모르고 있었다. 그녀는 담담히 돌다리를 거슬러 그의 앞으로 다가갔다. 홀딱 젖은 성재를 가만히 내려다보던 희자가 돌아서며 한마디 했다.

"알아서 와요. 나는 못 도와줘."

희자가 돌다리를 건너 큰 돌 위에 엉덩이를 붙이고 쉬고 있자니 흠뻑 젖은 성재가 다가왔다. 그는 신발 신을 생각도 않고 가방에서 셀카봉을 꺼내 사진을 찍자며 그녀를 일으켜 세웠다.

"일어나봐. 여기서 한 방 찍자."

오십 년 만에 희자와 함께 추억의 장소에 오니 기쁘고 감격스러워 기념사진이라도 남기고 싶었다.

"싫어."

"아, 좋아? 그럼 찍어야지. 뭐든 증거를 남겨야 돼. 자, 그럼 찍습니다."

그는 정색을 하며 몸을 빼는 희자 어깨를 잡고 장난스레 웃으며 촬영 버튼을 눌렀다.

"저기 봐라. 저기 화면 봐! 화면. 웃고, 웃고."

성재가 희자 어깨를 잡고 빙글빙글 돌았다.

"어지러, 어지러워요!"

희자는 앓는 소리를 하면서도 성재한테 몸을 맡기고 함께 빙빙 돈다.

"셀카봉은 돌아야 맛이야. 어서 웃자, 웃어! 안 웃으면 여기서 날 새요."

"정말…."

"하하하하."

성재가 너털웃음을 웃자 희자도 덩달아 웃음을 터트렸다. 셀카봉에 매달려 두 사람은 그렇게 한참을 웃었다.


오두막은 낡긴 했어도 오십 년 전 그 모습 그대로였다. 희자는 기억조차 희미해진 그 시절이 떠올라 아련한 미소를 지었다. 참으로 풋풋한 시절이었다. 사랑만 믿고 거침없는 모험을 자행할 만큼 몸도 마음도 생생하게 젊었던 시절이 그녀에게도 있었다. 기저귀 같은 건 챙기지 않아도 되고, 그의 몸이 상할까 걱정스러워 등에 업히는 걸 꺼리지 않아도 되는 그런 때였다.

"주인은 죽어도… 집은 여전하네."

희자는 세월을 견디며 집을 지탱하고 있는 나무 기둥을 쓰다듬으며 중얼거렸다.

"그럼 부인이랑 잘들 쉬세요."

오두막의 새 주인이 이불을 내주고 집을 나서며 말했다. 성재는 집주인을 대문 앞까지 바래다주고 돌아와 마당에 쌓인 장작을 패기 시작했다.

"왜 장작을 패?"

마루에 앉아 그를 바라보던 희자가 물었다.

"몸이 추워."

"주인이 패래? … 저녁 먹고 가야지?"

그녀는 갈 길이 걱정스러웠다.

"못 가. 야, 내가 다섯 시간을 넘게 운전했어. 가다 사고 나. 늙어서 운전 오래 하는 거 아냐."

"대리 불러요. 그럼 되잖아."

희자 얼굴이 뾰로통해졌다.

한나절 나들이 삼아 따라나선 길이었다. 아무리 추억이 깃든 곳이라지만 집 아닌 데서 아무렇지 않게 잠자리를 펼칠 만큼 무던한 그녀가 아니었다. 게다가 다 늙어 남자와 여행 와서 마치 어쩔 수 없었던 것처럼 단둘이 하룻밤을 지내는 것도 이상했다.

성재는 다시 도끼를 들어 장작을 패며 단념하라는 듯 말한다.

"서울에서 여기까지 대리? 누가 오냐?"

희자는 단념하지 않고 영원에게 전화를 걸었다.

"영원아, 너 운전해서 나 좀 데리러 와. 성재 씨랑 놀러 왔는데… 집에 못 간대. 늙어서 운전을 못 한단다. 말이 되니?"

"말 되지. 꼰대들 운전 오래 하는 거 아냐. 언니, 자고 와."

영원이 그렇게 말하고 전화를 끊자 희자는 밖으로 나와 아궁이에 불을 지피고 있는 성재에게 다가갔다.

"다 계획적이지? 옛날 그때처럼."

희자가 따지듯 말했다.

"남잔 뭐든 계획적이어야 해. 무계획으로 사는 놈, 별로다 그거."

"저기 건넌방부터 불 때요. 그럼 난 거기서 잘래."

"장작이 없네요."

장작 핑계를 댔지만 성재는 이곳까지 와서 각방을 쓰고 싶지 않았다.

"그럼 한방에서 자?"

"주인이 우리 부부인 줄 알아. 이불도 한 채밖에 안 줬어."

"아니라고 하지."

"이상하잖아. 너랑 나랑 부부도 아닌데 같이 댕기면. 그러는 거 아냐."

희자가 얄밉게 노려보았지만 성재는 기분 좋은 듯 휘파람을 불며 아궁이에 장작을 집어넣었다. 희자는 화가 나서 불도 때지 않은 건넌방으로 들어갔다.

잠시 후, 톡톡 빗방울 떨어지는 소리가 들리는가 싶더니 이내 후드득 쏟아지기 시작했다. 성재가 방문을 열고 따뜻하게 말을 건넸다.

"비 와. 비 봐."

그는 그녀가 비 구경을 할 수 있게 방문을 활짝 열었다. 희자는 여전히 마음이 풀리지 않았지만 운치 있게 떨어지는 빗소리에 끌려 밖을 내다보았다.

"저 방은 따뜻한데…."

성재가 달래듯 말했지만 희자는 시원하게 떨어지는 비만 바라보았다. 흙 내음과 풀 내음이 섞인 촉촉한 비 냄새에 이끌리듯 그녀가 툇마루로 나왔다.

"비 보러."

희자가 변명하듯 말하고 성재 옆에 앉아 수풀 사이로 떨어지는 비를 바라보았다. 빗방울이 톡톡 튀어 그녀의 발등을 간지럽혔다. 그녀의 눈길이 고즈넉한 풍경을 가르며 떨어지는 비에 머물러 가라앉았다.

성재는 희자의 얼굴을 예쁘게 보다가, 웃옷을 벗어 그녀의 어깨를 덮어주었다. 그리고 가볍게 휘파람을 불었다. 음률을 타고 넘는 그의 휘파람 소리가 쏴쏴 대지를 적시는 빗소리에 부드럽게 감겨들었다.

## 보고 싶으면 달려가면
## 그만인 것을

전날 엄마에게 악다구니를 해댄 것이 민망하고 미안해서 나는 도망치듯 엄마 집을 나왔다. 엄마 눈빛은 안타까울 정도로 힘이 빠져 있었다. 슬금슬금 내 눈치를 보는 엄마를 뒤로한 채 자신에게 다짐했다. 이것으로 충분하다고. 더 이상 내 비겁함을 엄마에 대한 원망으로 돌리지 않겠다고. 엄마 뒤에 숨어 내 이기심을 포장하지 않겠다고.

연하에 대한 내 비겁함과 이기심을 인정하고 나자 한결 숨 쉬기가 수월해졌다. 내가 두려워했던 게 무엇인지 정면으로 볼 수 있다는 건 그만큼 그 감정과 거리를 둘 수 있게 되었다는 뜻이다. 이렇게 쉬운 것을, 이렇게 한순간인 것을 나는 삼 년 동안 두려움에 빠져 허우적댔다. 죽을 것 같아서 내가 움켜잡은 지푸라기가 동진 선배였고 엄마였다. 그들을 움켜잡던 두 손을 놓자 오히려 연하에게 한발 다가설 용기가 생겼다.

급한 원고를 마무리하고 밤이 되어서야 연하와 영상통화를 할 수 있었다. 연하에게 물었다. 다시 돌아가지 않는 나에게 왜 아무것도 묻지 않느냐고. 그는 말이 없었다.

"왜, 대답이 없어? 네가 사고 후에 병원에서 퇴원하고, 나는 잠깐 엄마 보러 서울 나와서 너한테 아직도 돌아가지 않고 있는데… 왜, 거기에 대해 너는 삼 년 동안 아무 말이 없냐고. 울 엄만 벌써 다 나았고… 나는 돌아가지 않는데."

화면 속 연하는 입이 타는 듯 차를 마시더니 따뜻하게 웃었다.

"다 아니까."

"뭘… 다 아는데?"

"네가 날 떠난 거."

"정확히 말해. 내가 널 버린 거야."

그러고 싶지 않은데 나도 모르게 눈물이 차올랐다. 나는 눈물을 훔치고 말을 이었다.

"미안해… 많이. 오늘에야 너한테 사과할 용기가 난다. 미안해."

연하는 다 이해한다는 듯 나를 보며 미소 지었다.

"미안해 마."

그렇게 말하고 연하는 통화를 끝냈다. 화면에서 그가 사라지자 가슴 가득 통증이 밀려와 눈을 감아버렸다.

"보고 싶어…."

가슴 통증은 연하에 대한 그리움 때문이었다.


겨우 마음을 추스르고 있는데, 현관 벨이 울렸다. 엄마였다. 문을 열자 엄마는 내 휴대폰을 내밀었다. 엄마 집에 두고 온 휴대폰을 찾으러 가야겠다고 생각만 하던 터였다. 엄마에게 휴대폰을 건네받고 노트북 앞으로 가 하던 일을 계속했다.

엄마는 챙겨 온 반찬들을 냉장고에 정리해 넣고 빈 반찬통들을 챙기며 말한다.

"앞으론 늘 이러고 살아."

전에 없이 깔끔하게 청소가 된 집 안을 보고 하는 말이었다. 내가 아무 대답도 하지 않자 엄마가 묻는다.

"차가 없네. 차 줘?"

여전히 내가 아무 말을 하지 않자, 엄마는 슬쩍 내 눈치를 보더니 반찬통을 챙겨 힘없이 현관 쪽으로 걸음을 옮겼다.

"차 줘."

엄마를 그냥 보내는 게 마음에 걸려 그렇게 말했다.

"허브?"

엄마가 반색을 하며 돌아섰다.

"허브…."

금세 차를 끓여 가져온 엄마가 내 앞에 찻잔을 내려놓았다.

"동진이 일은… 엄마가 오해라 다행이야."

엄마는 내 눈치를 보며 조심스럽게 운을 뗐다.

"미안하다고 좀 그래봐."

딸에게 사과하는 것이 엄마로선 쉽지 않다는 걸 알면서도 말이 퉁명스럽게 나갔다. 엄마 얼굴엔 미안한 기색이 역력했다.

"연하 일은…."

"엄마 때문 아냐. 내 이기심 때문이지. 자신 없었어. 삼촌 누워 있을 때 할머니, 엄마 고생한 거… 봤잖아. 자신이 없었어."

엄마는 마음이 아픈 듯 가만히 나를 보다가 창밖으로 시선을 던지며 담담하게 말한다.

"삼촌… 결혼하고 싶대. 좋아하는 애가 있대."

"잘됐다."

장애를 가졌다 해도 삼촌에겐 더없이 좋은 일이었다. 나는 진심으로 기뻤고 축복해주고 싶었다. 하지만 엄마는 생각 많은 얼굴로 창밖만 바라보았다. 삼촌 일과 연하 일이 겹치며 마음이 복잡한 모양이었다.

"연하 일… 엄마 때문 아냐. 말이 안 되지. 내가 언제 그렇게 엄마 말을 잘 들었다고. 동거도 내 맘대로 했으면서. 다 핑계야. 신경 꺼. … 그리고 미안해. 동거한 거."

"그 나이에 딸년이 처녀인 거보다는 나아. 세상 애미들 다 그럴걸."

엄마는 한결 편안해진 얼굴로 나갈 준비를 했다. 그때 엄마 손에 난 상처가 눈에 들어왔다. 나는 책상 서랍에서 밴드를 꺼내 엄마 상처에 붙여주었다. 어제 일에 대한 사과의 의미이기도 했다.

"완아… 너 엄마한테…."

엄마가 무슨 얘기를 하고 싶어 하는지 듣지 않아도 안다. 엄마에 대한 원망이나 쌓인 감정 따위는 없다. 어린 시절에는 있었지만 지금은 아니다. 지지고 볶으며 싸우지만 그 모두가 사랑에서 비롯되었다는 걸 나나 엄마나 지금은 너무나 잘 알고 있다.

"우리가 뭐 한두 번 싸워? 어색하게 왜 그러셔요. 가세요."

나는 아무렇지 않게 평소처럼 헤실거리다 컴퓨터 화면에 집중했다. 엄마도 배시시 웃었다.

"게장은 빨리 먹어. 싱싱할 때. 참, 정아 이모 이혼한대. 웃기지."

엄마는 빅뉴스 하나를 던지고 현관문을 나섰다.

나는 창가로 가 엄마를 지켜보았다. 위에서 내려다본 엄마는 아주 작아 보였다. 그동안 너무 크고 강하게만 느껴졌던 엄마가 이제는 늙어가는 여리고 작은 여인으로 보였다. 왠지 마음이 짠했다.

　나는 책상으로 돌아와 벽에 붙어 있는 종이를 물끄러미 바라보았다. 차마 볼 수 없어 감춰두었던 사진이 그 뒤에 있었다. 나는 사진 위에 붙여놓은 종이를 떼어냈다. 연하와 내가 커플링 낀 손을 번쩍 들고 활짝 웃는 사진이 나왔다. 실에 묶어 사진과 함께 걸어두었던 커플링을 집어 손가락에 꼈다. 그를 버리고 온 뒤 한 번도 끼지 않았던 반지다.

　'그래. 보고 싶으면 가면 되지.'

　문득 떠오른 생각에 나는 허둥댔다. 이렇게 쉬운데, 마음만 먹으면 갈 수 있는데 참 오랜 시간을 망설여왔다. 나는 달력을 들춰보며 편집장에게 전화를 걸었다.

　"편집장님, 나 원고 마감 언제랬지? 아… 표지가 늦어져? 얼마나 늦어지는데? 사흘? 그럼 나 원고 마감 오 일만 늦추자."

　출판사와의 일을 그렇게 마무리하고 서둘러 가방을 챙겼다. 마음을 먹고 의지가 생기니 그다음은 거칠 게 없었다. 간단하게 여행 가방을 챙긴 뒤 택시를 잡아타고 공항으로 향했다. 예약도 안 하고 무작정 항공사 부스로 가 티켓을 알아보니 비즈니스석밖에 없다고 한다. 망설임도 잠시, 티켓을 끊고 부랴부랴 플랫폼을 향해 달리는데 엄마에게서 전화가 왔다.

"정아 이모 이혼한단 거 내가 너한테 말했니?"

"했어."

"어떻게 생각해?"

"이모가 드디어 복수의 칼날을 빼들었군. 신난다. 뭐 그 정도. 근데 설마 하겠어?"

"설마는…. 정아 이모 벌써 살 집 구했대, 석균 아저씨 모르게. 그래서 내일 청소하러 갈 건데 같이 가자고."

"또, 또, 또! 엄마랑 화해한 거 후회되게 할래, 진짜! 엄마, 남잘 만나 그냥. 맨날 가게랑 집구석에서 딸만 밝히고 있지 말고, 어?"

엄마와 난 익숙한 관계로 돌아와 있었다. 이상할 것도 나쁠 것도 없는, 우리 두 사람에게 딱 좋은 그 관계로. 나는 전화를 끊고 슬로베니아행 비행기를 타기 위해 힘차게 뛰기 시작했다.

# 지금껏 살아줘서
# 참 고맙다

　비 그친 처마에서는 똑똑 빗방울 떨어지는 소리가, 뒷산 어둠 저편에서는 산새 우는 소리가 들려왔다. 성재는 부엌 아궁이에서 고구마를 꺼내 요리조리 손을 바꿔가며 껍질을 깠다. 김이 모락모락 피어오르는 고구마의 노란 속살이 드러나자 입김을 후후 불어 식힌 뒤 희자에게 건넨다.

　"먹어봐. 저녁도 못 먹었는데."

　희자는 고구마를 받아 조심스럽게 한입 베어 물고 아쉬운 듯 밖을 내다보았다.

　"비가 더 오면 좋겠는데…."

　"그러게. 비가 더 오면 좋겠구만… 안 오고 지랄이네."

　희자가 어이없어하자 성재가 히히 웃으며 덧붙인다.

"아주 그냥 비가 무지하게, 이 집이 떠내려갈 만큼 와서는… 너랑 나랑 둘이 여기서 오도 가도 못하게, 석 달 열흘 갇혀버려야 하는 건데."

그는 반쯤 깐 고구마를 베어 물더니 비명을 지르며 도로 뱉어낸다.

"앗 뜨거!"

"먹든가 말을 하든가 하나만 해요. 뭐가 급해서…."

희자의 핀잔에도 그는 검정 묻은 손으로 입가를 문질러 닦고는 기분 좋게 웃는다.

"그게… 네가 좋아서."

"참 좋겠다, 내가 좋아서. 난 나이 드니까 좋은 것도 싫은 것도 없는데."

말은 그렇게 해도 희자의 입꼬리가 슬쩍 올라간다.

"검정 묻었어."

성재가 다정하게 희자 입가를 닦아주자 이번엔 희자가 그의 입을 닦아준다.

"성재 씨도 검정 묻었어."

"예전에 우리 이러다가 입 맞췄는데…."

성재가 그윽한 눈빛을 보냈다.

"우리 애들 아버지랑도 그랬어요."

그녀의 말에 성재는 웃음을 터트리고 말았다.

"아우, 센스 있어 진짜."

그렇게 군고구마로 저녁을 때운 뒤 두 사람은 일찌감치 방으로 들어갔다. 성재가 서둘러 희자에게 이부자리를 펴주고 한쪽에 자신의 이불을 폈다.

"기어이 거기서 잔다고?"

희자가 못마땅한 낯빛을 드러냈다.

"나랑 그렇게 한방에 있는 게 싫으면, 네가 아까 그 습습한 방으로 가던가."

그러더니 베개를 둘의 이부자리 사이에 놓는다.

"자다가 내 발이 그거 넘어가면…."

"내가 밖에 나가 나무 찍던 도끼 들고 와서 깔 거야, 아주."

희자의 말에 성재가 또 호탕하게 웃더니 벽에 기대앉아 그녀를 바라본다.

"정철이 형, 네 남편은 너한테 어떤 사람이었냐?"

어쩌면 부부로 살았을지 모를 사이였다. 운명이었는지 그저 우연한 엇갈림이었는지 알 수 없지만, 그렇게 엇갈린 채 오십 년 세월을 훌쩍 뛰어넘어 그녀와 한방에 들고 보니 자신이 모르는 그녀의 세월이 궁금했다.

"바람 한 번 핀 거 빼곤 좋은 사람."

희자가 담담하게 말했다.

"두 번 세 번은 안 했나 보네?"

"그런 놈도 있어? 설마 성재 씨?"

그녀가 놀란 얼굴로 물었다.

"난 여자들이 좋아했지, 나는 아냐."

성재가 또 웃는다.

"부인은?"

"예쁜 사람."

"부인에 대해 말해봐요."

희자도 그의 세월이 궁금했다.

"말했잖아, 예쁜 사람이라고. 조금 예민하긴 했는데… 뭐 그 정도야."

"아내 아플 때 변호사 때려치우고 병수발만 삼 년 들었다며."

"그랬지. 그 시간이 참 좋았어. 내 휘파람을 좋아했지, 너처럼."

그러더니 성재가 휘휘 휘파람을 분다. 희자는 코웃음을 치며 손가락으로 하늘을 가리켰다.

"그 휘파람으로 늙은 나 꼬시는 거 저 하늘에서 다 본다, 저기서."

"응원할걸. 우리 남편 친구 생겼네, 하고."

"제멋대로네."

성재는 예전이나 지금이나 유쾌하고 자신만만하다.

"왜, 네 신랑은 싫어할 거 같냐?"

"부인한테 잘했어?"

희자는 슬그머니 그의 질문을 피했다. 바람 피워 벽장에
까지 들어간 남편이지만 그녀가 성재 만나는 걸 보면 아마
질투가 머리꼭지까지 찰 게 뻔하다. 또 모르지, 죽은 뒤 철
들어 외로운 마누라에게 남자친구 생겨 다행이라고 생각할
지도.

"아프고 나서. 그 전엔 뭐 데면데면. 남잔 제 마누라 아파
야 철이 들거든."

"등신들."

희자 목소리에 서글픔이 묻어난다. 성재가 부드러운 얼굴
로 그녀를 보며 또 묻는다.

"넌 살면서 언제가 제일 좋았냐?"

잠시 생각에 잠기던 희자 얼굴에 작은 웃음이 떠오른다.

"첫아들 낳았을 때."

"언제가 제일 슬펐냐?"

"첫아들 죽었을 때."

그녀 낯빛이 순간 어두워졌다.

"지금 첫앤 둘째. 그냥 열감기였는데…. 남편 고향 근처
살 때였는데, 남편은 출장 중이어서 애 업고 나 혼자 병원에
갔는데 이미… 갔다더라고. 무슨 그런 일이 있는지. 내가 죽
은 앨 업고 고향의 긴 나무 길을 걷고 또 걷고…. 애가 참 예
뻤는데…. 나 닮아 쌍꺼풀이 깊고."

잠시 고개를 돌렸던 그녀가 애써 밝게 웃는다.

"그만하자. 보고 싶다."

희자가 이불 속으로 들어가 몸을 누인다.

"난요, 죽는 게 하나도 안 무섭다. 큰애, 남편, 그리운 사람 다 만날 거니까."

희자를 따뜻하게 바라보던 성재도 고개를 끄덕이며 자리에 누웠다.

"너무 고와서, 별일 없이 산 줄 알았다. 하긴 누구라도 인생 만만찮지."

천장을 보며 누워 있던 희자가 성재 쪽으로 몸을 돌리며 묻는다.

"근데… 정말 내가 보고 싶었어?"

"문득문득 잘 사나 궁금했지."

"솔직하네. 쭉이라 그럼 안 믿을 건데."

그녀도 그랬다. 문득문득 그가 잘 살고 있나 궁금할 때가 있었다. 문득 외로움이 밀려올 때나 나이 드는 게 서글퍼질 때면, 사랑 하나로 세상을 다 품을 것 같던 젊은 시절과 그 시절 사랑했던 그가 떠오르곤 했다.

"근데 늙는 게 참 그렇다. 젊어서 같으면 너한테 뺨을 맞더라도, 도끼에 찍히더라도, 한번 갈비뼈가 으스러지게 꽉 안아라도 볼 건데…. 크크… 졸려서 못 안겠다."

성재가 겸연쩍게 웃자 그녀도 따라 웃는다. 희자는 나이 들어 조곤조곤 말동무 같은 사랑도 좋겠구나 싶은 생각이 들었다.

"자요."

"내일 해돋이 보러 가자."

"그래."


동틀 녘, 하늘이 뿌옇게 밝아오고 있었지만 뒷산 길은 여전히 어두웠다. 차가운 새벽 공기에 스카프로 얼굴까지 꽁꽁 싸맨 희자를 성재가 걱정스레 돌아보았다.

"추워?"

"아니."

집을 막 나설 때는 한기가 드는 것 같았지만 언덕길을 오르다 보니 몸이 조금씩 훈훈해졌다.

"힘들면 내가 업고 갈까? 나 힘 좋아. 업어줄게."

어제 돌다리에서 넘어지고도 그의 호기는 여전했다. 희자가 들은 척도 않고 계속 걷자 성재는 포기하지 않고 그녀를 졸졸 따라가며 거듭 보챈다.

"진짜야."

희자가 못 이기는 척 걸음을 멈췄다.

"그럼, 업어봐."

담담한 희자의 요구에 성재 눈빛이 흔들렸다. 설마 업고 가라고 하겠나 싶은 마음 반, 업어달라면 업겠다는 마음 반이었는데 막상 업어달라고 하니 그건 무리라는 확신이 들었다.

"걸어와."

그래놓고 스스로도 민망했는지 주저리주저리 말이 많다.

"전엔 내가 너 업고 갔었는데 기억 안 나? 내가 자는 널 깨워서 딱 둘러업고 딱 저 산등성이를 넘어서는… 딱 정상에 올라, 네가 먼저 나한테 키스를 딱!"

"부인이겠지."

희자가 담담하게 대꾸한다.

"아…."

그가 아차 싶은 얼굴로 탄성을 질렀다.

"우린 새벽에 싸워서 그냥 각자 버스 타고 차 타고 집에 갔었어요. 근데 좀 그렇다. 나랑 왔던 델 부인이랑도 오고."

희자는 이곳이 그와 그녀만의 장소가 아니었다는 게 조금 서운하다.

"참, 마누라랑 온 덴 여기가 아니었네. 미안하다."

"괜찮아, 나도 가끔 정신도 기억도 뒤죽박죽이니까."

"그러게…. 그러네."

몸이 마음처럼 되지 않는 것처럼 기억도 자신들을 배신하는 나이가 되었다는 걸 인정하며 성재와 희자는 산을 올랐다.

뒷산 정상에 오르니 때마침 해가 떠오르고 있었다. 희자는 그 장엄한 광경에 입이 딱 벌어졌다. 길게 누운 산 위로

붉은 해가 고개를 내밀자 붉게 물든 하늘이 더 발갛게 달아올랐다. 해는 서두르지 않고 아주 천천히 떠올라 언제나 그랬다는 듯이 무심하고도 명징한 태도로 어둠을 들어 올렸다.

희자는 살면서 이런 해돋이를 본 적이 있었나 기억을 더듬어봤지만 가물가물했다. 쳇바퀴 돌듯 하는 일상에 매일 어김없이 해는 뜨는데, 그 광경을 직접 마주하는 기분은 남달랐다. 희자는 가슴이 먹먹해지는 걸 느꼈다. 산다는 것이 그리고 죽는다는 것이 이 대자연과 우주 속에서 너무나 자연스러운 순리로 흐르고 있었다.

"나 이런 데 데려와줘서 고마워요."

희자는 성재에게 진심으로 감사했다.

"나는… 지금껏 네가 살아줘서 참 고맙다."

몸은 늙었지만 여전히 귀여운 희자를 다시 만나면서 그는 새삼 가슴이 설레었다. 이 나이에도 가슴 설레게 하는 누군가가 곁에 있다는 것만으로도 감사했다. 그때 희자가 손을 내밀었다.

"잡아. 용기 냈는데 민망하잖아."

둘은 손을 꼭 잡고 해가 떠오른 하늘을 말없이 바라보았다. 희자는 가슴 가득 말로 표현할 수 없는 감정이 벅차오르는 이 순간이 너무나 소중해 눈시울이 붉어졌다.

"나중에 또…. 아니다. 안 와도 되겠다. 지금만으로도 좋다."

"그래, 지금만이래도 좋다."

성재가 마주 잡은 손에 힘을 주며 말했다.

내일을 기약한다는 것은 부질없는 일이다. 세월이 가르쳐
준 삶에 대한 가장 큰 감각은, 지금 이 순간을 오롯이 즐기
는 것뿐이라는 걸 그들은 너무 잘 알고 있었다.

# 삶이라는 리듬을
# 타고

난희는 완이와 화해한 뒤 한결 마음이 편안해졌다. 연하의 사고 소식, 그리고 둘의 이별을 생각하면 안타깝고 짠한 생각이 들었지만, 잘 이겨낼 거라 믿기로 했다.

가벼워진 마음만큼이나 가벼운 발걸음으로 퇴근해 집에 가는데 어디선가 기타 소리가 들렸다. 돌아보니 일우가 편의점 앞 파라솔 아래 앉아 기타를 치고 있었다. 그는 난희 가게의 오랜 단골이자 이 편의점 주인이다. 늘 기타를 메고 다니기에 뮤지션이냐고 그녀가 물어본 적이 있는데, 그때는 빙그레 웃기만 하더니 며칠 뒤 우연히 길에서 마주치자 뮤지션이 아니고 취미로 기타를 친다고 했었다. 그때 난희는 완이와 동진이 문제로 신경이 곤두서 있던 터라 가타부타 대꾸도 하지 않았다. 그런데 며칠 전 완이 때문에 속상해 편의점에서 술을 잔뜩 사는데 그가 아무 말 없이 숙취 해소 음료를 건네며 웃었다. 그제야 며칠 전 길에서 그가 참 민망했겠구나 하는 생각이 떠올라 마음에 걸리던 참이었다.

난희는 걸음을 멈추고 일우의 연주를 가만히 지켜보았다. 연주가 끝나자 난희가 박수를 치며 다가가 마주 앉았다.

"잘하네."

"백번은 연습했는데… 잘 안 돼요. 나이 들어 배우니까."

일우가 수줍게 웃는다. 기타를 메고 늘 혼자 다니는 그가 왠지 자유로워 보여 난희가 웃으며 물었다.

"결혼했어요?"

"사별했어요. 오 년 됐어요. 대학 다니는 사내놈 하나 키우고 있어요."

그의 대답이 담백하게 들려 난희도 담백하게 제 얘기를 했다.

"나도 사별인데. 아주 오래전에. 지금은… 혼자. 사십 다 돼가는 딸 하나. 아, 엄마, 아버지, 동생…. 이런 혼자가 아니네, 내가."

일우가 다시 기타를 치며 따뜻하게 웃는다. 난희는 얘기를 나눠보니 그가 자신과 공통점이 많은 남자라는 생각이 들었다.

집으로 돌아온 난희가 콧노래를 흥얼거리며 장식장을 뒤졌다.

"집 청소를 하려면 또 뭘 가져가야 되나…."

내일 정아가 이사 갈 집에 가서 충남과 함께 청소를 해주기로 했다. 제사 준비에 바쁜 정아 대신 해주는 청소였다. 테이블에 앉아 소주를 마시고 있던 충남이 난희를 힐끗 보더니 묻는다.

"완이랑 얘기가 잘 됐나 보다."

"유부남은 오해였대."

완이 실수였다고 했지만 난희는 동진이 밝힌 대로 자신이 오해한 걸로 정리했다. 완이 스스로 실수인 걸 알았고, 그애라면 더 이상 같은 실수를 반복하지 않을 거라 믿기 때문이다.

"나만 미친년 됐네."

충남은 차라리 자신이 미친년 된 걸로 일이 끝나 다행이라고 생각했다.

"빌미를 제공한 년이 나쁜 년이지, 언니가 뭘. 덕분에 딸년 머리 뜯고 났더니 시원해."

난희가 테이블로 와 술을 한 잔 마시고는 후련한 얼굴로 웃는다.

"글쎄, 완이 년이 악을 쓰면서 날 싫다고 하더라 언니."

충남의 눈이 동그래졌다. 난희가 웃으며 얘기하고는 있지만 그때 상황이 가볍지만은 않았겠구나 짐작이 갔다.

"화나서 하는 소리겠지. 나도 저 천날 만날 예쁜 건 아니니까, 퉁쳤어."

난희가 완이를 감싸듯 덧붙였다.

"엄마들의 착각과 달리 대부분의 애들은 엄말 싫어해."

충남이 새삼스러울 거 없다는 듯 대꾸하자 난희가 낄낄 웃는다. 내 딸만 그런 게 아니라니 조금은 위안이 되기도 한다.

"난 울 엄마 좋은데."

"그건 엄마나 너나 늙어서 그렇지. 젊어선?"

"아우, 끔찍했지. 울 엄마 진짜진짜…."

"부모 자식 간의 진정한 화해는 죽기 전에나 가능해. 너 죽을 때 되면 완이가 널 무척 좋아하게 될걸. 피눈물을 토하며 울기도 할걸. 그날을 기다리며!"

충남이 소주잔을 내밀자 난희도 깔깔 웃으며 술잔을 부딪쳤다.

"어우, 딸년한테 사랑받으려면 곧 죽어야겠네. 그나저나 언니, 나 남자나 만날까?"

난희는 집에 오는 길에 만난 일우를 떠올리고 있었다.

"내 말이!"

"사실 나, 한 사람 있어. 열 살은 어린데, 눈 너머로 보기만 해도 꽤 괜찮더라고."

난희가 생글생글 웃으며 말했다.

"대박일세, 대박이야!"

충남이 진심으로 기뻐하며 웃었다.


다음 날 아침, 난희네 집에서 잔 충남은 문자 알람 소리에 부스스 눈을 떴다. 돋보기를 끼고 들여다보니 성재가 보낸 문자였다.

'덕분에 좋은 시간 보냈다. 고맙다.'

셀카봉을 들고 빙글빙글 돌며 웃는 둘의 동영상과 해돋이 사진도 함께 보내왔다.

"신났네."

"뭐야?"

난희가 잠에서 깨 묻자 충남은 말없이 휴대폰을 건네고 방을 나갔다. 동영상을 보며 웃던 난희가 주방에서 커피를 내리는 충남에게 다가갔다.

"언니, 샘나?"

"거기 내가 있었어야 돼."

충남이 농담으로 받자 난희가 낄낄 웃었다.

"내 말이. 오줌 싸러 간다."

난희는 충남의 등을 살살 쓸어주고 화장실로 향한다.

"그냥 가! 꼭 말을 해, 지린내 나게."

충남은 커피 잔을 들고 창가로 갔다. 양보하기 싫어 샘이 날 줄 알았는데, 희자가 즐거워하는 모습을 보니 마음이 편안했다.

# 인생, 심심할 겨를이
# 없구나

정아는 그간 덮었던 이불 홑청을 죄다 벗겼다. 제사 준비
가 아닌 독립 준비였다. 자신이 만지던 살림살이들을 깔끔
하게 닦아놓은 뒤 미련 없이 떠날 생각이다.

"아이고, 잘됐네. 나는 혹시라도 이번에 당숙 어른이 못
오실까 걱정했는데. 네네, 다음 주 월요일 밤입니다. 네네,
당숙 어른."

아침상 물리자마자 전화를 돌리기 시작한 석균은 정아가
이불 홑청을 다 빨아 널었는데도 여전히 통화 중이었다.

"야, 삼포리 당숙까지 오시는데 네가 안 오면 제를 어떻
게 지내냐? 야, 이놈의 새끼야, 배 하루 안 띄우면 뭐 하늘
에 구멍이 뚫리고 땅이 꺼지냐? 네가 왜 이렇게 하는 일마

다 안 되는 줄 알어? 조상을 안 모셔 그래! 내가 왜 그 말을 취소해, 내가 왜 그 말을 취소해! 이 천하에 버르장머리 없는 놈아!"

정아가 집 안 구석구석 청소를 마친 뒤 걸레를 들고 안방에 들어갔다. 석균은 여전히 수화기를 붙들고 신이 나 떠들고 있다.

"아닌 말로 내가 살면 얼마나 더 삽니까. 마지막 어머니 제사라 생각하고 떡 벌어지게 차려드릴라고. 낄낄낄… 에이, 지난해는 약했지. 그건 제사상이 아니지. 내가 그땐 아파가지고… 이번엔 잘 차릴라고, 아주아주 크게 잘 차릴라고. 형수도 오시라 그러고요… 아, 금남 아재도 오시라고 해요."

"사돈에 팔촌까지 부르네. 살아 있는 제 마누라는 누룽지 먹는 게 아깝고, 죽은 제 애미 제상은 떡 벌어지게…. 어머닌 죽어서도 신나시겠네."

매년 제사 때마다 보아온 모습이지만 늙은 마누라 고생은 눈곱만큼도 생각하지 않는 석균이 오늘따라 더 서운해 정아가 혼자 구시렁거렸다.

한바탕 전화를 돌린 석균이 정아와 두 딸을 거느리고 재래시장을 찾았다. 정아를 도우려는 마음에서가 아니라 질 좋은 제수를 고르기 위해서다. 앞서 걸으며 이거 사라 저거

사라 손가락으로 지시만 하는 석균을 보다 못해 수영이 짜
증을 부린다.

"캐리어는 아버지가 끌어요."

석균은 들은 척도 않고 방금 산 배추를 캐리어에 싣고 앞
으로 휙 가버렸다.

"꼴 보기 싫어."

호영이 석균의 뒷모습을 보며 꽁알거렸다.

"고만들 투덜대."

정아는 캐리어를 끌고 석균을 따라 앞으로 갔다.

"그 고사리는 어디 거?"

석균이 나물가게 주인에게 물었다.

"북한산인데…."

대답이 채 끝나기도 전에 석균이 휙 고개를 돌려 지나친
다. 아무리 캐리어가 있다고 해도 이미 사들인 물건들을 들
고 옮기느라 진이 빠진 수영이 그냥 사자며 멈춰 섰다. 그러
자 석균이 버럭 고함을 지른다.

"고사리는 지리산이나 제주산!"

"고사리 북한산 샀다고 날 패 죽이려면 패 죽이셔! 어지
간히 좀 하지 진짜."

내내 군소리 없이 따라다니던 정아가 큰소리를 내며 가게
앞으로 다가갔다.

"세 근 줘요."

석균의 막무가내식 장보기는 어시장에서도 이어졌다.

"아버지, 동태포 샀으면 됐지 무슨 대구포까지 사."

딸들 말을 귓등으로 듣고 석균이 상인에게 말한다.

"세 마리 떠!"

"두 마리만 떠요."

수영이 끼어들자 잠자코 있던 정아가 조용히 타이른다.

"냅둬, 마지막인데."

"뭐가 마지막이야?"

정아가 입을 다물어버리자, 수영은 별스럽지 않은 말이려니 하고 다시 구시렁거린다.

"돈, 돈, 하며 평생 엄말 쥐 잡듯 잡으면서 제상엔 왜 돈을 안 아껴?"

"사돈에 팔촌까지 부르셨다잖아. 많이 해야지."

호영이 석균을 흘기며 비꼬았다. 캐리어에 가득 쌓인 재료들을 심란하게 바라보던 수영이 석균에게 다가가 넌지시 사정한다.

"아버지, 일하는 사람 한 명 부르자. 우리끼리 이거 다 못 만들어요."

"그래서 사흘 된데 장 보는 거 아냐. 네 엄마 힘들까 봐 쉬엄쉬엄 하라고! 네 엄마 팔뚝 봐. 힘이 장사야! 그렇게 먹어대며 일 년에 네댓 번 제사상 차리는 게 뭐가 그리 힘이 들어! 그리고 네 엄마 음식 아니면 네 조부모가 젓가락도 대질 않으셨어! 알고나 말해!"

석균의 호통에 딸들은 입을 다물어버렸다.


정아가 재래시장을 도는 동안 난희와 충남, 영원은 정아가 살 집을 청소했다. 하지만 아무리 쓸고 닦아도 청소한 티가 나지 않는 집이었다. 문짝이며 싱크대며 낡을 대로 낡은데다 겹겹이 쌓인 묵은 때는 쉽게 지워지지 않았다. 참다못한 난희가 걸레를 집어던지고 정아에게 전화를 걸었다.

"언니, 이 집 못 살겠어. 치워도 치워도 끝이 없어."

충남이 휴대폰을 낚아채 종료 버튼을 눌렀다.

"언니의 복수전에 재 뿌리지 마."

"그냥 언니한테 소송 붙으라고 그럴까? 그럼 위자료도 이삼 억은 받을걸. 그럼 아파트는 몰라도 빌라는 얻잖아. 나이 들어 이 집은 심란해."

"김석균과 사는 게 더 심란해."

"그러니까 위자료를…."

마당에서 꽃을 심던 영원이 끼어든다.

"야, 지금 누가 누구한테 위자료를 달래? 말은 바로 해. 위자료는 석균 오빠가 받아야 돼. 마누라랑 동생이란 년들이 몰래 집 얻고 집 치우고…. 그 배신감이 오죽하겠니. 위자료는 피해자가 받는 거야. 작금의 사태로 봤을 때, 위자료 받을 사람은 정아 언니가 아니라 석균 오빠야. 아니냐?"

생각해보니 틀린 말은 아니다. 석균은 원래 생겨먹은 대로 살았을 뿐인데, 한마디 예고도 없이 버려지게 생겼으니 그 충격은 가히 메가톤 급 펀치에 버금가는 것일 테다.

"그러네. 이 정도면 백억짜리 위자료감이다. 아이고, 석균 오빠 어째."

난희가 심란한 표정으로 맞장구를 치자 충남이 걸레질을 하다 말고 주저앉으며 일침을 날린다.

"어쩌긴. 인과응보지. 정아 언니의 복수는 어쩌면 이게 시작일걸."

"아까부터 복수는 또 뭐니?"

"복수지. 그간 언니가 칼을 갈며 이를 득득 간 거지. 오늘을 기다리며 쓱쓱쓱!"

충남이 칼 가는 시늉까지 하자 난희는 깔깔 웃음을 터트렸다. 슬쩍 딴생각에 빠져 있던 영원이 불쑥 말을 던진다.

"나, 대철 씨 봤다."

난희와 충남이 놀라 영원을 돌아봤다.

"두어 달째 꽃만 보내더니, 엊그제 보자고 쪽지를 보내서…."

"뭐래?"

충남이 호기심 가득한 얼굴로 물었다.

"그냥… 레스토랑 창 너머로 얼굴만 한 삼십 분 보다 돌아왔어."

"여편네 살아 있으면 안 보는 게 맞아."

난희는 조강지처 있는 남자와의 로맨스는 인정할 수 없었다.

"죽었으니 왔겠지."

충남이 끼어들자 난희가 살짝 눈을 흘겼다. 영원이 생각에 잠긴 얼굴로 서글프게 웃었다.

"근데 쪼금… 많이 늙었더라."

"보지 마라."

난희는 제 일인 양 단호하게 말하고 멈췄던 걸레질을 시작했다. 영원도 난희 앞에서 대철 씨 얘기는 아니다 싶어 말을 돌렸다.

"근데 완이는 왜 안 와? 보고 싶은데."

"몰라. 전화도 꺼놓고 집구석에서 맨날 뭔 짓거릴 하는지. 걔 연하랑 헤어진 건 맞지?"

"맞겠지."

영원이 말끝을 흐렸다.

"장애인은 안 돼. 나한텐 유부남이나 장애인이나 똑같아."

난희는 연하를 생각하면 안쓰럽고 미안했지만, 완이를 위해 어쩔 수 없다며 마음을 다잡았다.

눈치 빠른 충남은 영원이 연하 일에 대해 뭔가 알고 있다는 느낌을 받았다. 충남이 '네 맘 다 읽혀.' 하는 눈으로 영원을 빤히 쳐다보자, 영원은 지레 뜨끔해서는 고개를 돌렸다. 충남은 난희 모녀에게 또다시 폭풍 전야가 찾아오겠구나, 인생이란 심심할 겨를이 없구나 싶어 쓸쓸한 기분이 들었다. 하긴 심심하면 그건 이미 죽은 목숨이지 싶다.

# 너에게 가는
## 길

열여덟 시간을 날아 드디어 슬로베니아에 도착했다. 택시를 타고 연하의 집으로 달려가는 지금, 내 심장은 고삐 풀린 망아지처럼 마구 뛰고 있다. 연하를 만나기도 전에 심장이 터져버리는 건 아닐까 걱정스러워 길게 심호흡을 하며 스스로를 진정시킨다.

너무도 익숙한 풍경들이 차창 밖으로 지나간다. 길고도 아득하기만 했던 삼 년이라는 시간이 단숨에 잘려나간 것처럼 내 몸과 감각이 거리의 풍경 속으로 감미롭게 스며든다. 해변으로 이어지는 저 길 위에서 내가 연하에게 달려가 헤드록을 걸고, 연하는 가볍게 내 팔에서 빠져나와 나를 안아 들어올린다. 그의 웃음소리와 향기, 내 몸을 압박해오던 팔의 감촉이 기억 속에서 생생하게 살아난다.

택시가 속도를 줄이며 연하와 단골로 가던 노점을 지나친다. 치즈 팬케이크를 굽는 달콤한 냄새가 차 안으로 들어온다. 콧수염을 기른 주인장의 모습도 예전 그대로다. 뜨거운 팬케이크 하나를 나눠 먹으며 즐겁게 웃던 연하와 내가 그곳에 서 있다.

연하에게 가까워질수록 설렘이 초조로 바뀌고 있다. 손가락에 끼고 있는 커플링을 만지작거리며 다시 심호흡을 해본다. 순식간에 시공간을 뛰어넘어 다시 이곳에 와 있다는 게 믿기지 않는다.

택시에서 내려 꽃을 한 다발 샀다. 그의 집 문 앞에 서서 다시 심호흡을 하고 초인종을 눌렀다. 연하가 깜짝 놀라 기뻐할 모습을 상상하니 저절로 웃음이 나왔다. 잠시 후, 문 열리는 소리가 나자 꽃다발을 내밀며 소리쳤다.

"헬로!"

그러나 내 앞엔 연하가 아닌 그의 누나 연희가 서 있었다. 나는 왠지 민망해 웃음을 흘리며 꽃다발을 내렸다.

"연희야."

"어떻게… 왔어?"

너무 뜻밖의 방문이라 그런지 연희가 말끝을 흐렸다. 나 역시 당황해 시답잖은 답을 하고 만다.

"어, 그게… 비행기 타고…."

내 짐을 들고 앞서는 연희를 따라 집으로 들어갔다. 마치 시간이 멈추기라도 한 듯, 집 안은 삼 년 전 내가 머물던 모습 그대로였다. 연하와 내가 함께 찍은 사진들, 그가 그린 내 그림들이 묵묵히 자리를 지키고 있었다.

연희가 컵에 물을 따라 내오며 연하는 아직 자고 있다고 담담히 말한다. 오후 다섯 시가 넘어가는데 늦잠이라니…. 내가 걱정스런 눈빛을 하자 연희가 덧붙였다.

"밤샘 작업했거든. 유럽 쪽에 연재하잖아."

"아…."

아파서 누워 있는 건가 싶어 가슴이 철렁했는데 그 말에 마음이 놓였다. 그때 휠체어 소리와 함께 연하가 피곤한 얼굴로 방에서 나왔다. 그러다 거실에 서 있는 나를 발견하고 놀란 듯 멈춰 섰다. 나는 연하에게 윙크를 하고 연희에게 괜한 농을 건넨다.

"근데 넌 시집 안 가?"

연하 곁에 그녀가 있어 다행이다 싶어 무심결에 나온 질문이었다.

"넌 왜 안 가?"

"나는… 글쎄…."

내가 당황하며 말을 더듬자 연하가 나섰다.

"누나, 나가."

"회사 가 있을게. 완아 또 봐."

연희가 소파에 걸쳐둔 옷과 가방을 챙겨들었다.

"안 가도 되는데…."

내가 쫓아낸 것 같아 마음에도 없는 말로 인사를 대신했다. 그러나 현관문이 닫히자마자 나는 연하를 돌아보며 진짜 속마음을 내뱉었다.

"빈말. 안 가면 큰일 나지."

그런데 나를 바라보는 연하의 표정이 무덤덤하다. 나는 다가가 휠체어 앞에 무릎을 꿇고 그의 표정을 살폈다.

"삼 년 만에 날 보고 그 반응밖에 없는 건가?"

연하는 여전히 덤덤한 얼굴로 나를 보고만 있다. 깜짝 놀라는 표정, 환한 미소, 너무 기뻐 번쩍 팔을 들어 안아주길 기대했는데…. 전혀 뜻밖의 반응에 서운한 마음이 들었다.

"설마… 내가 괜히 왔나? 열여덟 시간이나 걸려서?"

"밥은?"

연하는 겨우 어색한 미소를 짓고는 말을 돌렸다.

"아직."

"밀크티 어때?"

연하가 휠체어를 후진시켜 주방으로 가자 나는 무릎을 꿇은 채 그대로 굳어버렸다.

"내가… 괜히 왔어? 말해봐. 나 괜히 온 거냐고."

"아뇨. 잘 오셨습니다."

말은 그렇게 했지만 목소리엔 아무런 감정이 없었다. 오히려 사무적인 말투여서 더욱 거리감이 느껴졌다.

"난 기대했는데. 네가 나 오면 엄청 행복해하고, 좋아하고 기절할 줄 알았는데…. 착각했네."

"아니, 좋아."

연하는 나를 보지도 않고 차를 타며 말한다.

"아니라면서 반응이 이상하잖아. 마치 싫고 귀찮은 사람 왔는데 어쩔 수 없이 응대하는 것처럼. 너 지금 좀 싸해."

"아닌데. 나 정말 좋아서 길길이 뛰고 싶은데. 진짜로."

연하는 겨우 내 쪽으로 몸을 돌렸지만 눈은 마주치지 않는다. 준비한 찻잔을 테이블에 내려놓고서야 고개를 들어 나를 본 연하가 느닷없이 깔깔 웃음을 터트렸다. 내가 영문을 몰라 당황하자, 더 큰 소리로 웃어댄다.

"아하하. 너 코피 나!"

코를 훔쳐 손바닥에 묻은 피를 보자 참았던 서러움이 폭발해 울먹였다.

"야, 봐! 코피 나잖아! 내가 사흘을 엄마랑 악쓰고 싸우고, 잠도 못 자며 일하고…. 여길 비행기 타고, 비행기 타고, 버스 타고, 택시 타고…. 근데 너는 반응이 그게 뭐냐고! 그동안 나한테 서운했던 거 독 품었다가 복수하는 것처럼!"

내가 쏟아내는 말을 연하는 그저 웃으며 듣기만 한다. 나는 속상해 화장실로 뛰어 들어갔다.

세면대에서 코피를 닦아내며 나는 혼란스러웠다. 내가 기대했던 재회는 이런 게 아니었다. 그를 향한 사랑과 그리움이 너무나 명쾌해서 삼 년이라는 시간쯤은 훌쩍 뛰어넘으리라 생각했다. 이토록 무덤덤한 표정을 마주할 줄은 전혀 예상치 못했다.

그때 칫솔꽂이에 나란히 담긴 칫솔 두 개가 눈에 들어왔다. 삼 년 전 내가 쓰던 칫솔이다. 그와 함께 산 커플 샤워 가운도 나란히 걸려 있고, 내가 바르던 로션까지 버리지 않은 채였다.

세수를 하고 나가니 연하가 따뜻한 눈으로 나를 바라본다.

"너 아까 왜 그랬어! 내 거 다 그대로 저기 있는데, 사진도 다 그대론데, 아까 그 반응은 뭐냐고! 사람 놀라게! 간 떨어질 뻔했잖아!"

연하가 눈시울을 붉히며 나를 향해 두 팔을 벌렸다. 그도 더 이상 참을 수 없었는지 꾹꾹 누르던 감정을 무방비로 풀어헤치고 만다. 나는 다가가 무릎을 꿇고 그의 품에 안겼다. 너무도 그리웠던 연하의 체취가 가슴을 가득 채웠다. 그가 천천히 내 얼굴을 들어 입을 맞췄다. 너무나 익숙하고 너무나 그리웠던 입맞춤이다. 서두르지도, 격한 감정으로 치달아가지도 않으면서 우리는 소중한 걸 다루듯 조심스럽게 입을 맞췄다.

"열여덟 시간밖에 안 걸리더라. 너무 쉬웠어, 오는 길이."

그에게서 입술을 떼고 내가 말했다. 연하는 나를 끌어당겨 다시 뜨겁게 안았다. 나는 두 번 다시는 그를 떠날 수 없다는 걸 느끼며 연하의 품으로 파고들었다.

사흘째 우리는 아파트 밖으로 한 발짝도 나가지 않고 침대 위를 뒹굴었다. 사랑을 나누고 노곤해지면 서로를 안은 채 잠이 들고, 또 사랑을 나누고 배가 고파지면 음식을 시켜 먹고, 끊임없이 이야기를 하고 장난을 치다가 또 사랑을 나누고.

너무도 달콤해 곁에 묶어두고만 싶은 시간이 어느새 훌쩍 흘러 돌아가야 하는 날이 왔다. 아쉬움과 착잡한 마음을 달래며 발코니에 나가 차를 마시는데, 잠에서 깬 연하의 목소리가 들려온다.

"공원에 나갈래?"

"아니."

찻잔을 테이블 위에 내려놓고 침대로 돌아와 연하 곁에 누웠다.

"우리… 오십이 시간 동안 안 나갔어. 더는 뭐 시켜서 먹을 것도 없고. 네가 서울에서 가져온 만두, 순대, 잡채도 바닥났어. 나가자."

연하가 침대 밑에 널브러진 음식물 쓰레기를 보며 몸을 뒤척였다.

"나가지 말자."

나는 다시 연하 품으로 파고들었다.

"서울 안 가?"

"가니까… 나가지 말자."

남은 시간, 이렇게 연하 곁에 꼭 붙어 있고 싶다.

"그럼 좀 치우자."

"그래! 치우… 지 말고, 나가자."

집을 치우느라 시간을 낭비하고 싶지 않다. 나는 벌떡 일
어나 휠체어를 가져왔다.

"밖에? 그럼 옷."

나는 고개를 가로저었다. 연하에게 가운만 걸쳐주고 휠체
어를 발코니 쪽으로 밀었다. 연인으로 보이는 남녀가 장난을
치며 해변을 거닐고 있다. 연하가 그 모습을 부러운 듯 바라
본다.

"딴생각하지 마. 나 여기 있어."

"그래. 넌 여기 있어. 몇 시 비행기?"

"몰라. 까먹었어. 그리고 난 지금 너랑 여기 있지."

"그래, 홀딱 벗고."

연하와 나는 깔깔 웃음을 터트렸다. 이대로 시간이 멈춰
버렸으면…. 나는 연하의 얼굴에 부서지는 햇살과 웃음소
리, 우리를 감싸는 파도 소리를 가슴에 새겨 담았다.

# 괜찮아,
## 그럴 수 있어

"아주 길 텄네, 길 텄어. 전화도 안 하고 불쑥불쑥."

아침부터 찾아온 성재를 집 안으로 들이며 희자가 구시렁 댔다.

"아, 내가 잠이 안 오잖아. 석균 형님 때문에."

성재는 변명하듯 석균을 들먹였다. 여행에서 돌아오는 길에 성재는 희자의 통화를 엿듣고 정아가 이혼 준비 중이라는 걸 알았다.

"그 얘기할 거면 가요. 난 할 말 없어."

희자는 말이 번지는 게 싫어 정색을 하며 성재를 밀어내려 했다. 성재는 알았다며 불도저처럼 집 안으로 들어왔다. 석균 일이 마음에 걸리긴 했지만 오늘 찾아온 이유는 따로 있었다. 그는 소파로 가 앉더니 들고 온 봉투에서 책과 색연필을 꺼냈다.

"이리 와봐."

희자가 옆에 앉자 성재는 전날 자신이 직접 색칠한 책의 첫 페이지를 펼쳐 보여준다.

"예쁘지?"

파스텔 톤으로 부드럽게 색을 채운 그림은 남자 솜씨라고 믿기 어려울 만큼 섬세하고 꼼꼼했다.

"너무 예쁘다."

성재는 색깔 없이 밑그림뿐인 다음 장을 펼친다.

"다음 장부턴 네가 그려. 그림 그리는 게 치매 예방에 좋대. 내가 어제 그림 그리다 네 생각이 딱! 나서는 이걸 딱! 줘야겠다 싶어서 딱! 왔지!"

"침 튀겨. 그놈의 딱 소린⋯."

희자가 웃으며 손으로 얼굴 닦는 시늉을 한다.

"튀겼냐? 내가 닦아줄게."

"놔둬요. 내가 닦아."

두 사람이 그렇게 실랑이를 벌이는데 갑자기 민호 목소리가 들렸다.

"엄마."

기분 상한 표정으로 현관에 서 있는 민호를 보고 희자가 깜짝 놀라 허둥댔다.

"문이 열렸더라고. 나 만나기로 한 거 잊었어?"

희자는 그제야 정아 이사 선물을 사러 가기로 한 약속을 기억했다. 민호는 성재에게 건성으로 인사를 하고 식탁으로 가 과일을 집어 먹으며 못마땅한 티를 냈다.

"아, 그랬지. 참, 민호야 이, 이 아저씬 엄마 아주아주 예전 친구. 정아 이모랑 충남이, 영원이, 쌍분 엄마, 다 아는 사람."

희자는 괜히 찔려 말까지 더듬었다.

"엄마 초등학교 동문입니다. 막내?"

성재는 찬바람이 쌩쌩 부는 민호에게 악수를 청했지만 민호는 대놓고 눈살을 찌푸리며 성재의 악수를 받지도 않았다. 민망해진 성재가 희자에게 인사를 하고 바로 집을 나갔다.


손님으로 북적이는 카페 한쪽에서 성재의 전화를 받은 충남이 입술을 삐죽이고 있다. 희자와의 여행이 어땠냐는 질문에 아주아주 좋았다며 대놓고 자랑하는 게 우스웠다.

"나한테 그런 말이 하고 싶냐?"

"일부러 그러는 거야. 뜨뜻미지근 너 미련 갖게 하는 것보단 낫잖아."

그의 말에 충남이 웃으며 편하게 묻는다.

"전화한 용건은?"

"정아 씨 얘기 들었는데… 야, 이건 아니지 않냐? 석균 형님 몰래 집 팔아서…."

"그 집 정아 언니 명의고, 오빠 집은 또 있는데 뭐. 법적으로 문제 돼?"

"법적으로야 뭐가 문제 돼."

성재가 답답한 듯 말했다.

"만약 정아 언니랑 석균 오빠랑 소송 걸리면 오빤 내가 산다. 정아 언니 변호사로. 얼마면 돼?"

"얌마! 그걸 말이라고 하냐! 그리고 부부 사이에 서운한 게 있으면 말로 풀어야지. 이건 문제 해결이 아니라 혼란만 자초해."

성재도 석균의 성격을 모르는 바 아니지만 이런 막무가내 이혼은 아니다 싶었다.

"굿이나 보고 떡이나 먹어."

"형님 울어, 인마."

성재는 같은 남자로서 석균이 걱정스러웠다.

"그 눈물 오빠가 닦아주면 되겠네."

"야, 우리 다 내일모레 죽을 사람들이야. 석균 형님 생각해봐라. 그 나이에…."

"석균 오빨 많이 생각하네. 그럼 석균 오빠랑 오빠랑 둘이 살아. 오순도순, 늙은 남자 둘이 징그럽게."

충남은 더 이상 말하기 싫어 전화를 끊고 다시 교수들이 모여 있는 자리로 걸음을 옮겼다. 그때, 주영이 잔뜩 화난 얼굴로 다가와 영수증 하나를 내밀었다.

"저 인간들이 자그마치 술을 지금… 삼십만 원어칠 먹었어, 알아!"

매달 적자에 장사도 안 되는데, 계산 한 번 하지 않고 무식하게 술을 마셔대는 교수들에게 그는 적잖이 화가 나 있었다. 충남은 영수증을 찢으며 조카를 타일렀다.

"예술가가 무슨 돈이 있니? 술 달란 대로 줘."

"고모!"

"고모 친구들한테 그렇게 인색하게 하는 거 아냐."

"친구는 무슨…. 고모는 저 인간들한테 그냥 호구야. 돈 쓰는 늙은 호구!"

주영이 씩씩거리며 나가자 충남이 한숨을 쉬다 갑자기 그 자리에 주저앉았다. 배가 뒤틀리는 듯한 통증 때문이었는데, 잠시 그렇게 있자 다시 멀쩡해지는 듯싶었다. 배탈이 났나 생각하며 충남은 아무렇지 않게 일어나 젊은 교수들이 놀고 있는 자리로 걸어갔다.


희자는 새 이불과 베개를 한 보따리 사서 민호에게 들리고 정아가 살 집을 찾아 나섰다. 이사 전에 미리 갖다놓기 위해서다. 희자가 찾아간 곳은 시장통과 가까운 골목길에 있는 반지하 집이었다.

희자가 창문을 두드리자 험상궂은 남자가 자다 깬 얼굴로 창을 열었다. 희자는 깜짝 놀라 커진 눈을 깜빡였다.

"아저씨가 왜 거기 있어요?"

어이없다는 듯 희자가 묻자 민호도 거들었다.

"여기 아저씨 집이에요?"

"미쳤나, 이것들이…."

남자가 인상을 쓰더니 창문을 거칠게 닫아버렸다. 민호가 답답한 얼굴로 희자를 쳐다본다.

"이 집 맞아?"

희자는 그제야 생각난 듯 고개를 가로저었다.

"아… 아니다. 생각났어, 생각났어. 걱정 마."

얼이 반쯤 나간 듯 보이는 희자가 돌아서서 앞장섰다.

"아, 진짜 정신 안 차릴래, 엄마! 대체 어디야! 이 동네는 맞아?"

무거운 짐을 지고 한참을 걷느라 지쳐 있던 민호가 짜증을 냈다. 아들의 재촉에 희자는 머릿속이 더 하얘지는 것 같았다. 허둥거리며 한참을 걷던 희자가 갑자기 멈춰 섰다. 자신이 어디로 가고 있는지, 어디로 가야 하는지 전혀 알 수 없었다. 그녀는 당황한 얼굴로 돌아섰다.

"민호야, 엄마 잘… 모르겠어."

희자는 무거운 짐을 지고 따라온 민호에게 미안한 마음과 그가 화를 내면 어쩌나 걱정하는 마음에 슬금슬금 아들 눈치를 봤다. 민호는 그제야 아차 싶어 얼른 짐을 내려놓고 엄마를 안았다.

"그럴 수 있어. 그럴 수 있지 뭐. 내가 정아 이모한테 전화해볼게. 당황하지 마. 괜찮아. 사랑해."

민호는 엄마를 품에 안아 달래주며 그녀의 증상이 그저 건망증이길 바랐다.

# 약속하지 말고
# 그냥 가

　짐을 꾸린 뒤, 연하와 나는 집 뒤편 숲길로 산책을 나갔다. 청아하고 맑은 새소리와 눈부신 햇살이 쏟아지는 숲길을 걷는데 땅에 떨어진 예쁜 나뭇잎이 눈에 들어온다. 나는 그걸 주워 연하 머리 위에 올려놓고 다시 휠체어를 밀고 간다. 매일 누리는 일상인 것처럼 연하와 나를 담은 풍경은 편안하고 고즈넉하다.

　"동진 선밴 가서 만나기로 했어. 올 때 문자 넣었거든. 미국 들어간대. 나 때문은 아니고 언니가 외롭다나 봐. 잘됐지 뭐. 참, 내가 쓰려는 꼰대들 소설 어때? 재밌을 거 같애? 칙칙하지 않을까?"

　"어른들 캐릭터가 웃기던데."

"첨엔 쓰기 싫었는데, 엄마 얘길 한 번 하는 건 좋겠더라고. 모든 작가들의 꿈이겠지만. 이모들 얘기도 생각보다 얘깃거리가 있을 거 같고. 머릿속으로 대충 구상은 끝났고, 취재 좀 더 하고 단행본으로 내보게."

"차 마시자."

쫓기듯 초조해서 말이 많아진 나와 달리 연하는 퍽이나 담담해 보인다.

"그러자."

야외 카페에 도착하자 연하는 주문한 커피를 쟁반에 받쳐 무릎에 얹고 내가 있는 자리까지 가져왔다. 나는 가만히 앉아 그의 서빙을 받으며 만족스럽게 웃었다.

"훌륭하다."

"뭐가? 차가? 아니면 내 휠체어 다루는 솜씨가?"

"둘 다."

"평지니까."

연하 말이 싸늘하다. 아까부터 그는 왠지 기분이 가라앉아 있다. 곧 헤어져야 하는 게 서운해서 그러려니 하면서도 자꾸 그의 눈치를 보게 된다. 연하는 커피를 마시며 창밖으로 시선을 돌렸다.

"지금 번역하는 책이랑 소설… 열 시간씩 일할 경우 완성까지 아마 서너 달? 늦으면 오륙 개월 정도 걸릴 거야. 그런 다음엔 서울 정리하고 돌아올…."

"약속 같은 거 하지 말고, 그냥 가."

연하가 내 말을 잘랐다. 여전히 나와 눈을 마주칠 생각이 없는 듯 창밖만 바라보며 무뚝뚝하게 말을 이었다.

"이번에 네가 온 건, 여기 슬로베니아를 잊을 수 없었나 보다 생각할게."

나는 그가 왜 이런 말을 하는지 이해할 수 없었다.

"내가 여기 온 게 네가 아니라… 슬로베니아?"

"넌 충동적이고, 날 좋아하고, 그래서 불쑥 여기 왔겠지 만… 이번이 마지막인 걸로 해."

쿵, 하고 심장이 내려앉는다. 그는 여전히 나와 눈을 맞추 지 않고 있다. 아니, 맞출 수 없는 거겠지. 마지막인 걸로 하 자는 말이 진심은 아닐 테니까. 하지만 화가 나는 건 어쩔 수 없다. 내가 어떻게 여기까지 왔는데. 충동적으로 올 거였 으면 백 번, 아니 천 번이라도 그에게 달려왔을 것이다. 나 는 울컥 솟구치는 눈물을 꾹 눌러 참고 비꼬듯 묻는다.

"그럼… 넌 여기서 날 계속 기다리고 있나?"

"그냥 있지, 기다리는 게 아니라. 여긴 내 직장도 있고 풍 경도 좋고… 여자 생기면 만날 수도 있고. 니키타는 안 맞았 지만."

연하가 서글프게 웃는다. 그 웃음이 쓸쓸하고 외로워 보 여 또다시 눈물이 차오른다. 나는 이를 앙다물고 단호하게 말한다.

"그 꼴 못 봐. 돌아올래."

"지금은… 내가 내 다리를 보면서, 그냥 참 많이 불편하구나 그 정도지만 네가 이번에도 온다고 하고서 안 오면… 그땐 내 다리가 정말 싫어질 거 같아. 이것 때문에 네가 또 떠났네, 하면서. 난 이 다리로 평생 살아야 돼. 배려심 좀 가져, 나한테."

"입 닫아."

연하는 내가 다시 돌아오지 않을 거라 여기고 있다. 나를 믿지 못하는 것에 화가 나는 게 아니다. 돌아오겠다는 내 약속을 거부하게 만든 그의 처지가 그를 더 비참하게 만드는 것 같아 화가 난다.

"내가 여기에 온 게 뭐? 충동? 야, 삼 년을 참고… 비행기 타고 비행기 타고, 버스 타고, 장장 열여덟 시간이야."

"박완."

연하가 제지하려 했지만 나는 물러서지 않고 몰아붙인다.

"우리가 다른 이유면 몰라도 네 다리 때문에 헤어질 일은 없어. 넌 혼자 다닐 수 있고, 돈도 벌고, 난 힘이 좋아 널 케어하는 데 문제없고, 키도 커서 선반 위의 물건들은 손쉽게 꺼내니까. 근데, 사랑한다고 하니까 갑자기 네가 갑 같아?"

그 말에 연하의 눈빛이 사납게 변했다. 나도 물러서지 않고 그의 눈을 똑바로 보며 단호하게 말을 잇는다.

"내가 온다잖아! 그럼 넌…."

"내 다리가 불편해도 네가 날 사랑해주니까, 아 감사합니다, 그래야 되나? 네 멋대로 가고 네 멋대로 와서, 다시 네 멋대로 가는데!"

"당연히 그래야지. 감사합니다, 해야지."

"못하겠다면?"

나는 벌떡 일어나 가방을 움켜쥐었다가, 다시 자리에 앉았다. 이런 상태로 슬로베니아를 떠날 수는 없다.

차를 마시며 나는 격앙된 마음을 가라앉힌다. 지금은 그에게 내 마음을 분명하게 전할 때다. 한 치의 후회도 남지 않도록.

"너 똑똑히 들어! 난 이제부터 엄마가 뭐라고 하든 너한테 올 거야. 여기 올 때 이미 그러기로 결정했으니까. 그리고 난 더는 너를 휴대폰이나 노트북 동영상으로 보기 싫어. 그리고 내가 다시 올 때 넌 지금보다 훨씬, 훨씬 더 열심히 살아야 돼! 상체 운동도 지금보다 더 열심히 해야 하고, 하체 운동도 지금처럼 내버려두지 말고 꼭, 해야 돼."

연하는 나의 기대가 서글펐는지 눈물을 글썽이며 단호하게 외친다.

"지금도 충분해!"

"더 해야지! 나랑 살려면! 우리 삼촌은 칠 년을 누워 있다가 걸었어. 한쪽 다릴 끌지만 걷는다고. 너도 해야지, 그렇게. 나랑 살 건데."

"난… 안 되는 케이스야."

내게 헛된 희망을 심어주지 않으려는 연하의 마음이 아프게 밀려왔지만 나는 지지 않고 밀어붙인다.

"안 돼도 해. 되는 것만 어떻게 하면서 살아. 안 돼도 해. 적어도, 내가 장애인은 절대 안 된다는 엄마한테… 세상에 나 하나밖에 없는 엄마한테 널 선택한 이유에 대해 당당히 말할 수 있게! 엄마, 연하는 포기를 몰라요, 세상 누구보다 강해요! 그렇게 당당히 말할 수 있게."

참으려 했지만 눈물이 쏟아졌다. 단단한 벽을 치고 나를 밀어내던 연하의 눈빛이 부드럽게 풀어졌다. 스스로를 방어하기 위한 벽이었을 것이고, 내게 부담을 주지 않기 위한 배려였을 것이다. 이젠 그런 벽 뒤에 숨어 서로의 감정을 속이는 일은 하지 않을 것이다. 그런 소모는 지난 삼 년으로 충분하다.

흔들림 없이 단단해진 내 마음을 알겠다는 듯 연하가 부드러운 눈길로 나를 바라본다. 그의 눈빛에 먹먹함이 담겨 있다. 나는 냅킨으로 눈물, 콧물을 닦아냈다.

"소설 끝나는 날 올게. 엄마한테 책 선물로 주고. 그게 엄마 소원이거든."

차를 마시며 잠깐 생각에 잠겼던 연하가 진짜 속마음을 꺼냈다.

"안 오면… 죽는다, 진짜."

연하의 말이 끝나기 무섭게 자동차 경적이 울렸다. 카페 앞에 차를 세운 연희가 운전석에서 손을 흔들고 있다.

"눈치 없어."

연하가 내 손을 가만히 잡더니 내 손가락의 커플링을 다정하게 쓰다듬는다.

"가."

나는 가방을 들고 떨어지지 않는 걸음으로 차가 서 있는 곳을 향해 가다가, 다시 돌아와 그의 볼에 살짝 입을 맞췄다.

"또 봐."

나는 그 말을 최대한 가볍게 속삭였다. 미래에 대한 기약이 아니라, 내일이나 모레쯤 당연히 만날 사람들의 일상적인 인사처럼.

공항으로 가는 차 안에서 나는 한동안 입을 열지 않았다. 연희 또한 룸미러로 문득문득 나를 보기만 할 뿐 말을 건네지 않았다.

"연하, 하체 운동 시켜. 여기저기 재활 치료 찾아보면 있을 거야."

"네 엄마는…."

연희가 걱정스레 입을 뗀다.

"전에 엄마 핑계 댄 건 미안해. 난 올 거야."

"좋아. 기다려보지."

내 태도가 단호하다는 걸 느꼈는지 연희가 편안히 웃으며 말했다.

"다시 오면 넌 시집가고 없는 거다."

농담처럼 가볍게 말을 던지며 우리는 웃었다.

슬로베니아에 돌아와보니, 다시 오는 건 쉽고 가볍게 느껴졌다. 어떤 길이든 그 길에 들어서기 전이 가장 두려운 법이다. 한발 내디뎌 내 발자국으로 길을 내고 보면, 그 길 위엔 나를 두려움에 떨게 했던 괴물이 숨어 있지 않다는 걸 알게 된다. 괴물은 언제나 내 마음이 만들어내는 상상 속 두려움일 뿐이다.

## 그렇게 그녀는
## 떠났다

정아네 집은 석균이 불러 모은 일가친척들로 북새통이었
다. 주방에선 수영과 호영이 잡채를 무치고 전을 부치느라
분주한데, 거실 가득 술상을 벌인 석균은 갖은 주문을 해대
며 목소리를 높였다.

"순영아, 여기 술 줘라, 술! 잡채도!"

"가요! 엄마! 엄마 어디 갔어?"

호영이 잡채를 그릇에 담으며 소리치자, 전을 부치던 수
영이 화장실로 눈길을 던졌다.

"화장실에서 자나? 엄마 음식 하느라 밤샜어. 냅두자. 엄
마 쓰러져."

제사 준비와 손님 접대로 몸이 천근만근인 정아는 잠시

변기 위에 앉아 쉬고 있었다. 휴대폰에 저장한 엄마 사진, 분골을 뿌리던 바닷가 사진과 그곳 하늘을 자유롭게 날던 새 사진을 보고 있는데, 석균이 문을 벌컥 열었다.

"넌 똥도 안 싸면서 변소에서 뭐해?"

정아가 휴대폰을 주머니에 집어넣었다.

"좀 쉬어."

"화투판 어디 있냐?"

"테레비 밑에."

"네가 찾아! 어서! 쯔쯧쯧."

석균은 못마땅한 듯 혀를 차더니 욕실 구석에 놓인 가방을 보고 묻는다.

"저건 뭐냐?"

"내 옷가방."

정아가 거실로 나가자 석균이 가방을 슬쩍 열어보았다. 그 안엔 옷 몇 벌과 쓰다 만 로션 등 잡다한 것들이 들어 있었다.

"뭐야. 버릴 건가."

석균은 변변히 쓸 만한 게 없다는 생각에 욕실 바닥에 가방을 휙 내던졌다.

정아가 집을 나가려고 챙긴 물건은 그 가방에 들어 있는 게 전부였다. 짠돌이 석균마저도 쓰레기로 여길 만한 물건들. 오십여 년 꾸려온 살림이었지만 그녀에게 남은 건 그것이 전부였다.

늦은 저녁, 충남은 빈 집에서 홀로 복통과 싸우고 있다. 낮에 잠깐 아팠던 배가 다시 뒤틀리며 정신이 몽롱해졌다. 그저 지나가는 설사려니 싶어 무시한 게 화근이었다. 온몸에서 식은땀이 흐르고 배 속이 뒤틀리는 통증 때문에 눈앞이 가물가물했다.

"안 되겠네. 비상인데 이거. 오충남… 넌 젊어. 늙은이처럼 당황하지 말고…."

충남은 심호흡을 하며 휴대폰을 들었다. 겨우 조카 종식과 주영의 번호를 찾아 전화를 걸었지만 친구들과 노래방에 놀러 간 조카들은 전화를 받지 않았다. 영원에게 전화하니 매니저가 받아 촬영 들어갔다고 하고, 난희 또한 가게일이 바쁜지 전화를 받지 않는다.

다음으로 떠오른 사람은 정아와 희자였지만 나이 많은 노친네들이 뭘 할 수 있을까 싶어, 박 교수에게 전화했다. 다행히 연결이 되었지만 박 교수는 애들이 미국에서 나와 갈 수가 없으니 구급차를 부르라며 전화를 끊어버렸다. 또 다른 교수 친구는 아예 전화를 받지도 않았다.

충남이 가장 무서워하는 게 혼자 아프다 죽는 일이었다. 이러다가 자신이 골로 가는 건 아닌지 겁이 덜컥 났다. 충남은 땀을 비 오듯 흘리며 겨우겨우 몸을 일으켜 세웠다.

"일단 옷을 입고… 일일구를 부르고… 병원에 가자. 할 수 있어, 오충남. 정신 놓지 말고. 이대로 가면 다행이지만… 안 가면 병신 된다."

옷장을 열려고 한 걸음을 내딛는 순간 눈앞이 흐려지는가 싶더니, 아득한 통증에 그만 정신을 잃고 말았다.

그래도 하늘은 그녀를 버리지 않았다. 그녀가 쓰러지면서 자신도 모르게 쌍분의 번호를 눌렀던 것이다. 쌍분은 전화를 걸어놓고 말이 없는 충남에게 분명 무슨 일이 생긴 거라 직감하고 일일구에 전화했다. 그리고 사륜오토바이를 타고 병원으로 달려갔다.

뒤늦게 쌍분에게 충남의 소식을 들은 난희는 화들짝 놀랐다. 그러지 않아도 충남이 전화를 받지 않아 영원과 걱정을 하던 터였다. 그녀는 가게에 손님이 밀려드는 통에 선뜻 나서지 못하고 완에게 전화를 걸었다.

"엄마가 오늘 단체손님 받아서 못 가잖아! 그럼 너라도 가야지. 늙은이 혼자 있다 죽음 어떡해? 네가 책임질 거야!"

긴 비행을 마치고 막 공항에 도착한 완은 어이가 없었다.

"엄만 무슨 툭하면 죽고 살고야!"

"늙은이들은 그래. 모든 게 죽고 살고야. 엄만 단체손님 때문에 가고 싶어도 못 가잖아. 갈 거야 말 거야!"

난희는 충남에게 큰일이라도 생겼으면 어쩌나 싶어 가슴

이 떨렸다.

"알았어. 간다고 지금요! 무슨 일이야 진짜."

완은 엄마를 진정시키고 택시 승강장으로 달렸다.


열두 시가 막 넘어간 시각, 석균은 친척들과 정장으로 갈아입고 제사를 시작했다. 정아는 그제야 화장실에 팽개쳐둔 가방을 들고 현관문 밖으로 나갔다. 문 앞에는 먼저 나와 있던 수영과 호영이 슬리퍼만 신고 벽에 기대서 있었다. 정아는 가방을 한쪽 구석에 놓고 딸들이 서 있는 벽에 같이 기대섰다.

"엄마는 왜 나와?"

수영이 묻는다.

"여자니까."

"여자는 재수 없다고 제사도 못 보게 하고. 그러면서 여자가 만들어준 제사 음식은 재수 없게 왜 먹나?"

호영이 투덜거리며 정아를 본다. 그러다 방금 정아가 놓아둔 가방을 보고 묻는다.

"웬 가방?"

"엄마 네 아버지랑 갈라서게."

정아가 담담하게 말했다.

"잘 생각하셨어."

농담이라 여겼는지 수영이 웃음을 터트렸다. 호영은 구질

구질해 보이는 가방을 보고 대수롭지 않게 말한다.

"버릴라고? 잘 생각했어. 엄마, 제발 뭐 좀 버려가며 살아."

"엄마 진짜 집 얻었어. 혼자 살 거야. 놀러 와."

딸들은 정아의 말을 또 농담으로 받으며 그러겠다고 응수한다. 그러더니 호영이 시계를 들여다보며 짜증을 낸다.

"아, 집에 언제 가. 젯밥 먹고 나시면 또 삼촌들이랑 어른들 나 왜 이혼했냐고, 물은 거 또 묻고 또 묻고 하실 건데. 지겨워들, 진짜."

"담엔 왜 이혼했냐 그러면, 안 했다 그래. 아마 기억도 못 하실걸."

"그럴까, 진짜?"

낄낄거리는 두 딸에게 정아가 넌지시 말한다.

"네 아버지한테 잘해들."

"엄마 남편이니까 엄마가 잘해."

수영이 대수롭지 않게 말하고 남편에게 걸려온 전화를 받는다.

정아는 텅 빈 듯 허전한 눈으로 먼 하늘만 쳐다본다. 돌아가신 엄마를 보니 인생 참 미련 가질 것도 기대할 것도 없다는 생각이 든다. 남편이나 자식들한테 할 만큼 했으니 이젠 오롯이 그녀 자신만을 위한 시간을 가져도 좋다고 스스로를 다독였다.

손님들이 모두 돌아가자 집은 적막하리만큼 조용했다. 석균이 콧노래를 흥얼거리며 씻는 사이 정아는 외출복을 꺼내입고 안방에서 석균 속옷을 꺼내 욕실 앞에 가지런히 내려놓았다. 그러고는 잠시 문 쪽을 바라보다 거침없는 걸음으로 집을 빠져나갔다.

"순영아, 속옷! 순영아! 순영아!"

석균이 머리에서 물을 뚝뚝 흘리며 욕실 문을 열고 소리쳤다. 그러다 문 앞에 놓인 속옷을 발견하고 만족스러운 미소를 짓는다.

"자냐?"

그는 소리를 한 번 더 지르고 속옷을 챙겨 욕실로 들어갔다.

그날 밤, 석균은 자는 내내 버릇처럼 몇 번이고 '순영아!'를 외쳐댔다. 등을 긁어줄 손이 필요할 때도, 순간 코골이로 무호흡증이 왔을 때에도, 목이 말라 물이 필요할 때도 그는 무시로 정아를 불렀다. 하지만 그 이름에 화답할 정아는 그곳에 없었다. 석균이 정아를 부르는 소리는 다음 날 아침까지 몇 번이고 집 안을 공허하게 울렸다.

순하디순한 정아는 오십여 년 만에 석균을 혼자 남겨두고, 진짜 떠나고 말았다.

# 복수의 칼날을
# 갈며

다음 날 아침, 충남 이모는 병실에서 눈을 떴다. 어리둥절한 표정의 이모 곁에는 우리 할머니, 희자 이모, 우리 엄마와 영원 이모, 그리고 피곤에 쩔어 구석에서 졸고 있는 내가 있었다.

"맹장 수술은 잘 됐대. 나한테 전화하지."

희자 이모가 가장 먼저 입을 열었다.

"맹장 수술에 친구들이 대거 출동을 하고. 아이고, 진짜…."

지난 밤 충남 이모 소식에 놀란 친구들이 벌인 난리 북새통을 떠올리며 엄마가 말했다. 그러자 영원 이모는 우리 할머니가 아주 똑똑하게 대처한 덕이라며 치켜세웠다.

"암만, 내가 똑똑하지. 너한테 전화가 왔는데 다시 하니 안 받아서 일일구 불러놓고 난 여기로 왔다. 너 내가 살렸어. 나한테 효도해."

충남 이모는 이들이 아니었으면 어젯밤 혼자 죽었을지도 모른다 생각했는지 고마우면서도 서글픈 표정을 지었다.

그때 충남 이모 휴대폰에 문자가 들어왔다. 내가 그 소리에 깨 머리맡에 있던 전화기를 이모에게 건넸다.

'이 교수, 너 없어도 우린 지금 너무 신난다.'

얼큰하게 취해 웃는 사진까지 첨부한 박 교수의 문자였다. 이모 얼굴이 참담하게 일그러지는 걸 보자 나는 대충 무슨 일인지 감이 잡혔다.

"술 먹고 잘못 보냈나 보네."

이모가 망연자실한 표정을 짓고 있는데 '충남아!' '아가씨!' '야!' 하는 소리가 동시다발적으로 들리더니 주변 병상에 누워 있던 친척들이 하나둘 얼굴을 디밀었다.

"너 외롭지 말라고 특별히 이 병원을 택했다. 잘했지?"

할머니가 해맑게 웃으며 말하자 이모는 눈물을 글썽이며 고개를 끄덕였다.

결정적 순간, 젊은이를 좋아하던 충남 이모 곁엔 늙은 친구들과 더 늙은 일가친척들만 가득히 남았다.

"이 새끼들…. 죽었어, 너희들."

이모가 휴대폰을 꽉 움켜잡으며 이를 바드득 갈았다. 복수의 서막이 평범하디 평범한 그 아침에 조용히 시작됐다.

충남 이모가 답답하다고 해서 다 같이 정원에 나가 이런 저런 수다를 떨었다. 그러다 영원 이모가 정아 이모 집 나온 얘기를 들려주었다.

"완전 대박! 완전 대박! 야, 정아 이모 멋있다 진짜! 그치, 그치, 복수는 이렇게 하는 거지. 석균 아저씨 뒤통수를 제대로 탁! 그치 이모!"

하지만 영원 이모는 탐탁지 않다는 반응이었다.

"그치는 뭐가 그치야?"

링거를 꽂고 보행 보조기에 턱을 괴고 앉았던 충남 이모가 지지를 표했다.

"쟤는 반대. 나는 찬성."

"엄만?"

"늙어 이혼함 뭐해."

엄마는 건성으로 답하며 할머니에게 영양제를 건넨다.

"기력 챙기게 드셔."

"할머닌 정아 이모랑 석균 아저씨 이혼 어떻게 생각해?"

"저희들 알아 했겠지."

역시 할머니다운 쿨한 반응이다. 세상에 정답이라는 건 없지만, 나는 할머니 말이 가장 정답에 가까울 거라 생각했다. 결혼이 자신의 선택인 것처럼 이혼 또한 자신이 선택할 문제였다.

그때 희자 이모 휴대폰이 요란한 소리를 내며 울렸다. 이모가 휴대폰을 보기만 할 뿐 받을 생각을 않자 영원 이모가 휴대폰을 뺏어 들었다.

"석균 오빠네. 이 아침에 웬일? 전에도 언니한테 아침에 전화한 적 있어?"

"한 삼십 년 전에."

"그게 기억이 나? 잊고 살아. 힘들어."

계속 울려대는 전화벨 소리가 심상치 않게 느껴져 내가 영원 이모의 팔을 흔들었다.

"이모, 설마 정아 이모 튀었나?"

"설마, 이 아침에…."

엄마가 정색을 했다.

"더 이상 우리한테 설마는 없어."

충남 이모가 그렇게 단언하자 희자 이모는 다급히 휴대폰을 가져가 정아 이모에게 전화했다. 하지만 아무리 기다려도 이모는 전화를 받지 않았다.

"정아 집 나갔다. 설마가 아닌가 봐. 영원아, 나 택시 탈 거니까 걱정 마."

희자 이모가 부랴부랴 자리에서 일어나자 영원 이모도 뒤따라 일어서며 충남 이모의 어깨를 다독였다.

"몸조리 잘 하고, 방귀 뀌면 전화해."

그 말이 끝나기 무섭게 이모가 뿡, 하며 방귀를 뀌었다.

"아우, 잘했네. 아우, 잘했어!"

영원 이모가 박수를 치며 좋아하더니, 까르르 웃고 있는 할머니 볼에 입을 맞췄다.

"엄마, 나 가."

"이모, 주말에 인터뷰 잊지 마!"

나는 책을 쓰기 위해 이모들을 모두 인터뷰해야 하니 모여달라고 한 부탁을 다시 한 번 상기시켰다.

"어!"

영원 이모가 손을 흔들며 돌아서자 엄마가 할머니에게 바짝 다가앉아 속삭였다.

"엄마, 저런 딸 두고 싶지?"

살갑게 애교를 떠는 영원 이모가 부럽고 그렇게 못하는 뚝뚝한 자신의 성격이 미안해 괜히 떠보듯 물어보는 듯했다.

"내가 너 예뻐해, 년아."

할머니다운 애정 표현에 엄마가 함박웃음을 짓는다.

"맨날 딸한테 이년 저년은…."

그때 저만치 걷던 영원 이모의 목소리가 들렸다.

"글쎄, 난 모르겠는데…."

영원 이모가 뒤돌아 다시 걸어오며 입모양으로 말했다.

'석균 오빠 전화. 언니가 없대.'

그러면서 전화기에 대고는 딴말을 한다.

"오빠 난 몰라, 언니 어디 갔는지. 나? 촬영하지!"

이모는 정말 아무것도 모르는 사람처럼 연기를 하더니 전화를 끊었다.

"언니 아침에 튀었나 봐. 웬일이야, 웬일!"

이모가 돌아가고 얼마 지나지 않아 이번엔 엄마 전화가 울렸다. 물론 애가 닳은 석균 아저씨였다.

"오빠, 나는 몰라. 아, 왜 나한테 전화해서 오빠 마누랄 찾아! 소리 지르면 내가 아냐? 뭐하긴, 장사꾼이 장사하지!"

나는 이 상황이 너무 재미나 엄마 귀에 대고 속삭였다.

"이모 도망갔다고 그냥 말해. 반응 좀 보자."

엄마는 차마 큰소리는 못 내고 내 등짝을 때리며 눈을 흘겼다.

"점심 드셔요, 때 됐네. 나 손님 왔어."

엄마가 거짓말을 하고 전화를 끊자 이번엔 충남 이모에게 전화가 왔다.

"받지 마."

이모는 엄마 말을 무시하고 바로 전화를 받았다.

"왜, 오빠! 언니가 집에 없어? 그럼 빤하네. 집 나갔네."

"언니!"

엄마는 깜짝 놀라 가게에 있다고 거짓말한 것도 잊고 소리를 질렀다.

"언닌 오빠랑 이제 끝났어. 언니가 복수한 거지, 오빠한테."

이모의 돌직구에 엄마는 그저 웃고 나는 속이 시원해 엄지를 들어 보였다.

"골질하는 거 보니까 아픈 거 벌써 나았네. 엄마, 나 일하러 가."

엄마가 떠난 뒤에도 이모의 통화는 계속됐다.

"오빤 완전 새 됐어, 이제. 기분이 어떠셔? 언니가 오빠 두고 집 나가니까."

"너 혼자 살다 미쳤냐? 우리 마누라가 집을 왜 나가! 결혼이나 해! 미친 짓 작작 하고!"

아저씨는 나에게까지 들릴 만큼 고래고래 소리를 지르고 전화를 끊었다.

"뭐래, 아저씨 안 믿어?"

"안 믿다 당하면 난 더 고소할 뿐이지."

이모가 콧방귀를 뀌는데 다시 휴대폰 벨이 울렸다. 화면에 뜬 이름을 보자마자 이모는 이를 악물었다.

"너희들은 나한테 이제 죽었어."

이모는 계속 울리는 휴대폰을 환자복 주머니에 넣었다.

"누구야? 어제 이모 왕따시키고 논 교수들?"

"복수할 거야. 어머니 가셔요. 완이도 가. 개놈의 조카 놈들 온대."

보조기에 몸을 기댄 채 느릿느릿 병실 쪽으로 걸어가는 이모의 뒷모습을 보자 걱정이 밀려왔다. 영악한 교수들한테 오히려 더 큰 뒤통수를 맞고 이모가 상처받지는 않을까 해서였다.

"이모, 그건 아니다. 걔들 교수들은 그냥 잊어! 그냥 관계를 끊으면 되지, 무슨 복수야! 복수하려면 그 인간들 얼굴 또 봐야 될 건데 그러다 또 엮여! 걔들이 맘 약한 이모 구워삶는 건 식은 죽 먹기야. 어? 내 말 들어 이모!"

이모는 이미 마음을 굳힌 듯 뒤도 돌아보지 않았다.

"네 삼촌 두 달 후에 결혼한대."

그때까지 아무 말 없던 할머니가 입을 열었다.

"들었어. 이름이 자끌린이라며?"

"늙은 네 할아버지랑 나 싫어하면 우째?"

할머니는 문화도 입맛도 다른 젊디젊은 며느리 맞을 일이 걱정인 모양이었다.

"할아버진 말씀 안 하는데 싫을 게 뭐 있어. 할머닌 매력 있으니까 좋아하게 만들면 되지."

"어떻게?"

할머니가 정말 궁금한 듯 바짝 다가섰다. 나는 잠시 생각하다 할머니 맘이나 편하시라고 가볍게 말을 꺼냈다.

"돈 줘."

"빚내서?"

할머니가 풀죽은 목소리로 되묻는다.

"적당히. 빚은 자식한테 유산인데 안 되지."

"돈 주면서 밥도 같이 먹어?"

"돈은 통장으로. 밥은 같이 먹지 마. 먹자 그래도 싫다해. 빈말이니까."

"아예 내 얼굴을 봬주지도 마? 말은?"

"하지 마. 애들이 묻기 전엔."

나는 요즘 젊은 며느리들이 원하는 시부모상에 맞춰 답을 해주었다.

"아무 말도 하지 마?"

"되도록."

"그냥 입 꽉 닫아?"

"되도록."

"그럼 죽어, 그냥?"

할머니가 버럭 소리를 질렀다. 그제야 아차 싶었지만, 할머니는 단단히 화가 났는지 저만치 가버렸다. 나는 공원 벤치에 널린 과자봉지며 음료수 캔을 치우며 할머니를 향해 소리쳤다.

"할머니! 내 말은… 거기서 왜 죽는단 말이 나와! 나는 그냥 요즘 애들이 하는 말 하는 건데!"

"요즘 애들? 그럼 너는 어떤데? 너는 어떤데!"

"그러니까 나는… 나는 할머니…."

막상 대꾸할 말이 없었다. 생각해보면 나 역시 요즘 애들이었다.

"너도 나쁜 년이야! 자꾸는 날 싫어할 거야!"

할머니는 병원 앞에 세워둔 사륜오토바이를 타고 순식간에 시야에서 사라졌다. 같이 웃고 떠들 땐 몰랐는데, 할머니가 팩 토라지는 모습을 보자 어른들과 나 사이의 간극이 생각보다 심각하다는 생각이 들었다. 나는 한숨을 내쉬며 주문을 외듯 중얼거렸다.

"이해하자. 이해하자. 그래야 늙은이들 글 쓴다. 이해하자."

# 누구에게나 만만찮은 게
# 인생

석균은 아침에 눈을 뜨면서부터 정아를 찾았다. 밥솥에는
갓 지은 밥이, 가스레인지 위엔 큰 솥 가득 곰국이 들어 있
었지만 집 안 어디에도 정아는 없었다. 혼자 밥을 차려 먹고
출근할 때까지도 정아는 들어오지 않았고, 전화도 받지 않
았다. 그래도 정아가 집을 나갔을 거라고는 꿈에도 생각하
지 않았다.

출근해 일을 하다 생각하니 꺼림한 생각이 들어 정아 친
구들에게 차례로 전화를 걸었다. 희자는 전화를 받지 않고,
영원과 난희는 입이라도 맞춘 듯 모른다고 딱 잡아떼고, 충
남은 정아가 집을 나간 거라느니 복수를 한 거라느니 엉뚱
한 소리를 해댔다. 석균은 짚이는 것이 있어 전화를 끊고 슬

며시 미소를 지었다.

"아이고, 어제 제사 한번 지냈다고 아침부터 아주 천지 사방 돌아다니며 나랑 사네 못 사네 생색을 냈나 보네. 아, 그렇게 제사 지내는 게 힘들면 여자로 태어나질 말든가! 어찌 됐든, 난 어젯밤 내 부모 잘 모셨다. 히히."

딸네 집에 전화를 다 돌려봐도 다들 모른다는 소리뿐이었다. 종일 연락이 닿지 않았지만 석균은 신경 쓰지 않았다. 설사 정아가 집을 나갔대도 며칠 안 돼 기어 들어올 게 뻔했다.

석균은 퇴근해 성재네 집으로 갔다. 밥이며 국이 여전히 한 솥 가득 남아 있지만 혼자 밥 차려 먹는 게 귀찮았다.

"형님, 거기 수저통에 있는 수저 좀 놔요."

성재가 밥을 푸며 그렇게 말하자 석균이 깜짝 놀란 표정을 지었다.

"내가?"

석균은 성재를 쳐다보며 꿈쩍도 않고 식탁에 앉아 있다. 성재가 인심 쓰듯 수저통에서 수저 두 쌍을 꺼내 왔다.

"밥 퍼 와요."

성재는 보란 듯이 제 밥그릇에만 밥을 퍼 식탁에 앉았다. 석균은 불만이 가득한 얼굴이었지만 어쩔 수 없이 일어나 자기 밥을 퍼 왔다.

"정아 씨한테 가서 빌어요, 집에 들어오라고."

석균이 맛나게 밥을 먹자 성재가 딱하게 바라보다 입을

연다.

"내가 왜? 사흘이면 돌아올 거야. 밥도 한 솥 국도 한 솥 그거 떨어지면 돌아올 거야. 야, 충남이 말대로 순영이가 진짜 나랑 헤어질 거면 밥을 왜 하니? 국은 왜 끓여? 그래, 안 그래?"

성재는 답답한 듯 작게 한숨을 쉬었다.

"정아 씨니까."

"뭐?"

"착하니까. 마지막 만찬. 밥 먹고 국 마시고 이제 그만 자기한테서 뚝 떨어져라, 그 뜻이죠. 착하잖아, 정아 씨는."

석균은 너무 어이가 없어 껄껄 웃었다.

"그럼 이혼 서류는 왜 안 줘? 내 말이 맞지? 너 벙쪘지? 순영이는 절대, 절대 나랑 이혼 못 해. 우리가 같이 산 세월이 반백 년이야. 너 보기엔 내가 진짜 못된 놈 같지? 아냐, 나 잘해! 돈도 잘 벌어다주고, 이날 이때껏 바람도 안 피고. 넌 폈지, 바람?"

"정아 씨, 집 얻었대요."

성재가 마지못해 희자와의 약속을 어기고 비밀을 폭로했지만, 석균에겐 씨알도 먹히지 않았다.

"쇼지, 그건! 저 가고 싶은 세계 일주 안 데려가니까 데려가달라고 쇼하는 거야, 그건! 근데, 너도 생각을 해봐라. 우리가 이제 백 년을 살아요! 근데 세계 일주를 가서 있는 돈다 써서 조지면? 써서 조지면 나중은 어쩔 거야? 늙은이들 둘이 길바닥에 나앉을 거야, 어쩔 거야? 너는 변호사 하고 부모 잘 만나서…. 너 백억 있지?"

여전히 정신 못 차리는 석균이 답답해 성재가 버럭 소리를 쳤다.

"백억이 뉘 집 개 이름이요! 우리 부모님 재산은 당신들 병구완으로 다 쓰고 가셨어요. 그리고 내가 사기꾼이요? 변호사지. 어떻게 정상적으로 일해서 사람이 백억을 벌어?"

"너 능력 없구나. 나는 인마, 너처럼 대학 나왔음 백억 벌었어. 암만, 백억이 뭐야, 이백억도 벌었지. 근데 너 밥 잘한다. 우리 순영이보다 낫다. 너 나랑 살래? 하하하."

성재는 석균이 답답하고 얄미워 화가 났지만, 참자 싶어 꾸역꾸역 밥만 먹었다.

석균의 꼴불견은 그게 끝이 아니었다. 성재가 설거지를 마치고 보니, 석균이 화장실 문을 활짝 열어놓고 서서 볼일을 보고 있었다. 성재는 변기에 소변 묻을까 신경이 쓰여 지켜보고 있는데 그런 줄도 모르고 석균은 껄껄 웃으며 허세를 부렸다.

"아직 내 오줌발 세지?"

그러더니 바지 앞섶에 묻은 오줌을 손으로 탁탁 털고 그냥 나오려 했다. 보다 못한 성재가 팔목을 잡았다.

"손 씻으셔."

"괜찮아. 야, 술 줘라. 너 양주 있지?"

석균은 손을 바지에 쓱 닦더니 거실로 가버렸다. 성재는 샤워기를 틀어 변기 주변을 씻어내며, 평생 석균을 참아주고 다 받아주며 산 정아의 속이 어땠을지 짐작이 갔다. 이쯤 되면 그녀가 더 이상 참지 않는 게 당연해 보였다.

다음 날 아침, 수영과 호영이 씩씩거리며 정아네 집을 찾아왔다. 먼저 와 있던 희자와 영원은 모녀지간의 실랑이를 조용히 바라보고만 있다.

"그게 말이 돼? 별로 힘든 것도 없다면서 이혼을 한다는 게!"

수영은 잔뜩 뿔이 나서 자리에 앉지도 않고 정아를 추궁한다.

"엄마, 힘든 게 있으면 말을 해서 풀어. 이게 뭐야! 이 집은 또 뭐고."

호영이 구슬려보지만 정아는 아무 말 없이 걸레질만 할 뿐이다. 그런 엄마가 답답했는지 수영이 걸레를 빼앗아 던지며 소리친다.

"지금 걸레질할 때야!"

정아는 딸이 던진 걸레를 주워 수돗가로 갈 뿐 여전히 말이 없다. 단 한순간도 자신을 위해 살아본 적 없는 그녀의 세월을 새삼스레 딸들에게 구구절절 말하고 싶은 마음도 없다. 그저 자신을 조용히 내버려두길 바랄 뿐이었다.

"아버지가 밥을 할 줄 알아, 뭐를 할 줄 알아!"

수영이 또다시 소리를 지른다.

"이모, 울 엄마 좀 말려봐요!"

호영은 희자와 영원을 돌아보며 도움을 요청한다. 그러다 수영이 엄마에게 냅다 호통을 쳤다.

"엄마는 뭘 그렇게 잘했니!"

듣다 못한 영원이 참지 못하고 끼어들었다.

"야야야야! 주워 담지도 못할 말 할 거면, 스탑! 수영이 너 지금 하는 말, 찰랑찰랑 도가 넘쳐!"

"울 엄마도 잘한 거 없다고요! 아버지 버릇 저렇게 들인 건 다 엄마라고요! 딸들이 뭐랬어? 시집가기 전에 뭐랬어! 아버지 다 받아주지 말랬잖아! 근데 엄마가 저렇게 살다 죽는 거라며? 그러면서 엄마가 우리 딸년들 못됐다, 싸잡아 욕했지! 근데 이제 와서, 엄마가 다 해놓고 왜 이래? 시댁엔 뭐라 그래! 우리 집은 첫째 언니도 둘째 언니도 엄마 아버지까지 왜 다 그러냐고! 창피하게 뭐냐고!"

수영이 울먹이며 소리쳤다. 사실 그녀도 모르는 바 아니다. 언니들이 이혼한 것도 언니들 탓이 아니고, 엄마가 이러는 것도 엄마 탓만은 아니라는 것을 말이다. 하지만 말하기 좋아하는 사람들이 싸잡아 쑥덕거리는 것도 속상하고, 이렇게 구질구질한 집에서 말년을 혼자 살겠다고 고집 피우는 엄마도 답답했다.


딸들이 돌아가고 다시 조용해진 집 안에 고소한 호박부침개 냄새가 가득하다. 정아가 갓 부친 부침개를 그릇에 옮긴 뒤 작게 찢어 영원과 희자 입에 넣어주었다. 영원은 맛있다며 엄지를 세워 보였다.

"아까 언니가 아무 말 안 한 거는 잘한 거야."

"말하면 생색 되고, 애들하고까지 등지니까. 그치?"

희자가 맞장구를 쳤다. 정아는 대답 없이 그저 웃으며 부침개를 집어 먹는다.

"이럴 땐 내가 편하지. 부모 없어, 남편 없어, 자식 없어."

영원이 웃으며 말하자 희자가 또 맞장구를 친다.

"그래서 충남이랑 너랑 부러울 때가 얼마나 많은데."

"근데 내가 암인 거지. 크크."

"그래서 우리가 널 참 안쓰러워도 하는 거고. 우리 중 충남이가 제일 편하다."

"충남 언니는 언니한테 들러붙어 사는 일가친척이 열댓. 병실에서 못 봤어?"

"잊었다."

"인생 누구에게나 만만찮아. 그치, 언니?"

영원과 희자가 이런저런 얘기를 해도 아무 대꾸 없이 부침개만 먹던 정아가 뜬금없이 중얼거렸다.

"호박만 부쳐도 맛있네. 참, 배추 잎 있는데. 잠깐만."

정아가 부엌으로 사라지자 영원이 허허허 웃었다.

"정아 언니가 진짜 고단수야."

딸들이 쳐들어와 한바탕 푸닥거리를 했으니 마음이 심란하고 복닥거릴 만도 한데, 아무렇지 않은 듯 평상심을 유지하는 그녀가 대단하다는 생각이 든 것이다.

"무서운 애지. 내가 이런 말 했다고는 말고."

"무섭단 말 전에도 했거든."

영원의 말에 희자가 머리를 절레절레 저었다.

"아휴, 나는 왜 그런다니 가끔."

"가끔 아니고, 자주."

영원이 희자에게 부침개를 먹여주며 킬킬 웃었다.

# 반드시
# 행복하기

동진 선배가 미국으로 들어가기 전에 인사라도 할 겸 출판사를 찾았다. 선배 얼굴이 지난번보다 편안해 보여서 마음이 놓인다. 나는 농담처럼 사장이 회사를 그렇게 오래 비위도 괜찮은 거냐고 물었다.

"나는 거기 가서 작가 발굴하고, 여긴 직원들이 일 잘하니까. … 연하는 너 간다니까 좋아해?"

"난 정말 연하가 좋아할 줄 알았거든. 근데 좀 튕기더라. 자긴 부족함이 없대. 있는 그대로 완벽하대. 그러니까 오든지 말든지 마음대로 하래."

"하하, 자식… 늘 멋져. 엄마는?"

그 말에 내 얼굴이 굳었다. 엄마를 설득하는 과정은 지난

한 싸움이 될 것이다. 만약 끝끝내 허락하지 않는다 해도 나는 떠나기로 마음먹었지만, 여전히 엄마를 생각하면 마음이 무거웠다.

"엄마는 괜찮으실 거야. 힘드셔도 잘 견디실 거야. 너만 행복하면."

"왜, 한번 맞아보니까 울 엄마에 대해 제대로 알겠어?"

"하하, 어머니가 아주 힘이 장사시더라고."

엄마에게 당한 일이 모질고 불쾌한 기억일 텐데 농담처럼 편하게 웃어넘기는 선배가 고마웠다.

"그날 일… 내가 대신 사과할게. 미안해."

"두고두고 해라, 그 말. 한 번으로 끝내지 말고."

"책 써서 매출로 보상해줄게."

선배가 나를 가만히 보다 담담하게 말한다.

"가."

"술 한잔하고 헤어지자. 이건 너무 그렇잖아, 맹숭맹숭."

"우린 그냥 이렇게 어색하게… 아쉽게. 시작도 그랬듯 끝도 좀 모자라게. 그게 어울려."

"맞다. 더 이상은 과해, 그치?"

내가 담백하게 인정하자 선배가 찡긋 윙크를 했다.

"이 정도가 적당하지."

나도 윙크로 화답하며 마지막으로 꼭 해주고 싶은 말을 덧붙였다.

"반드시 행복하기."

그와 나, 우리 둘은 외로움 때문에 잠시 흔들렸다가 제자리로 돌아왔다. 그가 있어 버틸 수 있었고, 또 그가 있어 돌아올 힘도 얻었다. 나는 그를 세상이 말하는 단순한 남녀 사이의 사랑이 아닌, 존재에 대한 감사로 사랑한다. 그래서 선배가 반드시 행복하길 바라는 내 마음은 진심이었다.

엄마 가게에 들러 늦은 점심으로 짬뽕을 먹고 있는데, 테이블 위에 놓인 엄마 휴대폰이 울렸다. 엄마는 서빙하느라 정신이 없기에 내가 무심코 전화를 받았다.

"네, 장난희 씨 전화입니다."

"넌 누구냐?"

깜짝 놀라 발신인을 확인하니 석균 아저씨였다. 아차 싶었지만 이미 받아버린 전화를 끊을 수도 없는 노릇이라 어쩔 수 없이 공손 모드를 가동했다.

"아… 네, 아저씨 웬일이세요? 전, 완이요."

"아, 소설 쓰고 담배 피는, 쓸데없는 난희 딸년이구나."

아저씨는 말을 해도 참 밉상으로 한다.

"어쩐 일이세요?"

"네 엄마한테 나 밥 좀 해주라 그래라."

아저씨는 맡겨놓은 돈 내놓으라는 사람처럼 호통을 쳤다. 내 얼굴이 일그러지는 걸 보고 엄마가 다가왔다.

"엄마보고 와서 밥하래."

송화구를 가리고 아저씨의 말을 전하자 엄마는 안쓰럽다는 표정이었다.

"일 끝나고 간다 그래."

"뭘 가?"

"한 번은 가야지."

"엄만 내 거야. 한 번도 가지 마, 아까워."

나는 송화구를 가렸던 손을 내리고 아저씨에게 전한다.

"아저씨, 수영이 호영이 시키세요."

엄마가 못 말린다는 듯 고개를 절레절레 저으며 들어오는 손님에게 달려갔다.

"수영이 호영이는 바빠. 그럼 네가 좀 와서 해라."

"제가 왜요?"

기가 막히고 코가 막힐 일이다. 정아 이모를 위해서라면 그럴 수 있지만, 석균 아저씨라면 절대 '노!'다.

"야, 새끼야. 내가 너 본 게 사십 년 가까워. 네가 나 하루 밥 한 끼 못 해줄 게 뭐야, 이 싸가지 없는 새끼야! 네 엄마랑 나랑 근 육십 년 지기야, 육십 년!"

"죄송해요. 지금 바빠서… 전화 끊을게요, 아저씨."

나는 혀를 날름 내밀고는 서둘러 전화를 끊었다.

# 꼰대는
# 외로워

"충남아, 너 와서 내 밥 좀 해!"

"수술한 내가? 죽을래, 오빠! 콱!"

석균은 입원해 있는 충남에게까지 전화를 걸었다가 욕을 된통 얻어먹고서야 딸들을 불렀다. 아기를 업은 수영이 주방에서 쌀을 씻고, 호영이 집 안을 청소하는 동안 석균은 소파에 앉아 누룽지를 먹으며 신문만 읽었다.

수영이 밥과 찌개를 끓여 밥상을 차려놓자, 석균은 딸에게 수고했다는 말 한마디 없이 식탁에 앉았다. 석균이 수저를 들자 수영이 마주 앉았다.

"아버지, 엄마한테 가서 빌어요, 네?"

석균이 노려봤지만 수영은 물러서지 않았다.

"엄마 그렇게 가고 싶어 하는 세계 일주는 못 가도 아시아 일주라도 해줘요, 네? 아니, 국내 일주라도! 나랑 호영 언니가 돈 드릴게. 은행 빚 내서라도 드릴게, 어? 네?"

"돈 많다. 나 줘."

석균은 도리어 약 올리는 것처럼 손을 내밀었다. 수영이 속상해 소리친다.

"아버지! 아빠!"

"내가 왜 빌어! 나이 칠십 넘어서 여적 일하는 게 미안하다고 빌어? 뭘 빌어!"

"맨날 뭐 먹는다고 엄마 구박했잖아! 종 부리듯 하고! 평생 물 한 잔 아버지 손으로 안 떠다 드셨잖아!"

"그럼 남자가 물 뜨냐? 남자가 밥해?"

석균의 말도 안 되는 호통에 결국 수영은 입을 다물고 말았다. 수영은 아빠와 얘기할 때면 거대한 철벽이 가로놓인 것처럼 답답해지고 만다.

"길어야 한 달이야. 냅둬."

"한 달이 일 년 되면, 그땐 어쩌게!"

"내일 저녁은 칼국수로 해."

"나까지 이혼하는 꼴 보고 싶어요? 내 남편 밥은! 내 남편 밥은!"

"내일은 칼국수!"

딸이 뭐라 투덜거려도 안 들린다는 듯 석균은 제 할 말만 외치고 우적우적 밥을 떠넘긴다.

그날 밤, 석균은 악몽을 꾸었다. 달빛이 어스름한 밤, 안개가 짙게 내려앉은 철길 위에 한 남자의 실루엣이 보인다. 석균이 안개를 헤치며 더듬더듬 그 남자에게 다가가고 있다. 거의 다 왔다고 생각했을 때 그 남자는 사라져 보이지 않는다. 잔뜩 긴장한 석균은 주위를 두리번거린다. 어디로 사라진 걸까? 그 남자는 누구일까? 순간 안개가 진공관에 빨려 들어가듯 순식간에 걷힌다. 달빛에 비친 철길. 막막하게 뻗은 철길이 달빛을 받으며 길게 누워 있다. 하지만 여전히 사라진 남자는 보이지 않는다. 그때 어디서 나타났는지 그 남자가 휙 석균을 덮친다.

"순영아!"

석균은 비명을 지르며 깨어났다. 등골이 오싹하고 기분 나쁜 꿈이다. 그는 습관적으로 정아를 찾아 주위를 두리번거리지만 지저분한 방 안에는 저 혼자뿐이다. 식은땀을 닦아주며 다정하게 등을 긁어주던 정아의 손길이 사무치게 그리운 밤이다.


정아는 집 나간 지 오 일이 지나서야 석균에게 전화했다. 집 주소를 알려주며 얼굴 보러 오라는 말에 석균은 다시 의기양양해졌다. '그럼 그렇지, 네가.'라고 중얼거리며 대야를 거실에 갖다놓고 신나게 면도를 하는데, 초인종이 울렸다.

"문 열렸다."

현관문을 열고 들어선 사람은 반찬통을 바리바리 싸들고 온 영원이었다. 뒤이어 충남이 허리를 똑바로 펴지도 못한 자세로 어기적어기적 들어왔다.

"너는 왜 와? 안 아파?"

"오충남이가 전해주는 오빠에 대한 마지막 의리래."

영원이 들고 온 반찬 보따리를 들어 보이자 충남이 식탁 앞에 앉으며 한마디 보탰다.

"오빠 좋아하는 게장."

"넌 참 싸가지가 있어."

어린애처럼 좋아하는 석균을 보며 충남이 얄밉다는 듯 눈을 흘겼다. 그때 반찬을 들고 주방에 들어간 영원이 빽 소리를 질렀다.

"언니 나가고 오 일이나 지났는데 한 번도 설거지 안 했어? 이게 뭐야!"

잔뜩 쌓인 설거지와 음식물 쓰레기로 싱크대가 난장판이었다.

"그거 이틀 치야. 애들이 어제오늘 바쁘대."

충남은 어이가 없어 석균을 빤히 보며 한마디 한다.

"설거지 안 할 거면 먹지를 마."

"뭐?"

"처자시지 말라고! 귀먹었어?"

충남이 소리치자 석균이 뜬금없이 손가락으로 귀를 후빈다.

"네 말이 말 같지 않아서 안 들린다, 왜!"

충남은 도저히 안 되겠다 싶어 가방에서 준비해온 걸 꺼내 냉장고 문에 붙였다. 석균이 읽고 새기라는 뜻으로 가져온 '좋은 남편 십계명'이다.

석균은 주방에서 부산하게 움직이는 영원과 충남을 보며 거드름을 피웠다.

"너희들 나 때문에 귀찮지? 그럼 순영이 집에 들여보내. 안 그러면 내 뒤치다꺼리 너희들이 다 해야 할 거다. 내가 매일매일 너희들한테 전화할 거야. 하루에 열 두 번씩."

설거지를 하던 영원이 굳은 얼굴로 그를 돌아봤다.

"오빠! 내가 여기 또 올 거 같아? 오빠 설거지해주러? 배우가 일하다, 촬영하다, 올 거 같냐고! 분명히 알아. 한 번이야. 오늘, 지금!"

영원이 못을 박듯 말했다.

"내가 또 전화할 건데?"

"이건 아니야, 오빠. 불편하면 언니한테 가서 기어요. 이건 아니야."

영원의 말에 석균의 눈이 사나워졌다.

"너희들이 충동질했지? 혼자 사는 너희들이 괜히 아무것도 모르는 늙은이보고 이혼하라고, 여성해방 부르짖었지?"

"그랬다!"

충남이 화를 못 이기고 씩씩대며 소리쳤다. 그녀는 노려 보는 석균을 무시하고 가방을 챙겨 일어났다.

"야, 나 밖에 있을게. 엊그젠 맹장 터졌는데, 오늘은 골 터질 거 같다."

석균은 충남이 문을 닫고 사라지자 영원에게 따지고 든 다.

"충남이 저게 집 얻어주고 네가 돈 꿔줬지?"

"나는 언니 말렸어. 하지 말라고. 얼마 남지도 않은 인생, 오빠 모시던 거 모시고 그냥 살다 가라 그랬어."

"그럼 넌 내 편이냐?"

"근데 이제 안 할래. 내가 언니한테 너무 잔인했네. 나한 테 이러면 언니한텐 오죽했을까. 얼마 남지 않은 인생 한 번 쯤은 언니 맘대로! 잘됐다, 진짜! 그리고 이제부턴 집안일 할 사람 필요하면 오빠가 제일 사랑하는 동생들, 전 재산 나 눠준 걔들 데려다 오빠 수발들라 그래. 알았죠?"

"걔들은 남자야!"

"나는 여자야! 그래서 뭐!"

영원이 지지 않고 소리쳤다.

"조용히 해, 오빠. 시끄럽게 하면 나 설거지 안 하고 갈 거야. 분명히 말하지만 초등학교 후배는 법적으로 남이야. 알았어? 우린 남이라고."

영원은 할 말을 끝내고 다시 싱크대 앞으로 가 세제 묻은 수세미를 집어 들었다.

"네 언니 내가 데려올 거야. 전화 왔어. 자기 보러 오라고."

"마지막 이별 통보네, 이 인간아."

영원은 괜한 말싸움으로 진을 빼기 싫어서 혼잣말처럼 구시렁댔다.

"방도 치우고 가."

석균이 종 부리듯 말하고 나가자, 충남이 들어와 집 안에 널려 있는 옷들을 개기 시작했다.

"아픈 사람이 무슨 일을 해! 냅둬."

"어려서 김석균이 나 때리는 애들 때려준 거 빚 갚는 거야. 염병, 난 그런 게 왜 다 기억이 나."

짜증을 털어내듯 옷을 탈탈 털어 개던 충남이 생각났다는 듯 영원에게 말을 꺼냈다.

"참, 너 내 복수 좀 도와줘."

"또 누굴 잡을라고?"

"나, 따시킨 교수 놈들."

"그래, 잡자. 기분도 안 좋은데 그놈들 잡아 조지자. 계획은 짰어?"

영원과 충남은 골 아픈 석균 일을 떨쳐내고 속 시원한 복수전을 짜기 시작했다.

정아 집에 들어선 석균은 무척이나 억울한 사람처럼 정아를 몰아붙였다.

"내가 부모 잘 모시는 게 뭐가 잘못됐냐? 내가 남도 아니고 동생들 돈 준 게 뭐 그리 잘못된 일이야? 말해봐라. 말해봐!"

정아는 태연한 얼굴로 라면만 먹고 있다.

"잘못된 거 없어."

"차라리 이혼을 하지, 왜 가출이야! 이혼은 겁나서 가출이야? 이렇게 네 맘대로 할 거면 당장 이혼해!"

그저 겁을 주려고 한 말인데 정아가 장롱 서랍에서 종이 한 장을 꺼내 그에게 건넸다.

"이혼 서류. 나는 도장 찍었어. 당신 도장 찍어서 구청에 넣어."

석균은 아무 감정도 느낄 수 없는 정아의 덤덤한 말투에 더 충격을 받아 눈가가 붉어졌다. 그러나 주머니에 서류를 집어넣으며 되레 호기를 부렸다.

"좋다, 이혼해! 내가 이혼하고 이 집 내가 가질 거야! 네 명의래도 내 집이야, 이건!"

"소송 가게?"

여전히 정아는 덤덤하다.

"겁나냐?"

"그러던지."

정아가 라면 국물까지 싹 비우고 그릇을 내려놓더니 텔레비전을 켰다.

"가요, 이제."

석균은 벌떡 일어났지만 차마 나가진 못하고, 잠시 서 있다 다시 앉으며 말을 쏟아냈다.

"내가 뭘 잘못했냐? 나는 부모님이 형제들 간수 잘해라, 네가 장남이니까 그래야 한다, 유언하신 거, 그거 지킨 죄밖엔 없다! 자식이 부모한테 효도한 게 죄냐? 내가 너 딸만 낳았다고 부모님이 구박하실 때, 부모님 편 안 들고 집 나왔다. 너 때문에 내가 부모님을 헌 신짝 버리듯이 버렸어!"

"버리긴 뭘 버려. 옆집으로 분가해서 내가 새벽에 가서 밥하고, 점심 저녁에 가서 밥하고, 툭하면 머리 뜯겼는데. 여보, 그건 버린 게 아냐. 말은 바로 해. 분가야, 그건."

정아 말투엔 억울함도 원망도 담겨 있지 않았다.

"헤어질 건데 여보는 무슨 여보!"

"맞네. 여보는 아니네. 그럼 이제 뭐라 불러줘? 희자가 부르는 것처럼 씨, 해? 김석균 씨, 그래?"

정아는 다시 텔레비전으로 고개를 돌렸다. 석균은 부글부글 화가 솟구쳐 자리에서 벌떡 일어났다.

"법정에서 보자."

석균이 대문을 나선 뒤에야 정아가 고개를 빼꼼 내밀며

인사했다.

"조심히 가요. 가는 길이 험해."

석균은 이대로 그냥 갈 수 없다 싶었는지 다시 방문 앞으로 달려왔다.

"나는 너한테 잘못한 게 없어! 세계 일주 안 간 거? 돈 아껴 쓰려고 한 게… 뭐 그렇게 큰 잘못이냐!"

"같은 말을 몇 번을 해. 당신 잘못 없어."

정아는 같은 말만 반복하는 석균이 답답하다 못해 안타까웠다. 석균이 제 가슴을 주먹으로 펑펑 치며 계속 소리쳤다.

"내 평생 부모가 일 순위, 형제가 이 순위, 그게 뭐가 잘못됐냐!"

순간 정아 눈시울이 붉어졌다.

"부모님 다음이 형제면, 형제랑 살면 되겠네! 울 엄마가 죽으면서 나보고 이제 제발 맘 편히 살라더라. 그래서 집 나왔다, 왜! 사는 게 힘들어 늙은 엄마 요양원 보내고 결국은 바닷가에서 죽였지만… 울 엄마 마지막 유언은 내가 반드시 들어줄 거야. 너만 효자냐? 나도 효녀야!"

정아도 가슴에 담아두었던 말을 쏟아내고는 방문을 쾅 닫았다. 남편과 시댁 눈치 보느라, 새끼들 키우느라, 먹고사느라… 엄마 살아생전 제대로 된 효도 한번 해본 적이 없다. 엄마한테 잘해드린 기억은 하나도 안 나고 못한 기억만 가득하다. 효자 남편 만나 효부 노릇 하느라 정작 내 엄마는 살피지 못한 그 세월이 너무 죄스럽고 아파 주름진 눈에서 굵은 눈물이 툭툭 떨어졌다.

닫힌 방문 앞에 선 석균이 참담한 마음으로 비척이며 대문가로 갔다. 처음으로 정아에게 미안한 마음이 들어 눈시울이 뜨거워졌다. 하지만 그것도 잠시, 부모 형제에 대한 책임감이 자신에게 얼마나 무겁고 중한지 이해하지 못하고 뻗대는 정아한테 서운하고 화가 났다. 석균이 담장 위로 얼굴을 내밀고 마당을 향해 마지막 울분을 쏟아냈다.

"너는 뭘 그렇게 잘했냐, 이 염병할!"

# 진실한
# 이야기

희자 이모네 거실에 석균 아저씨를 제외한 엄마 친구들이
모두 모였다. 인터뷰를 위한 첫 모임, 내 인생에 독이 될지
약이 될지 모를 그 일을 드디어 시작한 것이다. 처음엔 어른
들의 이야기를 써보라는 엄마의 제안으로(물론 그땐 콧방귀
도 꺼지 않았다), 다음은 묘한 호기심으로(정아 이모네 엄마를
떠나보내는 그녀들의 모습에 반한 순간이었다), 그리고 엄마와
맞서기 위한 도구로(내 비겁함과 이기심을 깨달으며 처참하게
깨졌지만), 지금은 연하에게 돌아가기 전 엄마에게 남기는
선물로 소설 작업에 착수한 것이다.

나는 노트북과 휴대폰 녹음 기능을 켜 테이블에 올려놓
고, 메모지와 펜을 챙긴 뒤 어떤 콘셉트로 이야기를 엮어갈

지 머릿속으로 정리를 했다. 하지만 인터뷰를 시작하기도 전에 각자 한마디씩 보태는 통에 머리에 지진이 날 지경이다.

"내 애길 왜 네 맘대로 써?"

기자 이모가 목소리를 높인다.

"기자야, 그러니까 이게 소설이래."

정아 이모가 설명해줘도 기자 이모는 막무가내다.

"야, 나는 바빠! 내 얘기 먼저 들어!"

"연장자순으로 해! 여기 있는 사람 다 바빠! 뭐 언니만 바쁘니?"

"아우, 조용히 좀 해! 완이 정신없어. 이래서 얘가 글 쓰겠니?"

"젊은 년이 뭐가 정신이 없어. 정신을 똑똑히 차림 다 알아듣는 말이구만!"

엄마는 중재를 해보려 하고, 영원 이모는 나를 두둔하고, 충남 이모는 톡 쏘는 말투로 초를 친다.

"그래서 넌 내 얘길 어떻게 쓸 건데? 내가 주인공이면 내가 알아야지."

희자 이모가 아기 사슴처럼 순한 눈을 동그랗게 뜨고 나를 바라본다.

"이모, 아니 이모들! 내가 인터뷰를 하려는 건 책을 내기 위한 거예요. 내가 쓸 글은 이모들 한풀이가 아니라… 엄연한 소설이라고요! 따라서 책을 내려면 아까 말했던 콘셉트가…."

"콘셉트가 뭐야?"

그사이를 못 참고 기자 이모와 충남 이모가 성재 아저씨에게 물었다.

"몰라도 돼."

"몰라도 되는 얘길 왜 해?"

충남 이모가 따지듯 묻는다.

"그래서? 그래서?"

희자 이모의 재촉 덕에 내가 겨우 말을 이었다.

"이 책의 주 고객층은 젊은 애들이에요. 젊은 애들은 어른들의 수다, 푸념, 한 많은 내 인생으로 시작하는 구구절절한 신세 한탄은…."

"알아. 관심 없다 그거 아냐. 그러니까 우리보고 네가 묻는 말에만 대답하지, 하고 싶은 말 다 하지 말라는 거 아냐. 시간 없으니까."

엄마가 내 말을 자르며 짜증스럽게 말했다.

"그래도 자기 엄마가 어떻게 살았나는 알고 싶지 않나?"

정아 이모가 영원 이모에게 물었다.

"난 애가 없어서 몰라."

영원 이모가 조용히 대답하자, 희자 이모가 대답을 기다리듯 충남 이모를 빤히 본다.

"뭘 봐. 난 처년데."

충남 이모가 밉지 않게 톡 쏴붙였다.

"자식 없는 우린 입 닫자. 그래서 완이 네가 우리 한 사람 한 사람마다 주제를 정했다는 얘기 아냐. 나는 여배우의 순정, 사랑의 아이콘이 되고…."

"난 친구 같은 엄마상. 맘에 들어. 너랑 나랑 붙은 얘기 신랄하게 써. 가감 없이. 네가 나한테 쿠션 던진 것도."

"쿠션? 애미한테?"

모두가 놀라 엄마를 보며 눈을 동그랗게 떴다.

"엄마가 나 머리 뜯고 쥐어 팬 것도 쓸 거야."

"야, 나 로맨스, 멜로 그런 거 하나 써주면 안 되냐? 아님, 엄마의 성은 어떠냐? 야하게."

엄마가 그렇게 말하고 까르르 웃자 이모들도 낄낄거리며 한마디씩 거들었다. 도저히 빨리 끝낼 수 없는 인터뷰였다.

"나는 아까 네가 말한 배려 많은 어머니 싫어. 그 말은 나보고 앞으로도 쭉 배려하다 가란 소리잖아."

겨우 희자 이모가 이야기를 제자리에 갖다놓긴 했지만 초점이 빗나갔다.

"완아, 나도 희생의 아이콘인지 대명산지 뭔지 싫어. 그리고 우리 애들 이혼하고 맞고 산 얘긴 빼. 내 얘기만 써."

정아 이모가 내키지 않는 얼굴을 했다.

"아니, 이모한테 자식 얘기 빼면 뭘 써?"

그때, 기자 이모가 뜬금없는 말을 하며 또 끼어든다.

"나는 내가 말한 대로만 써. 네가 지어내지 말고 오로지 내가 말한 대로만! 내가 말하는 거 토씨 하나라도 틀리면, 내 얘긴 책으로 내지 마! 위안부로 끌려간 이모 얘기부터 시작해서… 그 이모 때문에 정신이 오락가락하다 돌아가신 내 어머니 이야기, 징용 끌려간 얼굴도 모르는 내 오라버니, 우리 아버지 육이오 때 가슴에 총 맞으신 걸 우리 어머니가 업고 피난을 갔던… 그 피눈물 나는…. 그때가 말 들어보니 일사후퇴였는데, 바야흐로 때는 봄이었다. 피 같은 벚꽃이 길가에 흐드러지게…."

기자 이모는 앞뒤 맥락도 맞지 않는 얘기를 줄줄줄 끝도 없이 쏟아냈다. 참다못한 영원 이모가 일사후퇴가 어떻게 봄이냐고 핀잔을 줬지만, 기자 이모는 거짓말이 아니라며 우겨댔다.

나는 도저히 참을 수 없어 노트북을 덮어버리고 벌떡 일어나 방으로 들어갔다. 가슴이 답답해 터져버릴 것 같아 벽에 기대 숨을 몰아쉬는데 엄마가 들어왔다.

"나와. 어른들 모셔놓고 뭐하는 거야?"

"나가 있어. 오 초만 줘. 지금 나 토할 거 같아."

"성질머리 하곤! 기지배, 진짜."

솔직히 포기하고 싶은 맘이 굴뚝같았다. 이모들은 내가 감당할 수 있는 사람들이 아니다. 늙은이들 얘기라니! 쓰기도 전에 내 머리가 돌던가, 혹여 엄청난 인내심을 발휘해 완성한다 해도 허섭스레기 같은 글이 될 게 뻔하다.

나는 결심을 굳히고 거실로 나가 가방에 짐을 챙겨 넣었다. 글을 쓰지 않겠다는 말도 잊지 않았다.

"뭐? 글을 안 쓴다고?"

"야, 이렇게 다 모아놓고 안 쓰면… 그게 말이 되니?"

희자 이모가 따져 물었다.

"내가 글을 안 쓴다는 게 말이 안 되면, 이모가 한 말은 말이 돼? 나보고 이모의 이십사 시간을 기록하라고? 그거 써서 뭐하게? 자식들이 엄마 얼마나 심심한지 알게 하게? 내가 배려 많은 어른으로 이모를 포장해준다잖아요. 그럼 좋잖아. 책도 잘 팔리고 자식들 보기도 얼마나 좋아. 엄마가 삼백육십오 일 매일 자식들을 생각하지만, 끝끝내 전화 한 통 안 하고 그저 참고 배려하고, 그러면서도 행복하고!"

"그, 그건 가짜야! 난 애들이 괘씸해. 내가 이른 아침부터 밤까지 얼마나 외로운지 안 쓸 거면, 난 네 책에서 빼!"

희자 이모의 단호한 태도에 주변이 숙연해졌다. 하지만 나는 답답하기 그지없었다.

"이모."

"내가 이십사 시간 뭘 하는지 내가… 내가…"

잔뜩 격앙된 얼굴로 소리치던 이모가 갑자기 할 말을 잊은 듯 똑같은 말을 반복하자 충남 이모가 거들었다.

"언니가 이 집구석에서 얼마나 심심하면 사나흘 만에 묵주를 백 개나 만드는지, 너 꼭 언니 자식들이 알게 해! 안 그럼 죽어!"

"나 이 작은 몸으로 남편까지 남자 넷을 키웠어. 나 필요할 땐 다 가져다 쓰고, 이제 나 늙으니까 여기 가두고⋯."

희자 이모가 너무 흥분해 있는 것 같자 영원 이모가 얼른 나섰다.

"뭘 가둬! 언니가 같이 못 산다고, 안 산다고 했잖아! 완이가 자식들한테 복수하는 엄마 얘길 쓰려는 게 아니라, 그저 희생하고 배려하는 아름다운 엄마들 인생 얘기를⋯."

"인생은 안 아름다워! 인생은 자식과 부모 간의 전쟁이야!"

"젊은 것과 늙은 것들의 전쟁이지!"

갑자기 기자 이모와 충남 이모가 빽 소리를 질렀다. 나는 너무 어이가 없어 한숨이 나오는데, 엄마와 이모들은 하나같이 깔깔 웃으며 그 말에 동조했다.

"맞다, 전쟁이야."

"사랑과 전쟁이냐?"

"그래서 내 생각은⋯ 우리 늙은이들끼리 다 같이 살자. 오십 년 전에 약속했잖아. 언젠간 같이 살자고. 어때?"

뜬금없이 같이 살자는 충남 이모의 말도 기가 찰 노릇인데, 기자 이모가 또 자기 얘기를 늘어놔 내 머리를 지끈거리게 만든다.

"내가 개고생하며 키운 자식들이 이제 제 자식까지 나한 테 맡겨. 그 구구절절한 내 얘기를 애들이 보면 정말 가슴 아프도록 써줘. 참, 우리 시어머니는 밥 먹는데 내 밥그릇도 뺏어서 동네 개를 줬다. 그 얘긴 꼭 써!"

"그건 막장 드라마죠! 막장! 이모들이 하는 얘긴 전부 다 막장이야, 지금!"

내가 짜증스럽게 소리치자, 이모들이 내게 삿대질을 하며 이구동성 외친다.

"인생은 막장이야!"

"나는 내 소설에 나오는 어른들이 좀 예뻤으면 좋겠어. 애들도 편하게 읽게. 내가 왜 구질구질한 얘길 써야 하는데 요? 이모들 신세 한탄, 잔혹동화 같은 인생사, 외롭고 칙칙 하고 짠하고 속상하고 일 분만 들어도 가슴 아픈 그런 얘기 만 구구절절 재미없게…."

"그게 진실이니까. 그게 우리 늙은이들 삶이니까."

충남 이모가 말했다. 그게 진실이라고. 다른 이유 없다고. 그 말이 내 머리를 쳤다.

나는 대체 무슨 이야기를 쓰려고 했던 거지? 가식적이고 트렌디한 이야기? 그렇게 그럴싸하게 포장한 이야기로 뭘 전하려 했던 거지? 작가라면 모름지기 '진실한 이야기'를 써야 하는 거 아닌가! 그런데 그 진실한 이야기란 것이 뭐 지? 있는 그대로를 다 보여주는 거? 구구절절, 후져 보이는 것까지 다 보여줘야 하나? 아직은 머릿속이 정리 안 돼 뒤죽박죽이다.

"내가 내 맘대로 맥주 먹고 싶어서 집 나온 게 왜 얘기가 안 돼? 나는 될 거 같은데…."

정아 이모가 담담하게 중얼거렸다.

"이모, 나는 아름다운 소설을 쓰고 싶어. 복수는 후져요."

"누가 누구한테 복수를 해? 나는 그냥 편하게 살러 나온 거지 복수할 맘 추호도 없네. 진짜야, 완아."

순간 '아, 진실이란 이런 거구나.'란 생각이 내 뒤통수를 쳤다. 난 정아 이모가 집을 나온 건 복수까지는 아니더라도 석균 아저씨한테 한 방 먹이기 위한 거라고 생각했다. 그런데 맥주 한 잔 편히 먹고 싶어서 황혼에 집을 나왔다는 말은 아직은 인생을 덜 산 내게 신선한 충격이었고, 자기 뜻대로 살아보지 못한 이모 삶의 깊고 아린 행간을 여실히 보여주는 대목이었다.

나는 새로 떠오른 이야기 콘셉트를 잊고 싶지 않아서 부랴부랴 짐을 챙겼다. 그리고 곧장 출판사로 향했다. 출판사 직원들도 처음 기획했던 슬프고 아름다운 어른들의 이야기보다, 늙은이들이 젊은이들에게 전하는 살벌한 잔혹동화 쪽이 좋다고 했다. 며느리 밥그릇을 뺏어 동네 개한테 준 시어머니 밑에서 혹독하게 시집살이한 기자 이모, 시부모 제사상 거하게 차려주고 그길로 집을 나온 정아 이모, 왕따시킨 교수들에게 복수를 계획하는 숫처녀 할머니 충남 이모….
나는 결코 아름다워 보이지 않는 어른들의 인생을 있는 그
대로 사실대로 쓰기로 했다. 고단하고 고단한, 마냥 구질구
질한 인생이 어쩔 수 없이 진짜 인생이라면, 어쩔 수 없는
거 아닌가. 나는 사실만 쓰기로 했다. 그것이 진실이니까.
그들의 인생은 그들이 주인공이니까 글의 내용 또한 그들이
선택할 권리가 있다.

늦은 저녁, 막 정리한 콘셉트에 따라 글을 쓰고 있는데 전
화가 왔다. 희자 이모였다.

"좀 바꿔주면 안 될까? 내가 밤마다 묵주 만드는 게 너무
처량해서 우리 애들이 속상할 거 같애. 그냥 외로워서가 아
니라… 내가 봉사정신이 강해서 묵주 만든다고 써줘. 내가
애민데 애들 속상하게 하는 건 아닌 거 같아서…."

"이모, 이모 인생은 이미 배려심이 넘쳐. 그러지 마. 이모
자식들은 알아야 해, 이모의 긴긴 밤 외로움을! 전화 끊고
자, 이모. 파이팅이야!"

희자 이모를 다독여 겨우 전화를 끊자 기다렸다는 듯 다
시 전화가 울렸다. 이번엔 정아 이모였다. 정아 이모는 내가
낮에 한 말이 마음에 걸린다고 했다.

"나는 집 나온 게 복수가 아닌데 네가 복수 같다니까….
흑맥주 한 병 먹다가 그 생각하니 입도 맘도 쓰네. 애들 애

기하지 말란 건… 상처잖아. 내가 아니라 애들이. 나 집 나온 얘긴 왜 글이 안 돼? 복수라? 나는 집 나온 게 진짜 복수 아닌데. 그냥… 그저 나 좋아하는 맥주 한 병 맘 편하게 먹고 싶어서….”

“잘못했어, 이모. 이모 집 나온 거 복수 아냐. 평생 시부모, 남편, 자식 챙기던 사람이 이제 와서 흑맥주 한 병 맘 편히 마시려는 게 무슨 복수야. 내가 낮에 이모한테 말을 너무 심하게 했어. 내가 어려서.”

맞다. 이모의 삶에 복수는 없다. 평생 시부모, 남편, 자식 챙기다 이제 비로소 흑맥주 한 병으로 자신을 챙기는 게 어떻게 복수가 되겠는가. 복수는 말이 안 된다. 이모들을 위로하기에 그 밤은 너무 짧았다.


다음 날, 충남 이모는 벼르고 벼르던 복수를 실행에 옮겼다. 교수들을 불러 술자리를 마련한 뒤 박 교수에게 산 몇백만 원짜리 도자기에 화채를 담아 내놓고, 다른 도자기는 꽃병으로 썼다. 조카가 실수로 깨먹어도 별거 아니란 듯 허허 웃고, 심지어 사진작가 양 교수 작품은 헐값에 되팔겠다고 해 자존심을 구겨주었다. 별러왔던 만큼 속 시원한 복수였다.

그때, 영원 이모에게서 전화가 왔다. 교수들의 작품 몇 개를 영원 이모의 갤러리로 보내놨는데 사겠다는 사람이 나섰다고 했다.

"대박이다, 이거. 언니 안목 죽인다야! 언니가 팔아달라던 박 교수, 양 교수 작품 어떤 건 값이 오백, 천 단위도 나온다! 언니가 진짜 돈은 붙는 인생이네!"

충남 이모가 휴대폰을 들고 카페 구석으로 갔다.

"남편 자식 없는데 돈이라도 붙어야지. 팔지 마. 값만 알아본 거야."

"뭔 말이야? 다 팔아!"

"다른 건 별로야. 진짜 좋은 것만 너 준 거야. 물론 본전이상이지. 내가 누군데! 오충남이야."

이모는 전화를 끊고 구시렁거렸다.

"저희들이 얼마나 대단한 작가인 줄도 모르는 진짜진짜 무식한 놈들. 제 자식 같은 작품을 돈 몇 푼에 죄다 팔고…. 교수면 뭐해! 머리가 돌이고 눈이 해땐데."

까짓것 복수 좀 하면 어떠랴! 구차한 육십, 칠십 평생이 한순간만이라도 가슴 뚫리게 시원해진다면, 그래서 힘든 인생이 조금이라도 위로받는다면, 보상이 된다면, 이들에게 복수가 뭐 그리 나쁜 거겠는가. 곧 죽을 인생이니, 곧 끝낼 인생이니 그냥 살던 대로 조용히 살라는, 어른들에 대한 젊은 우리들의 바람은 또 얼마나 잔인한가. 나는 차라리 그들의 복수전을 한껏 응원하기로 했다.

그날 밤, 화사하게 꾸민 영원 이모가 꽃바구니를 들고 오피스텔을 찾아왔다. 영원 이모 파트를 위한 개별 인터뷰 때문이었다. 이모는 내가 내준 맥주를 따라 마시며 첫사랑이자 첫 남편인 대철 아저씨와의 추억을 들려주었다. 그 인연이 옛 추억으로 끝난 줄 알았는데 이모는 최근 아저씨가 연락을 해왔다는 얘기를 했다.

"그럼 저 꽃도 그 아저씨가 보낸 거야?"

"어."

"이모, 만나봐. 보고 싶어 했잖아. 그럼 봐야지."

"봐서 실망하면?"

"실망하면… 마는 거지."

이모는 창밖을 보며 서글픈 미소를 지었다.

"그럼 내 인생은…? 내 인생도 실망스럽게 될걸, 아마. 나두 번째 결혼, 사실 대철 씨 잊으려고 한 거거든. 결국 못 잊었지만."

"그래서 두 번째 아저씨 돈 주며 헤어질 때, 그 사람은 잘못 없다 했구나. 맘속에 첫사랑 대철 아저씨 묻어둬서."

"보고 실망할까 두렵고, 안 보자니 그립고… 나도 너무 늙었고 안 예쁘고…. 완아, 지겹지? 이 나이까지 사랑 타령은."

"예쁜데!"

진심이었다. 이모 나이에도 순정을 품을 수 있다는 게 아름답게 느껴졌다. 이모가 다시 서글픈 미소를 지으며 물었다.

"만나볼까?"

"응. 완전 찬성."

나는 이모 잔에 건배하며 응원을 보냈다. 이모가 이번엔 용기를 냈으면 싶었다. 그래서 연하 얘기를 꺼냈다.

"이모, 나 연하 다시 만나. 지난주에 보고 왔어."

이모는 아무 말 없이 나를 가만히 보기만 하더니 가방을 챙겨 들었다.

"갈란다. 밤 촬영 있어."

"책 다 쓰면 슬로베니아로 갈 거야. 엄마가 반대해도."

"전화해."

연하 얘기만 나오면 화제를 돌리는 영원 이모를 나는 이해한다. 나를 응원하자니 엄마가 안쓰럽고, 엄마를 응원하자니 내가 안쓰러운 것이다. 이모 마음을 알기에 섭섭함보다는 고마운 생각이 들었다. 내가 엄마를 떠나더라도 이모가 옆에서 엄마를 다독이고 위로해줄 테니까.

이모를 보내고 연하와 영상통화를 했다.

"입."

내가 졸라대자 연하는 웃으며 입술을 내밀었다. 나는 쪽 소리가 나게 입을 맞췄지만 곧 허탈함이 몰려왔다.

"갑자기 어지럽다."

"왜? 머리 아퍼?"

연하가 걱정스레 물었다.

"아니. 너무 보고 싶으니까 보기 싫어. 괜히 봤어. 더 보고 싶게. 짜증나."

내가 눈을 감고 투정하자 연하가 웃는다.

"웃을 일 아니다. 나, 힘들어."

연하는 깔깔거리며 웃더니 사진 한 장을 꺼내 보여준다. 순간 울컥해 눈시울이 뜨거워졌다. 연하와 달려가던 그 성당이다.

"오늘 성당 갔었어. 여기서 너랑 나랑…"

"사진 내리지 마. 나 좀 보게. 진짜 좋겠다, 여기서 결혼하면."

너무 아파서 떠올릴 수 없었던 곳, 저주의 공간이라 원망했던 그 성당을 이제는 기쁜 마음으로 바라볼 수 있다.

# 길들여진다는
것

"월급 들어왔으니 술 한잔하실래요?"

퇴근길에 동료가 말을 붙였지만 석균은 대꾸가 없다.

"술 안 하실래요? 그럼 나는 마누라랑 치맥 한잔해야지."

동료가 그렇게 말하며 버스를 타러 종종걸음으로 사라지
자 석균은 정아 없는 빈집으로 돌아가야 하는 제 처지가 더
욱 쓸쓸하게 느껴졌다.

터덜터덜 길을 걷는 그의 눈에 평소 있는 줄도 몰랐던 여
행사 간판이 들어왔다. 석균이 여행사 문 앞으로 다가가 상
품 전단지를 훑어보았다.

'세계 일주 데려가나?'

해맑게 웃던 정아 얼굴이 떠올랐다. 그는 곰곰이 생각하

다 전단지 몇 개를 뽑아들었다. 그러고는 평생 퍼주기만 했던 동생들 집을 돌며 남은 돈을 거둬들였다. 이 정도면 마음이 풀려 돌아오지 않을까 하는 기대를 품고 석균이 내처 정아 집을 찾아갔다.

"이제 속이 시원하냐? 내가 너한테 백기 들고, 동생들 준 거 죄 뺏어다가 너 주고, 세계 일주는 못 가도 일본, 중국은 가자니까 속 시원해?"

석균은 보란 듯이 통장과 여행 전단지를 늘어놓고 큰소리를 쳤다. 그런데 정아는 통장과 전단지들을 그의 앞에 밀어놓으며 담담히 말한다.

"가져가. 필요 없어요."

좋아서 펄쩍 뛸 거라 기대했던 석균은 어안이 벙벙했다.

"너 이게 돈이 얼만 줄 아냐? 이게 부스러기 같아도, 돈이 현찰로 육천이 넘어!"

"졸려. 가요."

정아는 석균이 호통을 치거나 말거나 그대로 드러누워 눈을 감았다. 석균이 통장을 흔들어대며 소리친다.

"야, 야, 너 이거 제대로 보고 하는 소리냐? 제대로 보고 필요 없다는 거야? 눈 떠서 이거 제대로 보라고!"

정아는 눈과 귀를 모두 닫아버린 사람처럼 미동도 하지 않았다. 석균은 온몸에 힘이 쭉 빠졌다. 정아에 대해 다 안다 생각했는데, 장작 무엇을 알고 있나 의심스러웠다. 정아가 원하는 게 무엇인지 알 수 없었다. 오십여 년을 함께 살면서 단 한 번도 그녀의 마음을 들여다본 적 없다는 데 생각에 미치자, 막막함이 밀려왔다. 꿈속의 그 남자처럼, 밤안개 자욱한 길에서 방향을 잃고 헤매는 느낌이었다.

석균이 다시 성재네 집을 찾았다.

"어떻게 더 기냐? 내가 그거한테 어떻게 더 기어?"

소주 몇 병에 흠뻑 취한 석균이 눈물을 글썽였다.

"형님, 많이 취하셨어. 자."

"문정아는 나쁜 년이야. 나를 저 없이 아무것도 못하게 길들여놓고… 우리 어머니처럼 평생 다 해줄 거처럼 해놓고…. 내가… 말로만 오라 한 게 아니야, 내가."

석균은 주머니에서 통장과 구겨진 여행 전단지들을 꺼내놓고는 결국 어린애처럼 울음을 터트렸다.

"내가 이걸 다 줬는데도 그게 싫단다! 그게… 이깟 거 다 가져가란다, 그게! 그러며 잠이나 잔다, 그게! 그게… 진짜 날 버리고 저 혼자 떠났다, 그게!"

엄마 잃은 아이처럼, 석균이 목 놓아 꺼이꺼이 울었다.


"엄마, 아버지랑 화해해. 이게 뭐야!"

평소엔 엄마가 일하러 와도 나와 보지 않던 수영이 깍두기 담그는 정아 옆에 딱 달라붙어 자꾸 보챈다. 호영이까지 달려와 턱을 괴고 앉아 있지만 정아는 아무런 동요가 없다.

"나 어린이집도 안 돼 죽겠고, 애 아빠도 회사 힘들다고 난리고…."

"난 엄마 집 나온 거 찬성! 이혼해도 좋고."

엄마 설득하는 데 힘 좀 보탤 줄 알았던 호영이 그렇게 말하자 수영이 짜증을 냈다.

"언니는 아빠가 안 부르니까 그딴 소리 하는 거야!"

"나도 엊그제 청소하러 갔거든!"

"언니는 어쩌다 한 번이지. 나는 아빠가 툭하면 우거지 말고 시래깃국 끓여라, 멸치국수 먹고 싶다, 불러댄다고!"

수영이 버럭 소리를 지르곤 정아에게 매달려 애처럼 징징댔다.

"엄마, 한 달. 아니, 그게 싫음 백 일만 있다가 집에 들어가, 어? 내가 아빠보고 엄마한테 용서 빌라고 할게, 어?"

"행여 네 아빠가 용서를 빌겠다."

호영이 비아냥거렸다.

"그럼 어쩌자고!"

"어쩌긴, 이혼하는 거지! 엄마도 여자야. 내 말이 맞지, 엄마? 엄마도 남은 인생 여자로 살고 싶지, 그치?"

"아우, 내가 무슨 여자야!"

정아가 듣다못해 목소리를 높였다. 딸들이라고 애미 마음을 이렇게 모를까 싶다.

"물혹으로 자궁 떼어낸 지가 언젠데 내가 여자냐! 그리고 이 나이 들어 내가 남자면 어떻고 여자면 어때! 지랄들 하고 있어 아주."

"지랄 안 하게 생겼냐? 여적 잘 살다 이렇게 집 나오면 엄마 인생 실패한 거밖에 더 돼?"

수영이 따따부따 엄마를 몰아붙였다.

"엄마가 왜 실패야? 혼자선 아무것도 못하는 아버지 인생이 실패지!"

"물론 아버지가 나쁘지. 근데⋯."

"너희들이 아버질 그렇게 말할 게 뭐 있어!"

늙은 아버지가 저희들 차지가 될까 싶어 벌벌 떠는 딸들 꼬라지에 결국 정아가 폭발했다.

"젊어선 너희들 키운다고 철공소, 철물 공장 다니며 한 푼이라도 더 벌려고⋯ 그 추운 겨울에도 귀가 얼고 코가 얼어도 밤 열두 시까지 야근하고. 나이 칠십 넘은 지금까지도 너희들 덕 안 보려고 일하는데, 아버지가 너희들한테 뭘 그렇게 잘못했어! 반찬 해주기 싫어? 그럼 사다줘! 천벌 받을 년들아!"

"엄마, 그게 아니라⋯."

딸들이 뒤늦게 엄마 눈치를 보며 주섬주섬 말을 주어 담으려 했지만 정아는 더 들을 것 없다는 듯 수영에게 손을 내밀었다.

"시끄러! 내 돈이나 줘! 오늘은 모기장까지 다 닦았으니까 이만 원 더 줘."

수영이 재빨리 오만 원권 두 장을 꺼내 건넸다.

"엄마, 이거 다 가져. 내가 이제부턴 십만 원 줄게. 그러니까 아버지한테…."

정아는 수영이 말을 마치기도 전에 주머니에서 이만 원을 꺼내 딸 손에 쥐여줬다.

"내가 왜 너한테 괜히 돈을 더 받아? 내가 너희들 괴롭히려고 집 나온 줄 알아? 보통 땐 육만 원, 오늘은 팔만 원이면 돼! 너희들 속 모르는 거 아냐. 근데 아버지한테 그러는 거 아니야. 나한테도 따따부따 말하지 마. 듣기 싫어."

딸들이 무슨 말을 해도 정아의 마음은 바뀌지 않는다. 그녀 인생을 통틀어 처음으로 자신을 위해 내린 용기이자 결단이었다. 그렇게 쉽게 바뀔 마음이었다면 시작도 하지 않았다. 게다가 집을 나오고 보니 자신이 대견할 만큼 참 잘한 일이다 싶다. 오롯이 자신만을 위한 집과 자신만을 위한 시간이 있다는 게 그렇게 좋을 수 없다. 인생 막바지에 맛본 이 고즈넉한 일상을 그녀는 누구에게도 양보하지 않을 생각이다.

# 그냥 친구처럼 살다 가면
## 좋을 건데

정아가 분식점에서 사 온 간식거리를 본 희자 눈이 휘둥 그레졌다.

"집 나오더니 돈 쓴다, 너."

정아가 순대를 먹으며 씩 웃었다.

"아주 펑펑 썼다, 펑펑! 마음껏! 팔천 원."

"그게 소화가 돼?"

"너는 맨날 집구석에 있으니까 소화가 안 돼. 걸어 좀."

"그러게. 자꾸 배가 아파. 밥도 안 먹었는데 똥을 하루에 서너 번을 싸고."

"왜 그럴까?"

정아가 떡볶이를 입에 넣다 말고 걱정스레 바라보자 희자가 웃으며 정아 입가를 닦아준다.

"오늘 자고 가."

"그래."

"네가 집 나오니까 좋다. 자고도 가고."

정아도 전전긍긍할 필요 없이 마음 닿는 대로 흐르는 지금의 자신이 좋다. 전엔 꿈에도 생각지 못했을 일이다.

정아가 애들도 부르자며 휴대폰을 꺼냈다.

"어, 난희야, 너 뭐해?"

난희는 영원과 라이브 카페에 가는 길이라며 함께 가자고 했다. 가게 단골인 남자가 초대했다는 소리에 정아와 희자는 식탁 위에 잔뜩 쌓인 음식들을 미련 없이 남겨두고 친구들에게 달려갔다.

난생처음 라이브 카페에 온 정아는 어리둥절해 주변을 두리번거렸다.

"별천지가 따로 없네."

밖은 환한 대낮인데 고급스러운 조명과 음악이 흐르는 카페 안은 바깥세상과 동떨어진 별세계 같았다. 자리마다 와인을 마시는 사람들이 가득했고 영원과 난희도 와인 한 잔씩을 손에 들고 있었다.

"그래서 너랑 저 남자랑 사귀어?"

희자가 무대에서 기타 치며 노래하는 남자를 가리켰다.

"그냥…."

난희가 얼버무리자 영원이 말끔하게 정리를 해준다.

"그냥 자기 음악 한번 들으러 오라 그랬대. 남자가 애한테 낚싯대를 척 건 거지."

"근데 네가 덥석 물었구나."

희자가 다 알겠다는 듯 난희를 보고 고개를 끄덕였다.

"젊어선 뭐하고, 죽을 때 다 돼서야 그걸 물어."

정아의 중얼거림에 모두 웃음을 터트리고 만다.

"너는 아직 너무 젊어. 연애도 하고 그래."

웃음기를 거둔 희자가 난희를 애틋하게 바라본다.

"언니처럼?"

"성재 오빠랑 연애 잘 돼?"

영원이 장단 맞춰 묻자 희자가 손사래를 쳤다.

"연애는 무슨…. 우린 그냥 보는 거."

"그럼 희자 언닌 그냥 보는 거고 난희는?"

"서로 막 만져도 되지, 뜨겁게. 못 만질 게 뭐 있니? 아직 살도 부들부들할 건데."

희자가 너무 진지한 게 우스워 세 사람은 또 깔깔 웃음을 터트렸다. 그때, 난희 전화가 울렸다. 충남이었다.

"어, 언니. 우리 라이브 카페 왔지."

"그래서 영원이랑 언니들은 너 좋아하는 놈 봤겠네. 나는 못 봤는데."

충남 목소리에 샘이 가득하다.

"오랄 땐 귀찮다고 안 오더니… 샘나지?"

"나 없으니까 다들 재밌게 놀지 말고 일찍 헤어져."

난희와 통화를 마친 충남이 이번엔 정아에게 전화했다.

"응, 안 잊었어. 모레 갈게."

정아가 고개까지 끄덕이며 다짐하자 희자가 묻는다.

"왜?"

"우리 같이 살자고…. 그 얘기하네."

"같이 살다 머리 뜯고 싸움 나."

영원이 정아 전화를 빼앗아 장난스럽게 말한다.

"헤이, 충남 언니! 정신 차려. 우리가 잘 맞는 것 같아도 절대 안 맞는 거 몰라?"

"누가 누구랑 안 맞아?"

충남은 잔뜩 골난 목소리다.

"언니랑 우리 모두. 언니 그냥 혼자 살아. 이 나이에 뭘 맞춰주면서까지 같이 살아?"

"싫어. 내가 이번엔 죽기 살기로 한번 맞춰볼 거야! 마지막 내 인생의 숙제 푸는 마음으로! 버킷리스트 모르냐?"

"왜, 언니 곧 죽게?"

"난 언니랑 살고 싶어!"

난희가 전화기 쪽에 머리를 바짝 붙이며 소리쳤다. 그러자 희자가 영원에게서 휴대폰을 뺏어 들고 말한다.

"나도."

충남이 일우가 어때 보이냐 물었는지, 희자는 무대 위 남자를 뚫어지게 보며 몇 마디 보탠다.

"그놈? 예뻐. 잘났어. 젊고 싱싱해."

난희와 영원이 까르르 웃는다.

"아이고, 참⋯. 늙은이들 입 걸어 못 만나겠네."

"언니들이 집구석에서 진종일 걸레질만 하더니 입에 걸레 물었다, 야."

그렇게 한창 재밌게 노는데 인봉에게서 전화가 왔다. 쌍분이 어젯밤 식사하다 느닷없이 토했다는 소식에 난희가 사색이 되어 달려나갔다.


석균은 성재네 집에서 라면을 먹다 문득, 성재는 제 마누라를 어떻게 대했을까 궁금해졌다. 평생 남한테 관심 가져본 적 없는 석균이 요즘은 부부로 산다는 게 뭔가 싶어 생각이 많아진 것이다.

"우리 부부 사이야 당연히 좋았죠. 내가 마누라라면 끔찍했거든. 나가면 나간다 집에 들어가면 들어간다 꼬박꼬박 보고하고, 돈도 버는 족족 다 갖다주고, 시부모 땜에 힘들다 그러면 당분간 부모님 제쳐두고 아내한테 매진하고⋯. 난 잘했어요. 그래서 내 마누라가 가면서 '나중에 다시 만나 여보.' 그랬잖아."

석균은 성재가 부러웠다. 자신은 낯간지러워 살가운 말

한마디 건네지 못했고, 자신이 편한 것만 쫓다보니 늘 정아는 뒷전이었다.

"순영이도… 그래주면 좋아할까? 전화하고, 물어보고 그러면….."

석균이 멋쩍은 듯 어렵게 말하고 후루룩 라면 국물을 들이켰다.

"해보게? 좋아할 거야. 여자들은 그런 거 다 좋아하거든."

"그래?"

용기를 불어넣는 성재의 말에 석균이 기대에 부푼 얼굴로 웃었다.

그날 밤, 석균은 성재가 일러준 대로 살가운 남편 흉내라도 내보려고 잔뜩 벼르는 중이다. 여자들이 그렇게 좋아하는 거라면 까짓것 못할 게 뭐 있냐 싶었다. 정아만 돌아오게 할 수 있다면 못할 게 없었다. 그런데 안 하던 짓을 하려니 선뜻 용기가 나지 않았다. 그렇게 휴대폰만 한참을 바라보다, 심호흡을 크게 한번 하고는 조심스럽게 정아 번호를 눌렀다. 몇 번의 신호 끝에 정아가 전화를 받자 석균은 최대한 다정한 목소리로 말했다.

"잘 자라."

이건 먹히겠지 기대하며 정아의 대답을 기다렸다.

"예."

그리고 전화가 뚝 끊겼다. 석균은 당황했다. 그가 기대한 건 이게 아니었다. '깔깔깔, 우리 남편이 달라졌네.' 까지는 아니어도 '고마워.' 라든가 '당신도 잘자.' 라든가 하는, 살가운 답을 들을 줄 알았다. 석균은 정아가 자기 말을 못 알아들었나 싶어 다시 전화를 걸었다.

"잘 자라고."

"알았다고."

정아가 또 전화를 끊자 석균이 다시 전화를 걸었다.

"나한테도 잘 자라 해야지. 내가 너한테 잘 자라고 하면 너도 나한테 잘 자라고 해야 되는 게 맞는 거 아니냐? 내가 너한테 그 말 하려고 전화까지 했는데…."

"누가 전화하래? 전화한 게 그렇게 생색나면 전화 안 하면 되겠네!"

정아는 전화를 끊고 아예 전원을 꺼버렸다. 같이 산책 중이던 희자가 그녀를 다독였다.

"그래도 석균 씨가 제 딴엔 너한테 잘해볼라고…."

"언제 내가 전화해달래?"

"넌 그럼 대체 석균 씨한테 원하는 게 뭐야?"

"… 나도 몰라. 밥해주는 게 그렇게 싫은 것도 아니었는데…. 성질 별난 것도 모르는 거 아니고, 안쓰럽지 않은 것도 아니고. 근데 지금은 그냥 다 싫네. 나도 내 맘이 왜 이런지 모르겠어. 애들까지 애태워가며…."

그러다 정아가 발을 삐끗하며 휘청거렸다.

"어머, 안 다쳤어?"

희자가 그녀를 부축해 인도 한쪽으로 데려갔다.

"여기 앉아봐."

희자는 정아를 길바닥에 앉힌 뒤 신발을 벗기고 발을 살살 만져주었다.

"삐었나? 괜찮아?"

"늙으니 자꾸 다리에 힘이 빠지네."

"애들은 힘 빠지는 거 모르고 우리 늙은이들보고 정신 차리라잖아. 갓난쟁이들이 정신 차리면 잘 걷니? 그냥 나이가 그런 건데. 좀 앉았다 가자. 내가 힘이 좀 있으면 업고 갈 건데."

희자는 정아에게 신발을 신겨주고 옆에 앉았다.

"김석균이랑은 이게 안 돼. 같이 길을 가다가 지금처럼 내가 힘이 들면 이렇게 쉬어 가자 그러고, 다치면 너처럼 조심하라 그러면 되는데…. 그냥 사람 쥐어박듯 왜 그랬냐, 정신머릴 어디다 뒀냐 어쩌구저쩌구…. 내가 평생 같이 산 남자 어디 가서 욕하는 것도 치사하고 구질스럽고…."

"욕해."

희자 응원에 정아 눈시울이 붉어졌다.

"개놈. 평생 같이 산 놈이… 젠장, 기껏 개놈이네. 어차피 저나 나나 이제 죽을 일밖에 없는데. 내가 이제 저한테 바랄

게 뭐 있어."

"남편도 됐고 남자도 됐고… 그냥 친구처럼 살다 가면 좋을 건데. 나랑 너처럼. 친구처럼. 그치?"

"힘든 인생 살며 짐스럽지 않은 친구 하나 갖기가 이리 힘들다."

정아는 눈가를 쓱 닦고 자리에서 일어났다. 묵묵히 듣고 있던 희자가 환하게 웃어주었다. 어떤 위로의 말보다 격려를 담은 웃음이 더 큰 힘이 될 때가 있다. 정아도 고마운 마음에 마주 보며 웃었다.

두 친구는 다시 손을 잡고 걸으며 노래를 흥얼거렸다. 마주 잡은 두 손을 가볍게 흔들어 박자를 맞춰가며, 느릿느릿 걸었다.


밤이 깊어 새벽을 향해가는 시간, 잠옷 차림의 희자가 현관문을 열고 들어오더니 곧장 주방으로 향한다. 밥솥에서 밥을 퍼 담고 그 위에 국을 한 국자 부어 급히 입에 떠 넣더니 그릇을 들고 거실로 나온다. 거실에서 정아가 코를 골며 자고 있다. 소파에 앉아 국에 만 밥을 퍼먹던 희자가 고개를 갸웃하더니, 정아에게 다가가 흔들어 깨운다.

"정아야. 너 왜 여기서 자?"

정아는 잠에 취해 겨우 실눈만 뜨고 희자를 올려다본다.

"너 집에 안 가고 여기서 왜 자고 있어?"

"또 지랄한다. 잠이나 자."

정아는 귀찮은 듯 그녀의 팔을 뿌리치고 돌아눕는다. 희자는 흘러내린 이불을 끌어올려 덮어주고는 다시 밥을 먹으며 중얼거린다.

"쟤가 왜 여기서 자지? 석균 씨랑 싸웠나?"

# 네 엄마한테 잘해,
# 년아

할머니가 갑자기 토했다는 소식에 엄마와 나는 외갓집으로 달려갔다. 연세가 있으니 편찮으실 수도 있다고 생각하는 나와 달리, 엄마는 당장 무슨 일이라도 닥친 듯 불안하고 초조해했다.

"엄마, 할머니 괜찮을 거야. 그리고 어차피 한 번은 당할 일인데…. 할머니 나이가 구십인데, 그럼 우리도 맘의 준비하는 게 맞잖아."

엄마가 나를 째려보더니 버럭 화를 냈다.

"엄마 죽는데 딸이 맘 준비할 게 뭐 있어! 톱 들고 나무 베서 관짝이라도 짜리! 너 지금 네 엄마 아니고 내 엄마라고 함부로 말해? 하긴… 넌 내가 죽어도 눈 하나 깜짝 안 할 거다. 독한 년! 오늘도 순순히 따라 나온 거, 네 글 쓸라 그런 거지?"

그저 위로해주고 싶었을 뿐인데 뾰족하게 반응하는 엄마를 보며 나는 고개를 저었다. 역시 엄마하곤 안 맞아도 너무 안 맞는다.

서로 안 맞기는 엄마와 할머니도 마찬가지다. 엄마가 당장 병원에 가보자고 보채도 할머니는 남의 일인 양 자는 척하더니, 아침에 일어나니 어느 순간 사라지고 보이지 않았다. 애가 닳은 엄마가 나를 앞세워 마을 여기저기를 찾아 나섰는데, 어이없게도 할머니는 밭에서 호미질을 하고 있었다.

"뭐해, 여기서?"

엄마는 속상한 얼굴로 할머니에게 다가갔다.

"일하지."

할머니는 내처 호미질만 할 뿐이다.

"어젯밤엔 나 보고도 자는 척하고… 점심때 됐는데 일은! 오늘 서울 가서 검사받자."

"죽으면 경사여. 암만 경사지. 나 죽으면 꽹과리 울려. 오쌍분 여사 해방이네, 하고. 나발도 불고 꽃도 뿌리고 돼지도 잡고…."

웃음까지 띠며 편하게 말하는 할머니를 보고 엄마가 버럭 소리를 지른다.

"아우, 그걸 말이라고 해 지금!"

"할머니, 홍어도 무쳐?"

나는 밭고랑에서 호미를 하나 찾아 들고 할머니 옆으로 가 장난스럽게 물었다. 내 눈에 할머니는 아픈 사람처럼 보이지 않았다.

"이년아, 당연하지. 초상집은 홍어지!"

할머니가 킬킬 웃으며 맞장구를 쳤다.

"좋다, 까짓! 내가 사랑하는 할머니 돌아가시면 칠레산 홍어 말고 국산 홍어로 쏜다! 이 동네 말고 저 동네 사람들까지 다 부를게!"

화난 엄마가 내 등짝을 사정없이 후려친다.

"말이라고! 말이라고! 말이라고!"

나는 다시 날아오려는 엄마 손목을 확 잡고 장난스럽게 흔들었다.

"아이고, 진짜! 힘도 없으면서."

"이거 안 놔?"

"할머니가 죽었냐? 죽을병 걸렸어? 그냥 그제 밤에 많이 자셔서 토한 거라잖아."

"저녁에도 토하고 아침에도 낮에도 토했다잖아!"

엄마는 당장이라도 울 것 같은 얼굴이다. 그때 삼촌이 호미를 들고 와 앉으며 말한다.

"걱정 마, 누나. 엄만 안 죽어! 엄마는 이 동네 사람 다 죽어도 안 죽을걸. 명이 길어."

나도 웃으며 삼촌의 말을 거들었다.

"사실이 그렇잖아. 할머니의 엄마, 할머니의 할머니까지 다 구십, 백까지 장수했다며. 나도 엄마도 그 피 받아서 감기 한 번 안 걸리잖아."

"입 닥쳐!"

엄마가 때릴 듯이 손을 올리며 나를 노려봤다. 그러곤 다시 심각한 얼굴로 밭일 중인 할머니에게 말한다.

"병원 가."

"안 가."

"그러다 엄마 죽으면 아버지랑 인봉이는! 내가 뭐 엄마 생각해서 그래? 나 생각해서 그러지! 나는 아버지, 인봉이 데리고 못 살아!"

엄마가 기어이 울먹였다. 그 모습에 할머니도 나도 웃음기를 거뒀다.

"나는 자끌린이랑 잘 살 거거든! 아버지 모시고."

"입 닫아, 새끼야!"

"왜 개한테 욕을 해!"

눈치 없이 끼어드는 삼촌에게 엄마가 욕을 날리자, 대번에 할머니가 엄마를 나무랐다.

"엄마가 내 생각을 눈곱만치라도 하면 병원 가야지, 왜 안 가! 과부 딸년한테 서방 맡기고 몸 불편한 아들 맡기고, 엄마 혼자 좋은 데 가면 좋냐? 죽으면 그뿐이야? 나도 그렇게 한번 막말해볼까? 죽으면 좋겠다고! 말 같지도 않은 소리 하고 있어 그냥."

엄마는 금방 떨어질 것 같은 눈물을 훔치고 휙 돌아섰다. 내가 할머니를 툭 치며 속삭였다.

"내가 혼날 줄 알았어. 병원 간다고 해."

할머니는 엄마의 뒷모습을 힐끗 보더니 속내를 털어놓는다.

"돈 들잖어. 인봉이 결혼도 해야 하는데…. 오늘 내일 할 밭일도 천지고."

돈 때문이었구나! 그놈의 돈이 또 할머니 마음을 약하게 한 모양이다. 돈 잘 버는 딸을 두고도 딸 돈 쓰는 게 미안하다는 할머니. 그런 할머니가 모르는 게 있다. 늙은 내 엄마도 더 많이 늙은 엄마의 죽음이 무섭고 두렵다는 것을. 나 또한 엄마의 심정을 모른다. 내 엄마가 죽을 거라는 생각을 한 번도 해본 적 없는 나는 지금 엄마가 느끼는 그 두려움을 제대로 알지 못한다.

"엄마! 할머니 병원 가신대! 다음 주에! 밭일해놓고 엄마 쉬는 날!"

내가 소리치자 엄마가 돌아봤다.

"알았어. 적당히 하고 할머니 모시고 와. 수제비 끓일게."

엄마는 한결 풀어진 얼굴로 내처 집으로 걸어갔다.

"뭔 짓이야?"

할머니가 나를 툭 쳤다.

"울 엄마가 하라면 하는 거야. 할머닌 다 좋은데 말이 많아. 울 엄마 속 썩이면 내가 미워한다. 떽!"

내가 어린애 다루듯 하는 게 귀여웠는지 할머니가 흙 묻은 손으로 내 머리를 쓰다듬는다.

"네 엄마한테 잘해, 넌아."

할머니를 보며 씩 웃어 보였지만 그 말이 내 마음을 아프게 찌르고 있었다.

## 맘은 안 늙을 줄
## 알았는데…

영원은 오랜 망설임 끝에 대철과 만날 결심을 했다. 이틀 전, 집에 와보니 또 대철이 보낸 꽃다발이 와 있었다. 조만간 미국에 들어가니 한번 보자는 내용의 쪽지와 함께였다. 그 쪽지를 본 순간 영원은 알았다. 그를 이렇게 보내고 나면 죽는 순간까지 아쉬워하고 후회하게 되리라는 걸.

약속일이 하필이면 다 같이 모여 사는 걸 연습해보기로 한 날이라, 영원은 미리 충남 집에 와 옷을 갈아입고 있다. 브래지어 안에 뽕을 채워 넣는 영원을 가만히 지켜보던 충남이 자기 백에서 두툼한 뽕을 꺼내 건넨다.

"이 뽕이 낫겠다. 내가 한번 사 와봤는데…."

"와, 이건 너무 크다."

"넣어."

영원이 큭큭 웃으며 양쪽 가슴에 뽕을 채웠다.

"아따, 크다. 감쪽같네."

충남이 영원의 가슴을 주무르며 말한다.

"만지진 못하게 해라. 만지니까 가짜 티 난다."

"별소릴 다 해."

충남은 짠한 마음이 들었지만 티 내지 않고 웃어주었다.

"오늘 언니들 오는 거 알지?"

"알지. 빨리 올게."

"늦게 와. 안 기다려. 친구들은 언제든 보니까."

충남이 주차장까지 따라나왔다. 영원은 차에 타고서도 괜스런 생각 때문에 선뜻 출발하지 못했다.

"부인… 있겠지?"

"이혼하라 그래. 한 여자랑 너무 오래 사는 거 아니라고 전해."

영원이 웃음을 터트렸다. 늘 유머 넘치는 충남이 참 좋다.

"언니가 좋아."

"그러니까 같이 살자고."

"그 남자도… 나처럼 설렐까?"

"아님 말라 그래. 매달리지 마."

영원이 웃으며 고개를 끄덕였다. 영원의 차가 멀어지는 걸 보며 충남이 쯧쯧 혀를 찬다.

"저 예쁜 앨 왜 버리고 가고…. 나쁜 놈."

착잡하고 씁쓸한 기분으로 발길을 돌리는데, 카페 입구에서 박 교수와 양 교수가 그녀를 기다리고 있었다.

"왜 왔냐?"

충남이 탐탁잖은 태도를 보이자 박 교수가 머뭇거린다.

"저기, 맥이란 남자한테 전화가 왔는데…. 제 작품을 사고 싶다고, 미국에서 전시회를 하고 싶다고…. 누님이 배우 친구분 갤러리에 내다 판…."

왜 찾아왔는지 눈치챈 충남이 팔짱을 끼고 노려봤다.

"내가 내 거 내다 파는데 문제 있냐?"

"문젠 없죠 전혀. 그냥 저흰 그 사람이 전시횔 하고 싶어 하는데, 누님이 사신 우리 작품을 좀 빌려주시면…."

"싫어."

충남은 한마디로 거절하고 교수들 사이를 지나쳤다. 우거지상으로 구겨지는 그들의 얼굴을 보니 왠지 고소했다. 박 교수가 그녀의 팔목을 붙잡고 애처롭게 애원한다.

"누님, 우리한텐 이게 평생 처음 온 기횝니다. 한 번만…."

충남은 비웃듯 입꼬리를 올렸다.

"너희들 어려서 참 예뻤는데…. 시간강사 할 때. 매일 여기 와서 밤새 작품 얘기하고 예술이 어쩌네 저쩌네 울며불며 떠들 때."

"그때 얘긴 왜 해요?"

"나는 너희들 진짜 예뻤다. 못 배운 내가 예술이 뭔지는 몰라도… 제 배 곯아가면서도 저렇게 즐겁게 하는 일이라면 예술은 정말 대단한 거구나 싶었지."

사실이었다. 그녀가 그들을 반기고 아꼈던 이유는 그 잘난 교수 직함 때문도, 그들의 젊음 때문도 아니었다. 예술에 대한 그들의 열정과 진정성을 좋아해서였다.

"본론만 말씀하셔, 누님."

박 교수는 그 시절을 떠올리고 싶지 않은 얼굴이다.

"지금 너희들은 돈, 출세밖엔 관심 없는 천하의 양아치야."

박 교수 얼굴이 일그러졌다. 양아치라는 말에 자존심이 상한 것이다. 충남은 그들을 외면하고 카페 안으로 걸음을 옮겼다.

"누님, 정말 그러는 거 아닙니다! 우리 작품 몇십만 원에 사서 몇백씩 팔게 생겼는데 고맙단 소린 못할망정…. 그래요, 관둬요!"

양 교수가 목소리를 높였다.

"저게 끝까지 돈, 돈 하네."

충남이 걸음을 멈추고 돌아서 그들 앞으로 성큼성큼 다가섰다.

"늙은 나 왕따한 건 너희들이 지은 죄 중 아마 가장 작은 죄일 거다. 너희들이 지은 죄 중 가장 큰 죄는 너희들 스스로 너희들의 가치를 모른 거. 울며불며 청춘 바친 작품 함부로 파는 거 아니다. 미국 전시회는 치르게 해줄게."

충남은 그대로 돌아서 카페로 향했다. 박 교수는 그제야 충남의 마음을 이해하고 눈물을 글썽이며 소리쳤다.

"누님이 십 년만 젊었어도 내가 프러포즈했을 거요!"

"너는 십 년, 나는 삼십 년이겠지!"

충남은 따뜻하게 대꾸하며 생각했다. 자신이 세상에서 가장 처절한 복수를 해주었다고 말이다. 그녀에게 복수는 고통을 주는 게 아니었다. 스스로를 반성하게 하는 것, 그녀가 사랑했던 그 시절 그들의 열정이 얼마나 소중한 것이었는지 깨닫게 하는 것이었다. 그녀는 이 통쾌한 복수가 퍽이나 만족스러웠다.


영원은 떨리는 마음으로 찻집에 들어섰다. 대철은 창가 자리에 앉아 책을 읽고 있었다. 그녀는 감회에 젖어 그 모습을 바라보았다. 예전에도 그녀는 어디서나 책을 펼쳐 읽는 그의 모습을 가만히 지켜보는 걸 좋아했었다.

"여전하네."

영원이 그의 맞은편에 앉으며 말을 건넸다.

"여전하긴."

대철이 따뜻하게 웃으며 그녀를 바라보았다. 찻잔을 들어 올리는 그의 손이 약하게 떨리고 있었다. 주름진 입가며 희끗한 머리카락을 보니 그 역시 시간을 비껴갈 순 없었구나

싶었다. 그도 자신도 늙은 것이다. 탱탱하고 뜨거웠던 젊음
은 스러지고 어딘지 모르게 병약해 보이는 그의 모습이 자
신과 크게 다르지 않았다. 그것이 짠하고 안쓰러워 영원은
손수건을 꺼내 눈가를 훔치고 짐짓 아무렇지 않은 듯 그를
보았다.

"부⋯ 부인은?"

"너⋯ 건강은?"

그의 눈에도 눈물이 차오르고 있다.

"삼십 년도 넘었지? 우리 안 본 게."

"아마⋯."

그가 말을 잇지 못한다. 서로 궁금한 것도 많고 하고 싶은
말도 많았지만 이 순간 그들에겐 말이 필요 없었다. 서로의
얼굴만 보아도 그것으로 됐다 싶었다. 그 얼굴만으로도 지
나온 세월을, 감정을 다 읽어낼 수 있었다.

영원은 그동안 가슴속에 쌓아왔던 그리움이 서러움으로
차올라 끝내 울음을 터트렸다. 그녀가 얼굴을 손에 묻고 하
염없이 우는 모습을 대철이 아프게 바라보며 눈물을 글썽였
다. 그렇게 그들은 몇 마디 말도 없이 울다가 서로의 얼굴을
그립게 보기만 했다.

영원이 시계를 보더니 대철에게 따뜻한 미소를 지어 보였
다.

"가."

"밥 먹고… 술 한잔 같이…."

"됐어. 내가 밥 먹을 때 쩝쩝대. 보여주기 싫어. 그냥 가요. 잘 산 거 같아… 보기 좋아."

"밥이나 먹고 가."

대철이 아쉬운 듯 다시 잡았지만 영원은 고개를 저었다. 그녀는 그와 함께 밥을 먹으면 또 내내 눈물을 흘릴 걸 알았다.

"아니, 갈래. 나 먼저 일어설게요. 늘 건강하고."

그녀는 찻집에 그를 남겨두고 돌아서 나왔다. 아프고 무거운 걸음이었지만 그녀는 딱 여기까지라고 자신을 다독였다. 그럼에도 하염없이 눈물이 쏟아졌다.

영원은 완의 오피스텔을 찾아가 모든 걸 내려놓고 펑펑 울었다. 긴 세월 잠가두었던 눈물을 모두 쏟아내듯 소리 내어 우는 모습이 완의 마음을 아프게 했다.

그토록 설레고 그립던 첫사랑과의 조우는 그렇게 허무하게 끝이 났다. 그를 만나니 막상 왜 나를 버렸냐는 원망도, 너무 그리웠다는 고백도 필요 없었다.

완이 대신 운전하는 차를 타고 충남의 집으로 가면서 그녀가 말했다.

"완아, 나는 지금껏 사람이 몸이 늙지 맘은 안 늙는다고 생각했다. 근데 오늘 보니까 맘도 늙더라. 밥 먹자는데 밥 먹으면 뭐, 술 마시자는데 술 마시면 뭐 달라져? 그런 생각이 들더라. 이게 맘도 늙는 거지 뭐야."

"바보."

완이 말대로 그녀는 바보였다. 먼 훗날 영원은 그렇게 고백했다. 그때 밥이나 먹고 올걸, 술 한잔 같이 마셔볼걸 그랬다고. 영원은 그날 결코 화려하지 않은 자기 삶에 후회만 하나 더 만들었다.

## 과연 우리는 모여 살 수 있을까?

영원 이모를 태우고 충남 이모 집에 도착하자 엄마, 희자 이모, 정아 이모가 거실에 모여 드라마를 보고 있었다. 영원 이모가 반갑게 인사를 하고 씻으러 화장실로 들어가자 충남 이모가 얼른 따라 들어갔다. 나는 주방으로 가 과일을 깎기 시작했다.

"영원이 안 좋았네!"

충남 이모가 어느새 다가와 속삭인다.

"이모가 그래?"

"세수하기 전에 보니 화장이 다 번졌어. 척 보면 알지. 그래도 제가 좋았다니 믿어주는 척했어."

"잘했어."

이모는 잠시 심란한 표정을 보이더니 이내 거실로 갔다.

"이제 티브이 시청 시간 끝! 꺼!"

일방적으로 텔레비전을 꺼버린 충남 이모를 향해 여기저기서 볼멘소리가 터져 나왔다. 하지만 충남 이모는 꿋꿋하게 돋보기를 끼고 자신이 미리 준비한 공동생활 수칙을 읽어 내려갔다.

"우리 다 늙었어. 따라서 같이 살면 무조건 평등하게! 노친네 대접받으려고 하지 마."

"평등인데 왜 난 생활비가 이십만 원이야? 너희들은 삼십인데."

"돈 많은 놈이 더 내는 게 평등이야. 평등의 뜻을 몰라."

희자 이모와 정아 이모가 마주 보며 고개를 끄덕였다. 나는 이모들의 대화가 재미있어 휴대폰 녹음기가 제대로 켜져 있나 확인하고 다시 그들을 지켜보았다.

"밥 당번, 생활비 얘긴 했고. 그다음엔 청소 당번인데…."

과일을 집어 먹던 엄마가 충남 이모 손에서 종이를 낚아챈다.

"오늘은 그냥 하루 같이 자보는 건데, 뭐 나중 일을 벌써 계획을 짜고 그래! 그리고 오늘 내가 한나절만 같이 있어봐도 알겠다. 우리랑 언니가 안 맞는 거. 테레비 보는 것도 그래. 연속극 끝나고 끄면 될걸, 그냥 자기 맘대로 꺼버리고."

충남 이모는 엄마가 들고 있는 과일을 빼앗으며 다시 단호하게 명령한다.

"밤엔 그만! 이제 이부자리 깔아."

"에헤, 여기 자러 왔니? 좀 더 놀다가…."

모두가 불만을 터트렸지만 이모에겐 씨알도 안 먹혔다.

"늙으면 빨리 자는 게 좋아. 다 씻어! 순서는 연장자순!"

"이모들 군대 왔다, 군대 왔어. 빨리들 움직여. 충남 교관 님한테 혼나기 전에. 나는 오늘 그림자인 거 알지? 나는 안 도와준다. 이모들 관찰하는 게 오늘의 내 일이야, 알지?"

내가 과일을 먹으며 그렇게 말하자 이모들이 어쩔 수 없 다는 듯 자리에서 일어났다. 엄마와 충남 이모는 걸레질을 하고, 영원 이모는 과일접시와 찻잔을 닦고, 희자 이모와 정 아 이모는 장롱에서 이불을 꺼내 거실 바닥에 줄줄이 깔았 다. 나는 노친네들이 군인처럼 척척 움직이며 맡은 임무를 해내는 게 재미있어서 카메라를 들고 뒤를 졸졸 따라다니며 찍기 바빴다.

연장자순으로 씻는 것까지 마치자 충남 이모가 쟁반 가득 물 잔을 늘어놓고 반 잔씩 따르기 시작했다.

"약들 드셔!"

희자 이모, 정아 이모, 영원 이모가 옹기종기 모여들어 서 로 영양제와 알약을 챙겨주는 모습을 보며 엄마가 웃음을 터트렸다.

"와, 장관이다 아주. 살겠다고 무슨 약들을 저렇게…."

어디서 이런 재미나고 맛깔난 구경을 할 수 있을까 싶어 나도 맞장구를 치며 웃었다.


충남 이모 명령에 따라 다 같이 거실에 누워 불을 끄자 제일 먼저 정아 이모가 코를 골며 곯아떨어졌다. 뒤이어 엄마와 영원 이모, 충남 이모도 쌔근쌔근 잠이 드는 듯했다. 희자 이모는 잠이 안 오는지 한참을 뒤척이더니 자리에서 일어나 텔레비전을 켰다.

"테레비 꺼."

충남 이모 목소리에 희자 이모가 잘못하다 들킨 아이처럼 몸을 움츠리고 텔레비전을 껐다. 그리고 한참 뒤, 덜그럭거리는 소리에 잠귀 밝은 충남 이모가 부스스 눈을 떴다. 희자 이모가 이 방 저 방 돌아다니며 온갖 문들을 열었다 닫았다 하고 있었다.

"언니, 이리 와. 답답해서 그래?"

희자 이모는 그 자리에 멈춰 서서 아무 대답이 없다.

"밤이슬 맞음 감기 걸려. 답답해도 이리 와서 자."

"애들은 왜 너네 집에서 다 잔다니?"

희자 이모가 어리둥절한 얼굴로 물었다.

"뭔 소리야."

"배고파."

"자다 먹음 못써. 쉿. 자자."

충남 이모가 겨우 희자 이모를 끌어다 자리에 앉혔지만 이모는 또 일어났다.

"어디 가?"

이번엔 충남 이모도 일어나 따라나섰다.

"화장실."

"저기 문 옆."

충남 이모가 안 되겠다 싶었는지 희자 이모 손을 잡고 화장실로 데려간 뒤 문 앞에 쭈그려 앉아 기다린다. 잠에서 깬 내가 이모에게 말했다.

"이모… 같이 살지 마라."

"입 닥쳐."

"오늘 보니까 이모는 마더 테레사야."

"그게 뭔데?"

"있어. 착하게 살다 죽은 사람."

"천당 갔어?"

"그럴걸."

"고맙다."

충남 이모는 볼일을 마치고 나온 희자 이모를 다시 잠자리에 데려가 눕힌 뒤, 배를 토닥토닥 두드려주었다. 그 덕분인지 희자 이모가 고른 숨소리를 내며 잠이 들었다.

"후회되지? 같이 살지 마."

영원 이모 한마디에 충남 이모가 이불을 탁 치자 엄마가 쿡쿡 웃었다. 모두들 자는 척하고 있었지만 잠자리가 낯설어 눈만 감고 있었던 모양이다. 코를 골며 꿀잠에 빠진 사람은 정아 이모뿐이었다.

나중에 내가 물었다. 왜 이모는 그렇게 힘든 어른들과 같이 살 생각을 했느냐고. 충남 이모가 말했다. 살면서 자기가 가장 잘못한 일은, 평생 그 누구와 단 한 번도 마음을 맞춰보지 못한 거라고. 그래서 죽기 전에 이모는 사랑하는 친구들과는 힘이 들어도 마음이란 걸 한번 맞춰보고 싶었다고. 그래서 그랬다고. 그리고 그 일은 평생 일가친척을 건사한 것과 함께 제 인생 중 가장 잘한 일이었다고. 나도 그렇게 생각한다고 했다. 그리고 처음으로 충남 이모를 꼭 껴안아드렸다.

# 모르고 지은 죄,
# 천 가지 만 가지

석균은 경비 사무실에 앉아 휴대폰을 만지작거렸다. 정아에게 전화할까 말까 아까부터 망설이는 중이었다. 그때 강아지를 안은 여자가 경비실 창을 두드리며 도움을 요청했다. 차 트렁크에 실린 의자를 꺼내 옮겨달라는 거였다.

석균이 무거운 의자를 트렁크에서 꺼내려 용을 쓰는데, 여자는 도와줄 생각은 않고 강아지와 노느라 정신이 없었다. 땀 한 바가지를 쏟고 나서야 겨우 의자를 트렁크에서 내린 석균이 바퀴 달린 의자를 밀려고 하자 여자가 앞을 가로막았다.

"아저씨, 그거 새 건데 들고 가세요."

"너무 무거운데…."

"그거 하나 못 들면서 경비 일은 어떻게 본대?"

여자가 입을 삐죽이고는 강아지를 안고 먼저 가버리자 석균이 끓어오르는 화를 참지 못하고 여자 앞으로 걸어갔다.

"그 개 내가 들게 의자는 사모님이 드셔요."

석균이 강아지에게 손을 뻗자, 여자가 더러운 벌레라도 붙은 듯 석균의 손등을 탁 쳤다.

"이 이저씨가 어디서 드러운 손으로 우리 앨 만져요, 만지길!"

석균은 기가 막혀 삿대질을 하며 호통쳤다.

"그게 애냐, 개지!"

"어머, 이 아저씨가 왜 소릴 질러! 경비 일 관두고 싶어요!"

그는 쓰고 있던 경비 모자를 보란 듯이 벗어서 바닥에 내팽개쳤다.

"네가 자르기 전에 내가 관둔다, 이 여편네야! 내가 아파트 경비지 네 집 집사냐? 네 남편도 남 밑에서 일하지! 내가 네 애비뻘이야! 어지간히 해야지, 어지간히!"

석균이 뒤돌아 걸어가자, 여자는 도리어 어이없다고 난리였다. 석균은 다시금 화가 차올라 여자에게 삿대질을 했다.

"내가 못나서 너한테 네네 하는 게 아니라, 다 먹고살라고 하는 거야! 내 몸으로 내가 밥 벌어먹는데 네가 거저 월급 주는 것처럼 왜 갑질이냐? 왜 갑질이야! 네 남편 사장이

네 남편한테 그럼 좋냐! 개벼룩이나 드글드글 옮아라, 쌍! 마누라고 남들이고 싹 다 개지랄들이고….”

석균은 그길로 경비실에 있던 짐을 몽땅 챙겨들고 버스 정류장으로 갔다. 버스에 올라 둘러보니 빈자리가 없었다. 그때, 경로석에 앉아 휴대폰으로 문자를 보내고 있는 교복 차림의 여학생이 눈에 띄었다. 그는 곧장 그 앞으로 갔다.

“일어나.”

여학생이 힐끗 석균을 올려다봤다.

“보면?”

석균이 쏘아보자 여학생은 고개를 숙이고 가방을 챙겨 일어났다. 여학생은 한 팔로 겨우 손잡이를 잡고 섰다가 다음 정류장에서 내렸다. 버스 승객들이 따가운 시선으로 석균을 흘겨보았지만 석균은 그 이유를 알지 못했다. 그러다 차창 밖으로 고개를 돌리니 버스에서 내린 그 여학생의 한쪽 소매가 바람에 날리는 게 보였다. 여학생에겐 한쪽 팔이 없었다. 석균은 순간 멍해진 얼굴로 멀어져가는 여학생을 바라보았다. 무참해진 자신을 뒤늦게 후회했지만 이미 엎질러진 물이었다.

집으로 돌아오니 주방에 커다란 반찬통과 수영이 남겨놓은 쪽지가 보였다.

‘아버지, 엄마가 아버지 가져다드리라고 깍두기를 많이 담그셨어요. 제가 바빠 못 뵙고 집만 치우고 가요. 아버지,

제가 아버지한테 잘 못해도 마음은 안 그래요. 늘 존경하고 있어요. 몸조심하고 지내세요.'

김치통을 열어 깍두기 한 알을 집어 먹자 정아가 더욱 그리웠다.

정아가 집을 나간 뒤 석균의 시간은 느리고 적막하게 흘러갔다. 괜히 볼 것 없는 텔레비전을 켜보기도 하고, 집 안을 어슬렁거리기도 했다. 그러다 방 한쪽에 치워져 있던 앨범을 발견했다. 앨범을 가져와 첫 장부터 천천히 넘겨보던 그의 시선이 사진 한 장에 머물렀다. 젊은 정아와 석균이 행복한 미소를 지으며 철길 위에서 포옹하고 있는 사진이었다. 석균이 기억하기로 이날은 신혼여행 첫날이었다. 이땐 정말 좋았는데…. 사진을 한참 들여다보던 석균이 시계를 보았다. 오후 한 시가 막 넘어가고 있었다. 그는 작심하고 정아에게 전화를 걸었다. 그녀에게 그 옛날 신혼여행지에 다시 가자고 할 작정이었다. 그렇게 좋았을 때를 떠올리면 그녀의 마음도 풀릴지 모른다.

"여행 가자."

그는 다짜고짜 그렇게 말했다.

"당신이나 가. 난 방 치워."

"언젠 여행 가자며!"

떼쓰듯 소리를 지르자 정아가 전화를 뚝 끊고 전원까지 꺼버렸다.

석균은 오기가 생겨 혼자서라도 가겠다며 차를 몰았다.

"오냐 오냐 하니까, 더 지랄이네 이게. 대체 내가 뭘 잘못 했어! 대체 내가 뭘 그렇게 잘못을 했냐고! 다 필요 없어, 이제 더는 필요 없어!"

그는 애꿎은 운전대를 치며 바락바락 소리를 질렀다.


기억을 더듬어 찾아가보니 집은 폐가가 되어 다 쓰러져가 는 몰골이었다. 석균은 아무도 돌보지 않아 곧 허물어질 듯 한 폐가가 마치 정아와 자신 같아서 가슴이 무너졌다.

정아와 신혼여행 왔을 땐 참 좋은 집이었다.

'제주도는 몰라도 수안보 온천 호텔로는 신혼여행을 가 야 하는 건데….'

신혼 첫날, 시골 친구네 집을 빌려 묵게 된 게 미안해 석 균이 한 말이었다.

'여기도 좋네, 뭐.'

서운할 만도 한데 정아는 해사하게 웃으며 열심히 걸레질 을 했다. 그녀를 도와 마루를 닦으며 석균이 말했다.

'내가 나중에 돈 벌면 세계 일주 데리고 갈게. 지금처럼 시골 친구네 집에서 하루 자고 가는 거 말고.'

정아는 그 말이 퍽 좋았던지 그에게 달려와 새끼손가락을 내밀었다.

'약속.'

그는 그때 그녀의 새끼손가락에 자신의 손가락을 걸어주었다. 동생들 출가시키고 부모님 잘 모시고 나서 삼십 년 뒤쯤 가자는 정아에게, 그건 너무 길다며 이십 년 뒤에 가자고 말한 사람이 바로 석균 자신이었다.

그 약속을 한 지 오십 년이 훌쩍 지났다. 그동안 왜 이걸 잊고 살았을까? 그녀에게 손가락을 걸고 장담하던 그 순간의 마음을, 세월 속 어디쯤 두고 온 것일까.

'하루라도 시부모, 시동생들 없이 단둘이 자면 감지덕지지 뭐.'

폐가에 발을 들여놓자 정아의 목소리가 들리는 것 같았다.

"감지덕지한 집에 먼지만 덕지덕지 쌓였네."

석균이 중얼거리며 마루 위 먼지를 손으로 쓱쓱 닦고 누웠다. 스르르 눈이 감기고 마음이 바닥으로 착 가라앉는다. 누워 있는데 또 다른 자기가 공중에 떠올라 자신을 내려다보는 기분이었다.

마치 눈앞에 영상이 펼쳐지듯 뜬금없는 장면들이 스쳐 지나간다. 아주 어릴 적, 싫다는 친구를 억지로 개울에 밀어넣는 바람에 그 녀석 눈에 나무가 박혔던 기억. 눈에서 피가 콸콸 쏟아지는 모습에 놀라 그 자리에 철퍼덕 주저앉던 참담한 기억.

또 다른 장면도 떠오른다. 그날은 순영이 찾아와 사장 아들이 자신을 만졌다며 울부짖다 돌아간 날이었다. 석균은 가난하고 무기력한 자신에게 화가 나 씩씩거리며 철근을 자르고 있었다. 그때 순영의 일을 전혀 모르는 정아가 공장으로 찾아왔다.

"여보⋯. 이거 당신이 집에 좀 갖다놓으면 안 돼?"

잔뜩 장을 봐 온 정아가 눈물을 글썽이며 부탁했다. 한 번도 남편의 일터에 찾아와 부탁 같은 걸 한 적 없는 정아였다.

"미쳤나, 이게! 사람 일하는 데 와서⋯. 너 죽을래!"

가뜩이나 순영이 일로 속이 상해 있던 석균은 정아에게 짜증을 퍼부었다. 정아 마음은 전혀 헤아리지 않은 채.

"내가 아무래도 배가⋯. 그래서 병원에 좀⋯. 이번엔 사내애랬는데⋯."

정아는 식은땀을 흘리고 있었지만 그의 눈엔 들어오지 않았다.

"지랄하네. 애가 갑자기 왜 떨어져? 집에 안 가!"

석균은 애미고 딸이고 사람을 못 잡아먹어 지랄이라고 욕지거리를 내뱉었다. 바로 그때 짐 보따리를 이고 돌아서던 정아가 픽 쓰러졌다. 정아의 다리 사이로 피가 줄줄 흐르고 있었다.

잇따라 떠오르는 아픈 기억에 석균이 눈물을 흘렸다. 정아가 집 나간 뒤 내가 뭘 그렇게 잘못했냐고 시도 때도 없이 소리를 질러댔는데, 지금 이 순간 자신이 잘못한 일들이 부지기수로 떠올랐다.

석균은 어둠이 깊어진 뒤에야 폐가를 나섰다. 차를 몰고 가면서도 자신이 의식하지 못하고 저지른 잘못들이 떠올라 가슴이 먹먹해졌다. 어제 버스 안에서 팔이 없는 여학생에게 한 잘못처럼, 별생각 없이 내뱉은 말과 행동이 정아에게 얼마나 많은 상처를 주었을까 헤아리니 아픔이 밀려들었다.

석균의 차가 철길 앞에 정차했다. 신혼여행 온 날, 석균과 정아는 이 철길 위에서 손을 잡고 서로에게 의지해 중심을 잡으며 걸었었다. 정아가 레일 위에서 떨어질 것 같으면 그가 힘을 주어 중심을 잡아주고, 그가 흔들리면 그녀가 잡아주었다.

그는 밤안개에 잠긴 철길을 참담한 기분으로 바라보았다. 요사이 꿈속에서 보았던 바로 그 철길이다. 밤안개를 뚫고 철길 저편에서 누군가 걸어오고 있다. 꿈에선 얼굴이 보이지 않았던 그 남자. 그 남자의 얼굴이 선명히 보인다. 바로 지금의 자신, 늙은 석균이다. 그는 반대편 철길로 고개를 돌렸다. 그곳에 신혼 시절의 젊은 정아가 서 있다. 석균은 울컥 눈물이 차올랐다. 그는 이제야 자신의 얼굴을 똑바로 볼 수 있었다.


다음 날 아침, 석균은 완에게 전화해 자신의 이야기를 들려주겠노라고 했다. 완은 밤새 글을 쓰고 기진맥진한 상태였다. 게다가 집에 들른 난희가 연하 사진을 치우라고 신경을 긁어낸 터라 마음도 불편했다. 석균을 만나고 싶지 않았다. 그의 이야기를 듣고 싶지 않았다. 들어봤자 빤한 꼰대 이야기. 그러나 석균이 '네가 오기 싫음 뭐 내가 가지. 집이 어디냐? 네 엄마한테 물으랴?'라고 하는 통에 가겠다고 할 수밖에 없었다.

완은 인터뷰에 필요한 물품들을 챙기며 버럭버럭 성질을 부렸다.

"아… 어른이면 좀 배려심이 있든가. 나이 먹은 게 뭐 그렇게 대단한 거야! 나는 진짜 이번에 소설 쓰고 나면 어른들하고 말도 섞기 싫을 거 같아. 낼모레 돌아가실 거라고 아주 세상이 자기들 맘대로야! 말 들으면 뭐해, 빤하지! 또 자기 자랑 아니면 신세한탄, 남 욕이나 하겠지!"

석균의 이야기가 빤할 거라는 완의 예상은 빗나갔다. 그는 어느 때보다 진지했고 자신을 내려놓은 것처럼 보였다. 맨정신으론 안 되겠던지 석균은 소주를 몇 잔 걸치고 눈물이 그렁해져 이야기를 이어갔다.

"배가 이상하다더라고. 머리엔 시장 본 걸 한짐을 이고 서서…. 근데 나는 성질만…. 피가 다리 사이로 줄줄 흐르는데…. 그래서 병원을 가고 이틀인가 있다 집에 와서 보는데 안됐더라고. 할 말도 없고. 그럼 아무 말 말아야 하는데… '일어나 밥해!' 그 말이 불쑥…. 그래놓고 여적 그 일은 없는 일인 것마냥 살았네."

옆에 놓인 신혼여행 사진을 보며 석균이 쓰게 웃는다.

"여기선 둘인데… 이제는 혼자네. 사람들도 순영이도 내가 내 죌 다 알면서도 저한테 모질게 뻔뻔하게 그랬다고 생각하겠지만… 난 몰랐다. 너무 오래된 일이고… 사는 데 코 빠져서…."

석균은 이제라도 그걸 알게 되어 다행이라고 생각했다.

"아이고, 이런…. 그게 죈데, 그치? 세상에서 제일 큰 죄는 자기가 자기 죄를 모르는 거야. 무지! 몰라서 지은 죄는 셀 수가 없잖냐. 그래서 순영이랑 헤어져줄라고. 완이 너, 내가 지금껏 한 얘기, 이렇게 산 놈도 있다 그렇게 쓰려면 쓰고 말려면 말아."

"아저씨, 그냥 지금 저한테 말씀하신 것처럼 이모한테도…."

늘 밉상으로만 보였던 석균이 짠하게 느껴진다.

"그래서 맘 약한 순영이 다시 오면, 나는 밥도 못하고 빨래도 못하는데…. 됐어. 그만 부려먹을래. 가. … 담배 끊어, 기지배야."

석균은 힘없이 웃으며 방으로 들어갔다.

"아저씨 점심 드셔야죠. 제가 좀 차려드려요? 아저씨…."

완이 조심스럽게 방문을 열자 그는 벽에 기댄 채 주르륵 눈물을 흘리다 고개를 떨구었다.

"가, 그냥."

석균의 뒷모습을 보며 완은 가만히 문을 닫았다.

누군가 그랬다. 우리는 살면서 세상에 잘한 일보단 잘못한 일이 훨씬 더 많다고. 그러니 우리의 삶은 언제나 남는 장사이며, 넘치는 축복이라고. 그러니 지나고 후회 말고 살아 있는 이 순간을 감사하라고.

# 그녀의
# 밤 외출

성재가 평일 예배를 마치고 막 성당을 나가려는데 신부가 그를 불렀다.

"저기요, 요셉님….."

신부는 성재를 성당 사무실로 데려가 시시티브이를 보여주며 조심스럽게 희자 이야기를 꺼냈다. 늦은 밤 희자가 성당에 들어와 기도하다 갔다고 했다.

"여기 아저씨께서 엊그제 이걸 확인하고 저한테 말씀하셔서….."

성재의 가슴이 철렁 내려앉았다. 시각은 새벽 두 시였다. 잠옷 차림에 슬리퍼를 끌고 성당을 찾아와 기도하는 모습은 정상적이라고 볼 수 없었다. 겁이 많고 깔끔한 성격의 희자에겐 더더욱 있을 수 없는 일이었다. 시시티브이를 돌려 다른 날을 확인하니 희자의 기도는 그날만이 아니었다. 아무래도 심상치 않은 일이라 생각한 성재가 희자 집으로 갔다.

희자는 부랴부랴 밥을 한다 국을 끓인다 하며 주방에서 종종걸음을 쳤다. 성재는 소파에 앉아 희자를 보며 신부의 이야기를 곱씹고 있었다.

'좀 관찰하시다가 자녀분한테 말씀하시는 게….'

성재가 일어나 싱크대 수납장에 붙어 있는 종이를 유심히 보았다. 전에는 별생각 없이 넘겼는데, 희자의 이상행동을 염두에 두고 읽으니 걸리는 게 많았다. 특히 '요양원은 제2의 고향….' '치매에 걸리면 민호와 정아… 친구들의 충고를 듣는다.' 하는 부분이 걸렸다. 그때, 희자가 국물 좀 맛보라며 한 수저 떠서 내밀었다.

"아우, 맛나네."

성재가 국물을 후루룩 넘기고 환하게 웃자 희자의 입꼬리가 한껏 올라갔다. 혼자 밥 먹는 게 싫었는데, 오랜만에 누군가를 위해 저녁 밥상을 차리니 설레고 좋았다.

"다행이네, 입맛에 맞아서."

"우리 그냥 같이 살까?"

성재가 식탁 의자에 앉으며 넌지시 말을 던졌다.

"큰일 날 소리 해. 나는 우리 애들 싫어하는 짓 안 해."

"애들이 싫어할 게 뭐 있어? 혹덩이 떨어져나간다 생각하겠지. 우리 애들은 그럴걸."

"아프면 몰라도 안 아프면 혼자 사는 걸 좋아할걸. 하긴 나도 울 엄마가 아버지 말고 다른 남자랑 사는 거 보면 이상할 거 같아."

"애들 아니면 그럴 맘은 있고?"

성재가 웃으며 묻자, 내내 바쁘게 반찬만 만들던 희자가 잠깐 생각에 빠졌다.

"음… 추근대지 않으면 말 상대 있고 좋지."

"추근대지 않으면? 그 말은 만지지 말라고?"

"만지게?"

깜짝 놀라 뒤돌아보는 희자가 귀여워 성재는 껄껄 웃었다. 그러다 자연스럽게 말을 돌려 희자네 시시티브이 사용 설명서가 어디 있는지 물었다.

"왜?"

"내가 그런 거 보는 걸 좋아해서."

"테이블 밑에 있을 건데…."

"좀 볼게. 잘 작동이 되나. 내 첫사랑 희자를 이놈이 잘 지키나…."

성재는 그렇게 말하고 거실 소파 테이블에서 설명서를 찾아 죽 읽었다. 그러곤 제 휴대폰으로도 시시티브이 영상을 볼 수 있게 설정을 해뒀다. 때마침 희자의 휴대폰이 울렸다.

"어, 민호야."

희자가 해사한 미소를 지었다. 민호는 엄마가 전화를 받자마자 그녀가 좋아하는 솜사탕 노래를 부르며 막내아들답게 애교를 부렸다. 성재는 그 틈을 타서 문 쪽을 향해 있던 시시티브이 카메라를 거실이 잘 찍히게 돌려놓았다.

성재는 집으로 돌아오자마자 그동안 녹화되었던 희자의 시시티브이 영상을 모두 돌려 보았다. 그걸 토대로 희자의 생활 패턴을 그래프로 만들었다. 그리고 하루 세끼 식사 시간, 약 먹는 시간, 외출 시간, 외출에서 돌아오는 시간 등을 아주 세세하게 써 넣었다. 패턴을 완성하고 보니 언제부터 그 이상한 외출이 시작되었는지 정확히 보였다. 겨우 자료 분석을 마친 그는 피곤한 듯 얼굴을 손으로 비볐다.

"이걸 토대로 보면 밤 외출이 처음 시작된 게 두어 달 전. 밤 외출 시간은 평균 한 시간 반. 희자 집에서 성당까지 거리가 두 정거장. 일점오 킬로…. 그럼 왕복 한 시간 반이면 성당 앞에서 기도하는 시간이 십오 분. 다른 덴 안 갔단 소리네."

성재는 거기까지 확인한 뒤, 이번엔 과거 영상이 아니라 현재 시시티브이를 켰다. 화면 속 희자는 밖에서 문을 열고 들어와 방바닥의 먼지를 테이프로 찍었다. 그러다 얼마 지나지 않아 싱크대 앞에서 메모를 읽었다. 성재는 영상을 보면서 전화기를 들었다.

"어, 이 박사. 나다, 성재. 내가 뭐가 좀 궁금해서…. 어,

그게 내 친군데, 치매가 좀 의심돼서…."

애써 편하게 말하려 해봐도, 그의 목소리는 점점 어두워
졌다.

# 엄마… 나 좀
## 무서워

시골에 다녀오고 며칠 뒤, 난희는 쌍분과 함께 병원을 찾았다. 쌍분이 이참에 난희도 검진을 받으라고 성화를 부리는 통에 어쩔 수 없이 이것저것 검사를 마쳤다.

간호사의 호출을 받고 난희와 쌍분이 진료실로 들어갔다. 엑스레이 사진 두 개를 컴퓨터에 띄워놓고 번갈아 보는 의사의 얼굴이 자못 심각하다. 쌍분의 검사 결과가 안 좋은 건가 싶어 난희는 입술이 마르기 시작한다.

"장난희 씨가…."

의사가 쌍분을 보며 천천히 입을 뗐다.

"전데요."

난희가 답하자 의사는 엑스레이 사진과 난희 얼굴을 번갈아 보더니 좀 더 심각한 표정을 지었다. 그걸 보는 난희 얼굴 또한 굳어지기 시작했다.

"오늘 시간 되세요?"

"시간이 있긴 한데, 왜요?"

"그럼 두 분 다 오늘 시티까지 좀 찍고 가세요."

난희는 시티까지 찍으라는 말에 심란해져 의사에게 이것저것 묻고 싶은 게 많았지만, 괜히 겁도 나고 쌍분 앞에서 안 좋은 얘길 듣게 될까 봐 서둘러 진료실을 나왔다.

결과가 나왔을 거라 생각한 완이 전화를 했다. 출판사에 일이 있다고 쌍분과 난희만 병원에 보내놓고 아침부터 틈만 나면 전화해 잔소리를 해댔다.

"쌩하고 나가면 팔을 잡아 돌려세워서 물으면 되지. 똑똑한 척 혼자 다 하고 살면서, 그럴 땐 왜 바보같이 말을 못해?"

"애미가 바보면 좋겠다, 기지배야."

"차근차근 물어봐. 할머닌 정확하게 상태가 어떤 건지, 엄마는 대체 왜 간 시티를 하자는 건지, 뭐가 엑스레이상에 보인 건지, 할머니가 위가 안 좋으면 집에서 식이요법은 어떻게 해야 하는 건지…."

"아, 알았어, 알았어."

잔소리가 길어지자 난희가 짜증을 내며 말꼬리를 끊었다.

"대충 말고 꼼꼼히! 아, 휴대폰에 녹음해라, 엄마. 의사가 하는 말 녹음해."

"녹음? 그거 어떻게 하는 건데?"

"휴대폰으로 사진도 찍으면서 녹음하는 건 왜 몰라?"

모르면 가르쳐주면 될 걸 완이 무시하듯 말하자 난희가 언성을 높였다.

"안 해봤으니까 모르지! 내가 간첩도 아니고 사람 말을 녹음할 일이 뭐 있어!"

"왜 성질을 내, 엄만! 나는 할머니랑 엄마 생각해서…."

"그렇게 할머니랑 엄말 생각하면 지금이라도 달려오든가 기지배야!"

안 그래도 심란한데 완이 부아를 돋우자 난희가 냅다 전화를 끊어버렸다. 그때 간호사가 시티 촬영실 앞에서 난희를 불렀다.


해가 저물기 시작한 늦은 오후, 난희가 모든 검사를 마치고 의사와 진료실에서 다시 마주 앉았다. 온 가족이 걱정했던 쌍분의 구토 증상은 위궤양 때문이었다. 의사는 쌍분이 이해하기 쉽게 배 속에 빵꾸가 난 거라고 설명해주었다.

"약 잘 먹으래. 안 그러면 진짜 빵꾸 나서 엄마 배 쨌대."

난희가 차근차근 설명하는데 쌍분이 눈을 치켜뜨며 버럭 고함을 질렀다.

"내 배를 왜 째! 왜! 미친놈… 그런 데 돈 쓸 일 있으면 입에 물고 죽겠다. 지랄!"

쌍분이 욕을 내뱉고 진료실을 나가자 난희가 의사에게 양해를 구하고 따라 나갔다. 대기실 의자에 앉아 있는 쌍분의 얼굴에 화가 가득했다.

"화났어?"

"나는 배 안 째. 그냥 죽지."

"알았어. 배 째지 마. 그러니까 의사 선생님이 약 주면 잘 먹고."

난희는 쌍분을 다독여주고 진료실로 들어갔다. 그런데 의사가 난희에게 큰 병원엘 가보라고 한다.

"대학 병원이요? 내가 왜? 난 아픈 데도 하나 없는데."

"엠알아이 검사를 해야 하는데 우리 병원엔 엠알아이가 없어서…."

"대체 사진에 뭐가 있기에 그래요?"

난희의 목소리가 살짝 떨리기 시작했다.

"간에 악성종양이 보이네요."

'악성종양'이라는 말이 난희 귀에는 전혀 현실감 없이 들렸다.

"내가? 울 엄마가 아니고 나? 종양? 악성? … 그럼 내가 암?"

"백 프로 정확하다 말할 순 없지만, 제 소견은 간암이…."

평소 감기조차 잘 안 걸리는 건강 체질인데 암이라니. 차라리 아프기라도 했으면 그래서 그랬구나 수긍할 텐데, 이 어이없는 상황에 난희는 화가 났다.

"백 프로 확실치도 않은 얘길 왜 해요? 누가 지금 의사 선생 소견 듣재? 사진에 뭐가 있냐고! 대체 사진에 뭐가 있어서, 생전 아파본 적도 별로 없는 나한테 그런 막말을 하냐고, 내 말은!"

"엠알아이 찍으세요. 시티만으론 정확히 알 수 없어서…."

"정확히 알 수도 없는 사진을 왜 찍어 그럼! 웃기는 사람이네, 진짜."

난희도 이게 억지라는 걸 안다. 하지만 주체할 수 없이 화가 났다. 죽음을 생각하기에 자신은 아직 할 일이 많았다.

난희가 잠시 마음을 진정시켰다.

"찬찬히 말해봐요. 간에 뭐가 있다고? 암 덩이가 어디 어디야? 어?"


병원을 나오자 어둠이 내려앉고 있었다. 인봉에게 내일 내려간다고 전화한 뒤 난희는 쌍분을 차에 태워 자신의 집으로 향했다. 난희는 머릿속이 복잡한데, 쌍분은 거리의 야경을 트집 잡으며 괜한 욕을 한다.

"괜히 돈 쓰며 불을 밝히고… 미친것들이."

"엄마 돈 쓰냐, 저희들 돈 쓰지."

"내 돈이나 저희 돈이나 마찬가지지!"

난희가 어이없어 웃음을 터트렸다.

"여기서 내려줘? 불 죄다 끄게?"

"내려주면 끄지, 내가! 못 끌까?"

난희는 이런저런 생각에 잠겨 운전만 하다 넌지시 물었다.

"근데 엄만… 내가 큰 검사를 같이 받았는데 왜 어디 아픈 데 있냐, 왜 넌 검살 받았냐 그건 안 물어봐?"

"뭐?"

내내 야경만 보던 쌍분이 안 들리는지 난희 쪽으로 고개를 돌렸다.

"자기 젊어선 사는 게 힘들다고 모른 척, 이젠 귀먹어 모른 척이네."

난희가 가볍게 한숨을 내쉬었다. 생각지도 못한 결과를 듣고 나니 누구에게든 위로를 받고 싶었지만 쌍분은 검사 결과에 대해서 한마디도 묻지 않았다. 엄마를 이해하려 애써보아도 서운한 마음이 드는 건 어쩔 수 없었다. 그리고 자신의 삶이 한없이 서럽게만 느껴졌다.

"뭐?"

쌍분이 또 못 듣고 물었다. 하지만 이번엔 쌍분의 말이 난희 귀에 들어오지 않는다. 오직 청천벽력 같은 의사의 말만 자꾸 맴돌았다.

'간에 악성종양이 보입니다. 간에 악성종양이⋯.'

난희는 답답한 마음에 차창을 활짝 열고 큰 소리로 노래를 틀었다. 하지만 신나게 흘러나오는 노랫소리마저도 처량하게 느껴졌다.

털어놓지 못할 엄청난 비밀을 혼자 가슴에 담아둔 난희는 저녁 내내 짜증이 솟구치는 걸 참을 수 없었다. 쌍분이 세수를 하고 나와 로션을 바르지도 않고 바로 텔레비전에 빠져 있다며 버럭, 발톱을 깎지도 않고 길러놨다며 버럭. 평소라면 아무 소리도 안 할 일에 버럭버럭 화를 냈다. 난희는 돋보기를 끼고 쭈그려 앉아 쌍분의 발톱을 깎다 말고, 아차 싶어 일어났다.

"영양제!"

쌍분에게 물과 영양제를 건네며 난희가 혼잣말을 한다.

"엄마 몸에 좋다고 이런 거 사줄 때, 돈 아까워 말고 나도 같이 먹을 걸 그랬나?"

"뭐래?"

"됐어."

난희가 짜증스럽게 대꾸하고 입을 꾹 다물자, 쌍분이 가만히 보다 조심스레 말을 건넨다.

"왜 자꾸 나한테 화내?"

"내가 언제⋯."

난희는 엄마 얼굴을 보지 못하고 말끝을 흐렸다.

"너… 내가 돈 써서 화났어? 죽어야 되는데 안 죽고 병원 가 돈 써서?"

난희가 깔깔 웃음을 터트렸다.

"그래. 돈 써서 화났다, 왜!"

난희는 엄마 머릿속엔 온통 딸이 돈 쓰게 될까 걱정하는 마음이 가득하구나 싶어 짠한 심정으로 쌍분을 바라보았다. 의사에게 '악성종양'이라는 단어를 듣는 순간 늙고 병든 아버지와 아픈 인봉이 떠올랐다. 혹여라도 자신이 잘못되면 아버지와 동생은 모두 엄마 차지가 될 텐데, 정말 그리 되면 어쩌나 싶어 가슴이 자꾸 답답해졌다.

쌍분이 잠들자 난희는 살그머니 베란다로 나가 완에게 전화를 걸었다.

"뭐해? 놀아?"

"놀긴 누가 놀아. 일하지. 취재."

완은 수영과 호영, 민호와 하늘까지 집으로 불러 인터뷰를 한다고 했다. 그러더니 전화를 하다 말고 애들한테 소리친다.

"야야야야, 술 좀 너희들이 날러! 안주 떨어졌으면 냉장고 뒤져서 좀 가져가고! 이것들이 앉아서 언니를 다 시켜먹고…. 야, 육포는 먹지 마! 그거 내 간식이야!"

"야, 전화를 하든 놀든 둘 중에 하나만 해!"

난희가 정신이 사나워 다그쳤다.

"근데 왜?"

완이 조용한 곳으로 가 용건을 물었다.

"왜? 나… 병원 갔잖아."

"아, 맞다. 병원에서 뭐래?"

완은 그제야 엄마가 큰 검사를 받았다는 게 떠올라 진지해졌다.

"할머닌 위궤양이 심해서 몇 달 약 먹어야 된대."

"고추 때문이네. 맨날 밥 먹을 때마다 매운 고추를…. 에휴…. 엄만?"

"나? … 괜찮지 뭐."

차마 의사의 말을 전하지 못하고 괜찮다 거짓말하는 난희의 심장이 찌릿하다.

"그럼 괜히 돈 썼네."

"그랬지."

"뭐가 그랬지냐? 잘됐지! 나는 혹시, 설마 했네. 진짜 개운하다! 아무것도 없는 거지? 의사 말 잘 들은 거지?"

"너, 애들 대충 해서 보내고 집에 올래? 할머니 왔는데."

"엄마도 참! 내가 일한다고 애들 다 불러놓고 거길 어떻게 가? 말 돼?"

"그게 말 안 될 건 뭐 있냐?"

난희는 무리라는 걸 알면서도 떼를 한번 써본다. 완이 지금 곁에 있다면 그나마 위안이 될 것 같았다.

"또, 또 징징댄다. 엄마, 진짜 연애해라. 나 곧 결혼할 거니까 엄마도 남자친구 만들어, 어? 맨날 나만 밝히지 말고, 좀."

"네가 누구랑 결혼을 해?"

"남자랑 결혼하지. 사랑한다, 장난희. 어서 자라, 장난희. 끊어."

완이 대충 얼버무리고 전화를 끊자 난희는 또 생각에 잠겼다. 엄마와 아버지, 인봉도 걸리지만 완이 결혼하는 건 봐야지 싶었다. 그러려면 건강해야 한다. 의기소침해하거나 당황해서는 안 된다. 암에 걸려 여러 차례 수술을 하고 항암 치료를 받으면서도 건강하게 자기 일을 하고 있는 영원도 있지 않은가? 난희는 순간 정신이 번쩍 들었다. 일단 대학 병원부터 알아보자 싶어 영원에게 전화를 걸었다.

"대학 병원? 왜, 엄마 병원 갔다드니 많이 아퍼?"

"엄마는 다 아는 병. 위궤양. 근데 너 혹시 간암… 전문으로 하는 의사도 아냐?"

다행히 영원은 잘 아는 의사가 있다고 했다.

"근데 웬 간암? 아… 네가 종합검진 받으려고? 잘 생각했어. 우리 나이엔 돈 들어도 그렇게 가끔 기계로 온몸을 훑어줘야 돼. 철드네, 장난희. 저한테 돈 쓸 줄도 알고. 의사한테 연락해놓을게. 근데 유명한 의사라 며칠 걸릴 거야. 괜찮지?"

"할 수 없지 뭐. 기다리라면 기다려야지."

실망스러웠지만 어쩔 수 없었다. 다음 순간 영원의 목소리 톤이 살짝 높아지며 불쑥 대철 이야기를 꺼냈다.

"곧 미국 들어간다고, 마지막으로 한번 더 보자더라고. 그래서… 볼까 말까 생각 중."

"또! 또! 또! 제 굴을 제가 파네, 이게. 생각은 무슨 생각 중이야. 벌써 저 버린 놈한테 갈 판이구만!"

난희가 다그치는데도 영원은 뭐가 좋은지 깔깔댔다.

"야, 넌 어떻게 그렇게 날 잘 아냐?"

"나는 너에 대해 단 하나도 모르는 게 없어. 네가 날 모르지. 미련 곰퉁이 같은 년."


난희는 도통 잠이 오지 않아 멍하니 앉아 천장만 바라보았다. 오늘따라 참 외로운 밤이구나 싶었다. 확실하지 않은 병 사방팔방 알려 걱정시키는 게 싫어 혼자 품고 있지만, 그게 또 참 겁나고 외로웠다.

난희는 자고 있는 쌍분 옆에 가만히 누웠다. 돌아누운 엄마 등에서 가벼운 숨소리가 들려왔다. 친숙하고 따뜻한 숨소리였다. 난희는 온기가 느껴지는 엄마 등에 천천히 글자를 새긴다.

엄. 마.

그러고는 작은 소리로 속내를 꺼낸다. 아까부터 하고 싶던 말. 차마 하지 못한 그 말.

"엄마… 나 좀 무서워."

아기처럼 웅크려 쌍분의 등에 기대는 난희의 마음이 꽤나
아리다.

# 우리 모두의 엄마를
# 위하여!

술잔이 여러 차례 돌고 분위기가 한창 무르익자 나는 인
터뷰를 시작했다.

"자자자, 이제 그만 술잔들 내려놓고. 너희들 이제부터
술값으로 내가 묻는 말에 아주아주 솔직하게 대답하는 거
다! 자, 첫 번째 질문. 나는 엄마가 늘 좋다."

말이 떨어지기 무섭게 민호가 맥주를 마시다 말고 손을
번쩍 들었다. 뒤이어 수영과 호영, 하늘이 서로의 눈치를 보
며 심드렁하게 손을 올렸다.

"야, 왜 이래. 내 질문을 제대로 들어. 나는 엄마가 좋다
가 아니라, 늘! 늘 좋다야."

수영이 곧바로 손사래를 친다.

"그럼 난 아니네."

모두 충분히 공감한다는 듯 깔깔 웃었다.

"그래, 그렇게 솔직해져. 나도 울 엄마 진짜… 결론적으론 좋지만 과정은 부담스러워. 우리 진짜 이 자리에서만큼은 엄마 뒷담화도 하고 그러자. 그래야 우리 속도 편하고 내 글도 리얼이 살지. 자, 그럼 엄마가 제일 싫은 점은?"

"고생한 건 인정하지만…"

"생색이 좀!"

수영과 호영이 입을 맞추기라도 한 듯 서로를 보며 같은 말을 내뱉자 또 까르르 웃음이 터졌다.

"그럼 누난 난희 이모 뭐가 젤 싫어?"

민호가 맥주를 마시며 슬쩍 질문을 던졌다.

"애정을 넘어선… 집착!"

그러며 내가 잔을 높이 들어 내밀자 여자들이 '아우, 그건 더 싫어!' 하며 서로 잔을 부딪쳤다. 맥주를 한 모금 마시고 내가 말을 이었다.

"나는 진짜 옛날에 남자친구랑 자는데, 천장에서 엄마가 목을 이렇게 빼고 날 빤히 내려다보는 거 같았다. 그럼 애인하고 자다가도 등골이 서늘…"

"아… 악! 소름!"

수영과 호영이 소리를 지르며 싫은 티를 내고 민호와 하늘은 마주 보며 킥킥 웃었다.

"근데 누나 은근 마마걸인 거 알아?"

"입 다물어. 저는 마마보이인 주제에!"

나는 인터뷰가 본론에서 벗어나는 걸 제어하기 위해 '자, 자!' 하며 다시 박수를 쳤다.

"자, 다시. 그럼 엄마한테 바라는 점 한 가지씩. 먼저 하늘이."

"음….'

주스 잔을 들고 곰곰이 생각에 빠져 있던 하늘이 갑자기 눈물을 글썽였다. 애써 웃으려고 입꼬리를 올려보지만 파르르 경련을 일으키고 만다.

"음… 지금처럼 아파도… 오래 사는 거."

엄마가 아프면 일찍 철이 든다고 했던가. 자리에 앉은 사람 중 유일하게 아픈 부모를 둔 하늘은 언제나 아픈 엄마 걱정이다. 민호가 그런 하늘을 꼭 안아준다. 순간 모두들 제 엄마가 떠올라 눈시울이 붉어졌다.

참 이상한 일이다. 우리에게 엄마는 뭘까? 어떤 존재일까? 나를 부담스럽게 하다가도 '엄마'라는 말만 뱉어도 눈물이 나는 건 왜일까?

엄마만큼 우리 자신과 강렬한 끈으로 이어져 있는 존재는 없을 것이다. 엄마와 자식은 열 달 동안 한 몸이었다. 그녀의 자궁에서 벗어나 독립한 뒤, 그녀가 무겁고 지긋지긋한 존재로 여겨지다가도, 우리는 문득문득 그녀와 한 몸이었을 때의 따뜻함과 온전한 합일을 그리워한다. 엄마는 그런 존재다. 벗어나는 것이 당연한 순리임에도, 영혼의 밑바닥은 연결되어 있어 영원히 그리워하게 되는 존재.

나는 잔을 높이 올렸다.

"우리 모두의 엄마를 위하여! 원 샷!"

다섯 개의 잔이 공중에서 맑은 소리를 내며 부딪쳤다.

그 순간 그 말이 다시 떠올랐다. 우리의 삶은 언제나 남는 장사이며 축복이라던 그 말. 정말 삶은 축복이고 감사일까? 우리 엄마와 할머니에게도?

연하에게 가며 마지막으로 엄마에게 바치게 될 이 책의 끝이 정말 그렇게 정리되기를, 해피엔딩이 되기를 나는 빌고 또 빌었다.

# 석균의
## 된장국

석균은 난생처음 직접 세탁기를 돌리고 쌀을 씻는다. 게다가 충남이 냉장고 문에 붙여두고 간, 여태껏 쭉 무시하고 있던 '좋은 남편 십계명'까지 또박또박 읽었다.

"남편은 자기 자신과 가정을 안전하게 보호하고, 폭군처럼 행세하지 마라. 여덟, 살림살이에 사사건건 간섭 마라. 아홉, 아내의 동의 없이 중요한 일을 혼자서 하지 마라. 열, 항상 부드럽고 다정다감…."

여기까지 읽던 석균이 아무도 없는 주방에서 버럭 소리를 질렀다.

"지랄하네. 아, 남편이 여편네한테도 소리 안 지름 뭔 맛으로 살아!"

물론 명심하려고 노력은 하지만 자신도 모르게 역심이 올라오는 건 어쩔 수 없다. 그는 십계명을 읽다 말고 쌀바가지를 든 채 개수대로 향했다. 쌀바가지의 물을 비우고 새 물을 떠 조리로 휘휘 젓다가 다시 구시렁거렸다.

　　"다정다감… 염병, 기생오라비가 되라 소리네."

　　석균은 조리질까지 한 쌀을 전기 압력밥솥 안에 넣었다. 문제는 그다음이었다. 밥통에는 버튼도 많았고 글씨도 많았다. 백미, 현미, 잡곡밥, 예약… 그 앞에 서서 한참 고민하던 석균이 정아에게 전화를 걸었다.

　　"밥통에 밥을 넣었어. 그다음에 어떻게 해?"

　　정아는 희자 집에서 영화를 보는 중이었다.

　　"미쳤어? 밥통에 밥을 왜 넣어! 쌀을 넣어야지! 돌아도 한참 돌았나 보네!"

　　"밥이 아니고 쌀을 넣었어. 근데 버튼이 많아. 뭘 눌러?"

　　"오른쪽 맨 위, 백미!"

　　정아가 귀찮다는 듯 전화를 끊고 화면으로 고개를 돌리기 무섭게 전화가 다시 울렸다.

　　"왜 또?"

　　"버튼을 눌렀어. 그럼 이제 밥이 돼? 밥 다 된 건 어떻게 알아?"

　　"보면 알아. 걔가 소릴 내. 밥 다 됐다고."

　　정아가 전화를 끊자 무릎을 베고 누워 있던 희자가 고개를 든다.

"석균 씨가 먹고살라고 밥하나 보네."

"굶어 뒤지진 않겠네."

"석균 씨가 네가 좋은가 보다. 자꾸 전화하고."

"좋긴. 아쉬워 그러지."

정아가 픽 웃으며 다시 화면에 시선을 고정했다. 때마침 두 남녀가 입고 있던 옷을 벗어던졌다. 민망해 못 보겠다는 듯 희자가 눈을 가리며 돌아눕는다.

"어머머머, 쟤 벗었다, 벗었어."

"어머나! 진짜 홀딱 벗었네 저것들이! 야야, 혼자 보기 아깝다. 봐봐, 저것들이 아랫도릴 홀떡! 어머머, 뭐가 저렇게 커? 야, 좀 봐봐!"

정아는 돌아누운 희자의 고개를 억지로 화면 쪽으로 돌리며 깔깔 웃었다.


며칠 뒤, 수영이네 집에서 일을 끝내고 돌아가던 정아가 동네 전봇대 앞에 멈춰 섰다.

"하루 오만 원은 뻥이라 치고 반절 생각하면 이만 원은 되겠네."

워낙 소박한 살림이라 딸들 집 일해주며 버는 돈으로도 나름 버틸 만했지만, 그래도 혹시 아플 때 쓸 비상금 정도는 벌 수 있겠다 싶었다. 정아가 전단지 밑에 붙은 전화번호 하나를 뗐다. 그때, 석균의 목소리가 날아왔다.

"뭐하냐?"

정아는 석균을 한 번 보고는 별다른 반응 없이 돌아서 걸어갔다.

"뭐하러 여긴 또 와?"

까만 봉지를 든 석균이 따라가며 잔소리를 했다.

"네가 눈이 어두워 저런 걸 어떻게 해? 인형에 눈알 붙이고, 샤프 곽에 샤프심 넣고, 머리핀에 알 박고. 넌 그런 거 못해. 그러게 집을 왜 나가."

"아, 일 안 가!"

정아가 버럭 짜증을 내자 석균이 그녀 앞을 지나쳐 걸어가며 말한다.

"잘렸어."

"잘됐네, 고소하다."

"이제부터 리어카 하나 사서 폐지 주우러 다닐 거야."

"없는 사람들 주워 먹게 폐지 같은 거는 좀 냅둬! 집 팔아서 돈 써! 할 일 없으면 비 들고 동넬 쓸던가. 그저 제 생각만 하지 그저."

정아가 호통을 치자 석균은 금방 기가 죽어 눈치를 살핀다.

"알았어. 안 주워!"

집에 도착하자마자 정아는 항아리에서 쌀을 꺼내 마당 수

돗가에서 씻기 시작했다. 석균은 검은 봉지를 평상에 조심스레 내려놓고 그 옆에 앉아 괜스레 말을 건다.

"수영이네 일 다녀왔어?"

"내가 희자랑 딸년들 집 아니면 갈 데가 어디 있어."

"쌀을 많이 씻네. 내 밥도 하는 거냐?"

"그럼 내 밥만 할까."

말투는 퉁명스러워도 그 안에 담긴 마음이 여전히 따뜻해 석균은 기분이 좋았다. 석균이 들고 온 까만 봉지를 들어 보인다.

"반찬은 하지 마. 내가 된장찌개 끓여 왔어."

그제야 정아가 석균을 돌아봤다. 어안이 벙벙한 얼굴이다. 밥상에 숟가락 하나 놓을 줄 모르던 사람이 된장찌개를 직접 끓여 왔다니, 그녀로선 황당한 소리로 들렸다.

김치에 생선구이, 석균이 끓인 된장찌개로 차린 소박한 밥상을 앞에 두고 두 사람이 마루에 걸터앉았다. 정아는 듬뿍듬뿍 밥을 퍼먹는데, 석균은 밥 먹을 생각도 않고 정아가 언제 된장찌개를 맛보나 그것만 지켜보았다. 정아가 딴청 피우는 사람처럼 된장찌개에는 손도 대지 않자 석균은 속이 탄다.

"된장찌개도 먹어봐. 처음엔 이상하더니 두어 번 해보니까 제법 괜찮아."

정아가 마지못해 된장찌개를 한 숟갈 떠먹었다.

"어때?"

"먹을 만하네."

그제야 석균의 얼굴이 조금 풀어진다. 밥을 한 숟갈 뜨려던 석균이 무언가 생각하는 표정을 지었다.

"내가… 우리 신혼여행 갔던 델 갔었어. 집이 아직 있더라고. 빈집이 돼선. 거기서 내가 낮잠이 들었는데… 우리 아들놈… 떨어졌을 때가 생각이 나더라고."

밥만 떠 넘기던 정아의 눈가가 순간 붉어졌다. 정아는 감정이 복받쳐 오르는 걸 누르려고 꾸역꾸역 밥을 입안에 퍼넣는다.

"그때… 네가 몇 번을 집에서도 말하고 공장까지 찾아와서도 배가 아프다고 말했는데… 병원에 못 데려가서 내가 많이 미안…."

순간 정아가 석균을 향해 밥상을 뒤집어엎었다. 된장찌개며 김치가 석균의 무릎 위로 와르르 쏟아졌다.

"뭐한다고 그 소린 해? 이제 와 뭐한다고! 사람 복장 뒤집어놓으라고 그런 소릴 해!"

석균은 그녀의 상처가 이 정도인가 싶어 눈물이 그렁해져 고개를 숙였다.

"그때 내가 아팠댔지! 내가 엄살 피는 사람이냐? 왜 날 병원에 안 데려갔어? 왜 그랬어! 왜! 왜! 왜! 내 아들 살려내…내 아들 살려내!"

정아가 꺽꺽 소리를 내며 울기 시작했다. 그녀의 울음소리를 들으며 석균은 미안한 마음에 차마 고개를 들지 못한다. 단지 미안하다는 말을 하고 싶었을 뿐이다. 용서받을 생각 따윈 없었다. 그런데 이 얘길 꺼내는 것조차 정아에겐 아픔이었던 모양이다. 그는 서럽게 우는 정아 옆에서 말없이 엎어진 반찬들을 치워나갔다.

실컷 울고 나자 속이 좀 풀렸는지 정아가 아무 말 없이 설거지를 하러 부엌으로 들어갔다. 석균은 그녀를 가만히 보다가 자리에서 일어섰다.

"순영 아버지."

대문을 나서는 그를 정아가 불러 세웠다.

"다음에 된장찌개 끓일 땐 멸치 한 주먹 넣어서 끓여."

석균은 그녀가 다시 부엌으로 들어가는 걸 보며 작게 미소 지었다.

"멸치 넣어서 된장 끓여 또 올게."

그가 정아에게 소리치고 발길을 돌렸다.

정아는 마침 걸려온 희자 전화를 받았다. 원 없이 울어 한결 가뿐해진 얼굴이다.

"밥? 나는 먹었지. 무슨 반찬? 개구리반찬보다 웃긴 반찬. 너 멀건 된장 푼 물에 생두부 떠다니는 국 먹어봤냐? 에이고, 진짜…."

정아는 말하면서도 그 맛이 떠올라 깔깔 웃었다. 평생 물한 잔 제 손으로 떠다 먹을 줄 모르던 사람이 된장찌개를 끓여 여기까지 오면서 무슨 생각을 했을지 짐작하니, 새삼 짠하고 기특했다.

## 엄마 인생에도
## 사랑이

"그래서 시어머닌 어떻게 됐어?"

난희는 일찌감치 가게 문을 닫은 뒤 뒷정리를 하며 경북 엄마에게 물었다. 그녀의 시어머니가 암으로 돌아가신 게 생각나서다.

"똥오줌 받아내며 삼 년 개고생하다 돌아가셨지, 뭐. 그게… 늙은 사람은 암이 오니까 치매도 덩달아 오더라구요."

"첨에 암이라 그랬을 때, 아팠나?"

난희는 그게 궁금했다.

"아팠지, 그럼."

"난 안 아퍼!"

난희는 자기도 모르게 그렇게 말하고 이번엔 상숙에게 물었다.

"야, 네 엄만 어떻게 되셨냐?"

"아, 내가 말 안 했나? 울 엄마 암 아니래요."

난희가 반색을 하며 치우던 그릇을 놓고 손뼉을 쳤다.

"어머, 잘됐다, 야! 그럼 암 아니면 뭐래?"

"그냥 머리에 물혹이 난 거래요."

"아우, 너무 잘됐다! 근데 첨엔 병원에서 분명히 암이랬다며. 근데 째보니까 아니래?"

"그랬다니까요? 모양이 이상했는데, 째보니까 아니더래요."

난희는 그 소식이 너무 좋아 가슴이 막 뛰고 설레었다.

"아, 아, 그럴 수도 있구나 그게. 병원도 틀릴 수가 있네. 어머나, 잘됐다. 병원이 나쁘네. 멀쩡한 사람을 암이라 그러고…. 잘됐다, 잘됐다, 진짜 잘됐다."

상숙 얘기를 듣고 나니 난희는 자신도 오진일 가능성이 있지 않을까 싶어, 자기 병에 대해 좀 더 알아봐야겠다는 생각이 들었다. 그래서 찾은 곳이 피시방이었다.

동네 상가에 있는 피시방 문을 열고 들여다보니 게임 중인 젊은 남자들만 수두룩했다. 그녀는 잠시 망설이다 조심스럽게 카운터로 갔다.

"인터넷 검색만 좀 할 건데… 그것도 돼요?"

직원이 안내해준 자리에 앉자마자 난희는 돋보기를 끼고

인터넷 검색창에 '간암'을 쳤다. 거기 나온 내용들은 대부분 희망적이지 않았다. 그녀는 다시 '간암일 경우 치료가 되나요?'라는 문장으로 검색을 해보았다. 조금 희망이 보이긴 하지만 암의 상태에 따라 천차만별인 듯했다. 딱히 위안은 되지 않았지만 자신의 병증이 약한 것이라면 희망은 있어 보였다.

"안녕하세요?"

웬 남자 목소리에 난희가 화들짝 놀라 돌아보니 일우가 서 있었다.

"어머, 여기 웬일이에요?"

"일 없을 때 가끔 와요."

일우가 수줍게 웃었다.

"아…"

"근데 여긴 웬일로…. 이런 데 안 오실 거 같은데."

"뭘 찾아볼 게 있어서요. 집에 컴퓨터가 없어서…. 휴대폰은 너무 작고."

난희는 혹시라도 그가 볼까 싶어 얼른 검색창을 닫았다.

"저랑 산책하실래요? 나오세요."

일우는 소년처럼 수줍은 표정이어도 제법 씩씩하게 난희를 리드했다. 난희는 조금 어리둥절한 기분으로 순순히 그를 따랐다.

두 사람은 가까운 공원을 산책했다. 난희는 따뜻한 햇살

을 받으며 오후 산책을 즐기는 사람들과 흐드러지게 핀 꽃
들을 기분 좋게 바라보았다. 제 몸을 갉아먹고 있을지도 모
를 병에 대해서는 잠시 잊기로 했다. 지금은 그래도 좋을 것
같은 기분이다.

일우가 한참을 기다려서 산 추로스를 건넨다. 걸으며 군
것질을 하자니 마치 데이트 나온 젊은 연인 같아서 그녀는
살짝 설레고 있다. 추로스를 손으로 떼어 한입 먹으려는데
일우의 목소리가 들렸다.

"입으로."

그러더니 입으로 베어 먹는 시범을 보인다.

"이건 이렇게 먹어야 맛있어요."

난희는 그가 하는 행동이 귀엽다 생각하며 추로스를 입으
로 베어 먹는다.

"이름이 뭐예요? 난 이일우."

꽤 오랫동안 여러 번 마주친 사이인데 서로 통성명도 안
한 상태였다.

"난 장난희. 그러고 보니 이름 석 자도 모르는 사람끼리
걸어가네."

"우리 점 볼래요?"

일우의 느닷없는 제안에 난희가 멍하니 그를 바라보았다.

"우리 점 봐요. 전에 오셨던 카페에서 금요일엔 관상 보
는 점쟁이가 와서 공짜로 점 봐줘요. 가요."

일우가 손을 잡고 이끈다. 난희는 난데없이 잡힌 손이 민망하고 어색했지만 그가 이끄는 대로 따라갔다.

라이브 카페는 공연이 없는 평일 낮이라 그런지 조용했다. 난희가 맥주를 마시며 기다리고 있자 얼마 뒤 일우가 점 봐주는 사람을 데리고 자리로 왔다.

"뭐가 궁금하세요?"

점을 봐준다는 사람은 젊은 여자였다. 그녀는 자리에 앉자마자 난희에게 물었다.

"나 얼마나 사나."

난희가 편하게 웃으며 말하자 일우가 좀 놀라는 표정을 지었다.

"거긴 뭐 볼 건데요?"

"장난희 씨랑 내가… 잘 될 건가 말 건가."

난희가 어이없어 웃음을 터트렸다.

"진짜요!"

"왜 그래. 이상한 사람이네. 아, 농담하지 말고! 나 그런 거 싫어해요."

일우는 말없이 웃기만 한다.

"웃긴…. 나 진짜 그런 거 싫어해, 남자가 괜한 농담하고 그러는 거. 죽은 내 남편이 농담 잘하고 바람펴서."

일우는 그녀 말은 아랑곳하지 않고 점 보는 아가씨에게 묻는다.

"저랑 이분 앞으로 어떨 거 같아요?"

카페를 나온 뒤에도 난희는 자꾸 웃음이 나왔다.
"어쩌냐. 나랑 악연이래서."
그녀가 놀리듯 일우에게 말했다.
"그 사람 원래 점 잘 못 봐요."
"못 보긴 뭘 못 봐. 용하던데. 나 명줄 길다잖아."
"명줄 길다니까 많이 좋나 보네."
난희는 의외로 훅 치고 들어오는 그가 싫지 않아 가벼운
웃음을 짓는다.
"근데 왜 반말이야?"
"내가 그랬나요? 미안합니다."
"호적 정리 제대로 해요. 내가 누나야. 누님 소린 징그러
싫지만, 요는 붙여요. 한 번만 더 그래봐라."
일우가 깔깔 웃음을 터트린다. 그때 난희의 전화가 울린
다. 완이다.
"어, 완아. 왜?"
일우는 편히 통화하라며 살짝 자리를 피해준다.
"반찬 가져오지 마. 나 밤새 일해야 되는데 엄마 와서 방
해할까 봐 전화하는 거야. 지금 아주 바짝 일 불붙었거든."
"알았어. 오늘은 네가 오래도 못 가."
"웬일?"

"네 말대로 남자 만난다, 왜 년아."

"남자 누구?"

완은 놀라는 기색도, 그닥 반가워하는 기색도 아니다.

"가게 오는 손님."

"미쳤어, 진짜! 가게 드나드는 남잘 뭘 믿고 만나! 엄마, 진짜야?"

"네 엄마 이제부터 확 바람날 거다. 그리 알어."

"진짠가 보네. 참내, 뭐하는 사람인데?"

"편의점 하고, 대학 다니는 아들 있고, 홀아비면서 기타를 치고, 미남에, 게다가 나이는 엄마보다 훨씬 어린 연하."

"그런 사람이 엄말 왜 만나? 구라지?"

완이 어이없는 듯 낄낄 웃는다.

"구라는…. 야, 끊어."

"집에 빨리 들어가. 아줌씨가 밤길 다니는 거 아냐."

통화를 마치니 일우가 귀여운 인형이 달린 열쇠고리를 흔들며 다가온다.

"선물이요."

일우가 수줍게 건넨 열쇠고리를 받으며 난희는 저도 모르게 배시시 웃었다. 이 남자, 꽤 매력 있다. 성큼성큼 다가오는 그가 좋아질 것 같다. 점쟁이 말대로 그녀의 명줄이 길기만 하다면 말이다.

# 희자 그거 불쌍해서
# 어떡하니

성재는 잠도 제대로 못 잔 상태였지만 친구가 일하는 신경정신과 병원을 찾았다. 병원에 들어서는 그의 얼굴은 어두웠다. 오늘 새벽에도 희자가 밤 외출 나가는 시간에 맞춰 일어나 허겁지겁 그녀를 따라 나섰다. 그녀는 어김없이 성당을 찾아가 기도하고 집으로 돌아갔다.

의사 친구는 성재가 건넨 시시티브이 자료를 보고 또 보며 곰곰이 생각에 잠겨 있다.

"많이 심각해?"

"지금 이 상태로 판정하기가…. 만약 밤 외출에 대한 인지가 없다고 치면…."

"없다고 치면?"

"치매가 벌써 많이 진행됐다고 봐야 돼요."

그는 가슴이 먹먹해졌다. 치매는 진행이 시작되면 돌이키기 어려운 병이다. 혹시 희자 스스로 밤 외출을 인지한다면, 희망은 있을지도 모른다.

성재는 병원을 나와 곧장 충남에게 전화를 걸었다. 당장 밤 외출에 대해 그녀가 인지하는지부터 알아봐야 했다. 그러기 위해 충남의 도움이 필요했다. 마침 충남은 검정고시 학원에 가는 날이어서 서울에 와 있었다.

성재는 학원 앞 카페에서 충남을 만나 자초지종을 이야기했다. 충남은 믿으려 하지 않았다. 며칠 전까지만 해도 희자는 멀쩡해 보였다. 다소 예민하고 엉뚱한 면이 있긴 하지만 이상해 보일 정도는 아니었다. 하지만 성재가 휴대폰에 연결된 시시티브이 영상을 보여주자 충남의 낯빛도 어두워졌다.

충남은 희자에게 하룻밤 재워달라고 전화한 뒤 성재 차를 탔다.

"너무 낙담하지 마. 요즘은 약이 좋아 치매를 늦출 수도 있대."

성재가 애써 위로했지만 충남은 내내 들여다보던 성재의 휴대폰을 한쪽에 내려놓고, 벌렁거리는 가슴을 진정시켰다.

"함부로 말하지 마. 누가 벌써 치매야? 밤마실도 밤참 먹는 것도 일단 본인이 인지하면 멀쩡한 거라며? 오빠만 하늘이 무너지는 거 아냐. 나도 그래. 각자 감정은 각자가 챙겨.

언니가 자기가 한 짓을 인지하나 못하나 알아보고 연락할
게."

희자 집 앞에 차가 멈추자마자 충남이 내렸다. 그녀는 몇
걸음 걸어가다 되돌아와 차창을 두드렸다. 성재가 창을 열
자 충남이 속상한 표정을 지었다.

"왜 그래. 보기 짠하게 코가 한 자나 빠져선."

"아냐, 나 괜찮아."

말은 그렇게 했지만 괜찮을 리 없었다.

"내가 남자를 왜 안 만나는 줄 알아? 늙으면 늙을수록 여
자보다 약해빠져서야. 보기 싫어. 기운 내!"


희자는 집에 누가 찾아온 것만으로도 좋아서 충남을 졸졸
따라다니며 잠옷을 챙겨주고, 화장실에서 이 닦는 모습까지
문턱에 쪼그리고 앉아 지켜보았다.

"이를 뭐하러 그렇게 닥닥 닦어? 살살 해. 이 닳어."

충남이 아랫니, 윗니, 혓바닥까지 힘주어 빡빡 닦는 모습
에 희자가 한마디 한다.

"이렇게 안 닦음 텁텁하니 늙은이 냄새나."

"그러게. 늙으니까 괜히 입에서도 냄새나는 거 같고 그렇
지?"

"이불 펴. 자야지."

충남이 세수를 하며 희자를 독촉했다.

"그래."

잘 준비를 모두 마치고 거실에 나란히 눕자 충남은 문득 며칠 전 일이 떠올랐다. 그녀의 집에서 모두 함께 자던 날 밤. 새벽에 잠을 못 이루고 희자가 하던 행동을 돌이켜보니 석연치 않았구나 싶다. 거실에 모여 자는 친구들을 보고 '왜 애들이 여기서 자?'라고 묻던 것이며, 문이란 문은 모두 벌 컥벌컥 열었다 닫았다 하던 행동들은 그녀가 보아왔던 치매 걸린 친척 어르신들과 닮아 있었다.

그때 여행 다큐 프로를 보던 희자가 충남에게 묻는다.

"충남아, 우리도 쟤들처럼 멀리멀리 여행 갈까? 차 사서 그거 타고. 정아, 영원이, 난희 다 같이."

"우리 나이에 뭔 차를 사? 딱히 뭐가 사고 싶으면, 죽으면 들어가 누울 관이나 사."

"히히. 이렇게 유머 있고 센스 있고 예쁜 앨 왜 남자들이 가만 뒀을까?"

"남자들이 왜 날 가만둬. 흔들었지. 다만 내가 버텼지."

"왜 버텼어?"

희자가 충남을 예쁘게 바라보며 묻는다. 충남은 그런 희 자의 눈빛을 보며 다시 곰곰이 생각에 잠겼다.

"왜 버텼냐고. 못이기는 척 넘어가지."

충남은 대답 대신 화제를 돌렸다.

"언니, 밤에 집 나가?"

"밤에? 아니."

"성당에 기도하러 안 가? 독실한 신자들은 새벽 기도 가잖아. 언닌 안 가?"

"난 밤길 싫어. 안 가. 미쳤니, 밤에? 낮엔 뭐하고 밤에…."

희자 얼굴엔 싫은 기색이 역력했다. 충남은 철렁 가슴이 내려앉았다.

"언니, 밥 하루에 몇 끼 먹어?"

"몰라. 두 끼, 세 끼도 먹고…."

대답하던 희자가 얼굴을 찡그리며 배를 움켜잡고 화장실로 가며 말한다.

"근데 난 왜 이렇게 똥을 싸? 충남아, 너도 그래?"

충남은 마음이 복잡해 가만히 천장을 올려다본다. 아무래도 희자가 심상치 않다. 밤 외출에 대해서도 그녀 자신은 모르고 있는 게 확실했다.

깊은 밤 겨우 잠든 희자 옆에서 충남은 생각이 많았다. 이일을 어쩌면 좋은가. 희자가 정말 치매라면 어떻게 해야 하는 건지, 아무리 생각해도 답이 떠오르지 않았다.

그때, 곤히 자던 희자가 벌떡 일어났다. 충남은 미동도 하지 않고 그녀를 지켜보았다. 희자는 집에 누가 있다는 것을 전혀 모르는 사람처럼, 조용히 머리맡의 카디건을 입고 현관문으로 걸어갔다. 충남은 심장이 덜컹 내려앉는 느낌이었

다. 하지만 치매에 걸린 사람은 절대 놀라게 해선 안 된다고
했던, 요양병원 의료진들의 말을 곱씹으며 겨우 침착함을
유지했다. 충남은 다정하고 나긋나긋한 목소리로 희자를 불
렀다.

"언니… 이리 와."

희자가 문고리를 잡은 채 돌아봤다. 하지만 충남을 전혀
알아보지 못하는 듯했다.

"이리 와서 누워. 나 충남이."

희자는 충남을 가만히 보다가 고개를 갸웃거렸다.

"아… 충남이네!"

"나랑 자자. 누워. 밤에 나가는 거 아냐."

희자는 밖으로 나가고 싶어 어쩔 줄 몰라했다. 마음이 자
꾸 문밖으로 내닫는지 현관 문고리를 놓지 못했다.

"어여 와. 못 나가. 언니 나가면 나는 밤에 무서워서 어떡
해. 나 혼자 있는 거 싫어하는데. 이리 와."

다그친 것도 아닌데 희자는 풀이 죽어 문고리를 꼭 잡은
채 눈시울을 붉혔다. 충남은 가만히 다가가 조심스럽게 희
자 손을 풀고, 아이 어르듯 달랬다.

"자자."

희자를 요 위에 눕히고 충남은 천천히 희자의 배를 토닥
였다.

"언니, 이 밤에 어디 가게?"

"성당."

"성당? 왜?"

"회개하러."

"언니가 뭘 회개할 게 있어. 착하게 살았는데."

"말하기 싫어."

희자 눈엔 까닭 모를 슬픔이 가득 차 있었다. 충남에게 그
녀의 슬픔이 짠하게 전해졌다. 충남은 더 이상 아무것도 묻
지 않고 희자의 배를 토닥이기만 했다. 잠시 후 희자가 아기
처럼 스르르 눈을 감았다.

충남은 먹먹함이 몰려와 잠을 이룰 수 없었다. 희자 눈에
가득 찼던 슬픔이 내내 충남의 마음을 흔들었다. 한평생 아
픔 없이 곱게 살아왔을 것 같은 희자에게 어떤 슬픔이 그렇
게 차 있던 걸까? 자신의 현재를 잃어가고 있는 희자의 가
슴에 과거의 슬픔이 물밀듯 차오른 것 같아, 충남은 날이 새
도록 잠들지 못했다.


다음 날 아침, 충남은 성재에게 전화를 걸었다. 오빠 말이
사실이더라고, 언니는 아무것도 기억하지 못하더라고 한마
디 한마디 전할 때마다, 충남과 성재의 가슴에 커다란 돌덩
이가 하나씩 쌓여갔다.

"희자가⋯ 어젯밤 일을 전혀 인지 못해?"

"그러네. 자기는 잘 잤대. 나랑 밤에 한 얘기도 기억을 못

해."

"희자 애들한테… 알려야겠지?"

"일단 정아 언니한테. 나보다 정아 언니가 민호한테 말하는 게 낫겠다 싶어서."

충남은 그길로 정아를 찾아갔다. 애기를 듣자마자 정아는 펄쩍 뛰었다.

"얘가 무슨 소릴 해! 너 미쳤냐? 비싼 밥 먹고 무슨 말 같지도 않은 소릴 맥없이 해대, 너는!"

정아는 믿을 수 없었다. 믿고 싶지 않았다. 그래서 더 역정을 냈다.

"희자 이상한 게 하루 이틀이야? 어릴 때부터 이 나이 먹도록 머리에 나사 하나 잘못 박힌 애처럼…. 치매가 아니라 걘 원래가 이상해!"

"언니, 성재 오빠가…."

"성재 씨가 뭘 알아? 희자 년은 누구보다 내가 더 잘 알아! 자기가 희잘 보면 언제부터 봤어!"

말은 그렇게 하면서도 정아 역시 석연치 않던 희자의 행동들이 떠올라 속절없이 무너지고 있었다. 희자가 마크 집을 보며 구시렁거린 일, 놀러 간 날 뜬금없이 여기서 왜 자냐 물었던 일, 깔끔 떠는 성격에 어울리지 않게 난장판이 되어 있던 싱크대 수납장, 약속을 잊고 집에 가버린 일…. 하나하나 떠오를 때마다 눈시울이 그렁해졌다. 그래도 정아는 애써 부정한다.

"나는 어제도 봤고, 그제도 봤고, 하루가 멀다 하고 걔 봐! 희자 년이 치매면 나도 치매겠네! 전에 의사가 치매가 아니라 망상이 있다고…."

"의사가 치매래."

충남이 단정 짓자 정아는 걸레를 집어던지고 가슴을 치며 악을 썼다.

"어떤 의사 놈이 그래? 약도 먹었는데! 집에 갈 때마다 내가 챙겨주고 저도 알아서 주워 먹고! 늙은이가… 매일 보는 친구랑 약속 좀 잊고, 싱크대 정리 좀 못 하면 어때!"

정아는 결국 울음을 터트렸다. 아무리 떼를 써봐도 부정할 수 없는 일이었다.

"으으으… 아이고, 나 어떡하니. 아이고 어머니… 나 어떡해! 희자 그거 불쌍해서 이걸 어떡하니, 충남아…."

한참을 엉엉 울던 정아는 이러고 있을 때가 아니지 싶어 마음을 다잡았다. 정신줄 놓을지 모를 친구를 챙기기 위해서 자신이라도 정신을 차려야 했다.

차오르는 슬픔을 꾹꾹 누르며 얼굴에 로션을 발랐다. 하지만 이내 가슴이 먹먹해져 멍하게 허공을 쳐다보고, 그러다 또다시 정신 차리자 싶어 장롱에서 트렌치코트를 꺼내 입었다. '이거 내가 사준 거네.' 하며 해맑게 웃던 희자의 얼굴이 떠올라 다시 눈시울이 붉어졌다. 정아는 버티듯 벽에 기대서서 희자에게 전화를 걸었다. 담담하려 애쓰며 아무렇지 않은 듯 말을 건넸다.

"희자야, 뭐해? 성당? 아, 묵주 만든 거 주러. 그다음엔 뭐해? 내가 갈라 그러지. 알았어. 길 잘 보고 조심해서 다니고… 다른 데 가지 말고 꼭 집에 가 있어. 그래. 내가 너 좋아하는 떡볶이 사가지고 갈게. 그래."

정아는 두 번 세 번 당부하고 나서야 전화를 끊었다.

"희자, 성당 가네."

"금요일은 원래 가잖어. 밤마실이 걱정이지 낮에는…. 아직 그 정돈 괜찮을 거야. 가자, 이제 민호한테."

마루에 앉아 있던 충남이 일어서며 재촉하자 정아가 눈을 감고 긴 한숨을 내쉬었다.

"좀만… 있다 가자."

충남이 밖에서 기다리겠다 말하고 방문을 닫아주었다. 정아는 좀처럼 가라앉지 않는 슬픔에 몸도 마음도 휘청이는 걸 느끼며 다시 흐느꼈다.

# 인생, 아끼다
# 엿 됐다

난희는 휘적휘적 병원을 나와 버스에 올랐다. 조금 전 의사에게 들은 얘기가 그녀 마음을 온통 헤집어놓았다. 영원이 소개해준 병원에서 엠알아이 촬영을 마친 뒤에도 난희는 희망을 품고 있었다. 하지만 의사가 들려준 말은 그 모든 걸 무너트렸다.

'지금 여사님 상태는 최악이라고 생각하시면 됩니다. 간뿐만이 아니라 벌써 다른 데로 전이가 많이 됐어요.'

난희는 왈칵 두려운 마음이 일었다. 전혀 마음의 준비가 되어 있지 않았다. 머릿속이 하얗고 뭘 어떻게 해야 할지 알수 없었다. 영원에게서 전화가 왔지만 받지 않았다.

"한시가 급하다며 왜 수술은 삼 주나 있다가 한대. 그게 사람 생으로 죽으란 소리지 살란 소리야. … 하긴, 뭐 세상에 나만 아프냐."

넋이 나가 구시렁거리는데 다시 전화가 왔다. 이번엔 완이었다. 난희는 애써 담담하게 전화를 받았다.

"왜?"

"왜? 왜? 지금 왜 소리가 나와? 엄마 대체 어디서 뭐해? 지금 가게 난리야!"

완이 목소리만 들었을 뿐인데 울컥 가슴이 시렸다. 쇼핑 나왔다고 대충 얼버무리자 완이 어이없어하며 다그치는데 그 말들은 하나도 귀에 들어오지 않았다. 오직 딸의 목소리, 그 목소리가 꾹꾹 누르고 있던 난희의 눈물샘을 건드렸다. 이 이쁜 걸 두고 어떻게 가나. 인봉이는, 엄마는, 아버지는….

난희는 이를 악물며 꾸역꾸역 눈물을 삼켰다.

"… 갈게."

그녀가 할 수 있는 대답은 그것뿐이었다.


"애는 왜 전화 안 받어. 오늘 검사 결과 어떤가 궁금한데…."

촬영을 마친 영원이 차에 오르며 중얼거렸다. 검사가 끝났을 시간인데 난희가 전화를 하지도 받지도 않아 궁금했다. 그때 대철에게서 전화가 왔다.

"어, 대철 씨. 지금 갈라고. 아이고, 참… 웬 재촉? 삼십 년 넘게 안 보고도 살았는데, 이제 와 일이십 분 늦게 본다고 어떻게 돼?"

오늘 영원은 대철과 만나기로 약속이 되어 있었다. 지난번 찻집에서 그렇게 헤어진 뒤 내내 아쉬운 마음이 들던 차에 며칠 전 그가 다시 전화를 했던 것이다. 오늘 미국으로 돌아간다며 가기 전에 얼굴이라도 한 번 더 보고 싶다고 했다. 영원도 흔쾌히 그러자 했고, 촬영을 끝내자마자 공항으로 가려고 서두르던 참이었다.

"출발할게요."

영원이 통화를 끝내자마자 매니저가 시동을 거는데, 다시 휴대폰이 울렸다.

"아, 닥터 조. 너무 고마워. 없는 시간 쪼개서 내 친구 진료를…. 뭐?"

밝은 목소리로 감사 인사를 건네던 영원이 순간 말을 잃고 굳어버렸다. 영원은 출발하려는 매니저를 제지시키고 난희 상태에 대해 자세히 물었다. 한참을 말없이 듣기만 하던 영원이 참담한 표정으로 허리를 꺾고 고개를 숙였다.

그 순간 영원은 처음 암 판정을 받았을 때의 감정이 고스란히 떠올랐다. 세상 일이 내 맘대로 되지 않는다는 것쯤은 영원도 알고 있었지만, 암 선고를 받은 순간에 느꼈던 억울함과 두려움은 이전에 느꼈던 그 어떤 박탈감과도 달랐다.

삶의 한 자리에 죽음이 들어와 탐욕스럽게 자신을 노려보고 있는데, 그것과 싸울 무기조차 없다는 얘기를 들으면 살며 갈 고닦은 긍정성조차 아무런 힘을 발휘하지 못한다. 영원은 잔인한 삶의 배신에 휘청거리고 있을 난희를 생각하며 한참을 소리 없이 울기만 했다. 그러다 곧바로 대철에게 전화했다.

"내가… 예전처럼 환하게 한번 웃으며 보내드리고 싶었는데 우리 인연이 여기까진가 보네. 그치? 그래도 부디 몸 조심하시고, 부인하고 행복하시고. 나중에라도 길 가다 알아볼 수 있게 몸매, 얼굴 관리 잘 하시고…. 나는 친구한테 가요. 안녕."

마지막 인사를 하는 영원의 눈에 눈물이 고였다. 대철이 얼마나 조심스럽게, 얼마나 어렵게 다시 보자는 말을 꺼냈을지 그녀는 잘 알았다. 하지만 지금은 연애 감정에 빠져 있을 때가 아니었다. 영원이 눈물을 닦고 이번엔 난희에게 전화했다.

"왜 자꾸 전화질이야, 기지배야."

아무렇지 않은 척하고 있지만 난희 목소리엔 슬픔이 배어 있었다. 영원은 누구보다 그걸 예민하게 느끼고 있었다. 마음이 아파 눈물이 차오르는 걸 꾹 참고 담담히 묻는다.

"어딨어, 너! 대답해, 기지배야! 너 어디야!"

영원은 난희가 있다는 일본식 선술집으로 달려갔다. 난희는 한쪽 구석 테이블에 앉아 혼자 술을 마시고 있었다. 소주

한 병을 비우고 다시 한 병을 주문한 난희가 옆에 와 앉는 영원을 가만히 보더니 입을 열었다.

"내가 널 다시 안 만났어야 돼. 네가 나한테 암 옮겼지? 이 나쁜 년."

난희는 우습지도 않은 농담을 던지고 피식 웃더니 말을 이었다.

"젊어선 이런 근사한 술집에서 기분 좋게 술 먹고 싶었는데… 황 됐네. 엿 된 건가? 히히."

"닥터 조가 전화했는데 수술 날짜 앞당길 수 있대. 일주일 후에 수술하재."

영원이 그녀를 아프게 보며 말했다.

"왜, 누가 수술 잡아놓고 그사이 죽었대?"

난희가 심드렁하게 말했다. 영원은 난희가 마시던 잔에 술을 채워 단숨에 비웠다.

"너 암이잖아."

난희가 걱정하자 영원이 어이없어 피식 웃는다.

"너나 마시지 마."

그 말에도 난희는 덤덤히 술을 따라 한입에 털어 넣는다.

"수술 안 하면 두서너 달. 수술해도 완치율이 이십 프로도 안 된대. 자칫하면 배 가르다 끝나겠어."

난희가 다시 술을 따르자 영원이 그 술잔을 치우고, 가자며 자리에서 일어났다.

두 사람은 매니저가 운전하는 차를 타고 난희 집으로 향했다. 영원이 옆에 앉은 난희 손을 가만히 잡았다. 그 손을 내려다보는 난희의 눈시울이 붉어진다.

"손은 아직 곱네."

난희가 애써 웃으며 말했다. 영원은 울컥하는 마음을 누르려 차창 밖으로 시선을 돌렸다.

"손만 곱냐? 몸은 더 죽여."

"고와봤자지, 년아. 만져줄 놈도 없는데. 너나 나나 엿 같은 인생이야. 진짜 아끼다 엿 됐다, 내 인생. 지고지순 현모양처, 효녀 딸, 강한 엄마 흉내 내며 살다가. 아, 엿 같다 진짜. 이럴 줄 알았으면…."

"아무 놈한테나 퍼주고 말걸, 그치? 싹 다 줄 서라 그럴까? 확 다 퍼준다고?"

난희와 영원이 동시에 깔깔 웃음을 터트렸다.

"근데, 염병… 준대도 받을라고 줄 서는 놈이 없네!"

"설마!"

둘은 그렇게 시답지 않는 농담을 주고받으며 킥킥 웃었다. 웃음이 지나간 뒤 난희가 지나가는 말처럼 묻는다.

"너, 첫 수술할 때… 아니, 처음 암이라 그럴 때 어땠냐?"

"개 같았지."

"두 번째는 엿 같았겠네."

"세 번짼 좆같고."

난희가 어이없이 웃으며 영원의 어깨를 쳤다.

"욕 좀 어지간히 해, 넌아!"

"너나 어지간히 해."

영원이 난희 어깨를 끌어안더니 귀에 대고 '이 개 같은 쌍년아.' 하고 장난스럽게 욕을 했다. 킥킥 웃던 난희 목소리가 점점 작아지더니 이내 어깨를 들썩이며 흐느끼기 시작한다. 영원은 난희를 꼭 끌어안았다. 지금 이 순간 영원이 해줄 수 있는 건 고작 그것뿐이었다.

# 그녀는 어디로
# 가고 있는 걸까

희자는 첫아들을 등에 업고 살랑살랑 걷고 있다. 아기는
잠이 오지 않는지 등 뒤에서 가볍게 칭얼거린다. 희자가 나
지막이 자장가를 흥얼거린다. 출장 간 남편은 며칠 뒤에나
돌아올 것이다. 남편을 따라온 외진 시골 생활이지만 아기
가 있어 외롭지 않다. 아기는 그녀를 닮아 갸름하고 어여쁘
다.

"둥게 둥게 둥게야. 잔솔가지 울지 마라, 우리 아기 잠 깰
라."

희자는 흥얼흥얼 자장가를 부른다. 칭얼거리던 아기는 어
느새 고른 숨으로 잦아들어 새근거린다.

"둥게 둥게 둥게야."

희자는 잠든 아기가 깰세라 멈추지 않고 계속 걷는다.


정아, 충남을 태운 성재의 차가 민호 정비소 앞에 멈춰 섰다. 정아는 자꾸 복받치는 눈물을 진정시키려 애쓰는 중이다. 민호에게 '네 엄마가 치매에 걸렸다.'고 어떻게 전할 수 있을까. 마음이 착잡해 견딜 수 없었다.

정아는 차마 정비소 안으로 들어가지 못하고 골목을 서성였다. 희자와 연락이 닿으면 마음이 좀 가라앉을까 싶어 전화를 걸다 발을 내려다보니 신발이 짝짝이다.

"언니, 정아 언니! 정아 언니."

충남이 골목에서 서성이는 정아를 발견하고 다가왔다.

"염병…. 신발이 짝짝이야."

정아가 중얼거리자 충남도 그제야 정아의 신발을 본다. 얼마나 경황이 없었는지 말하지 않아도 알 수 있었다.

"희자가 전화를 안 받네. 난 희자네 가 있을까 보다."

정아가 몸을 돌려 충남을 지나쳐 간다.

"낮에 성당 가는 날은 집에 바로 와. 걱정 사서 하지 말고, 민호한테 같이 가."

충남이 만류했지만 정아는 짝짝이로 신은 슬리퍼를 질질 끌며 황망히 골목을 빠져나갔다. 충남은 희자나 정아 모두 안쓰러워 가슴이 막혀왔다.

성재는 민호에게 시시티브이 영상을 보여주며 희자의 증

상에 대해 이야기하고 있었다. 민호는 울지 않으려 주먹으로 입을 가린 채 턱을 덜덜 떨었다. 충남이 들어서자 성재가 물었다.

"정아 씨는?"

"희자 언니가 전화 안 받는다고 희자 언니 집에."

"우리도 가야겠네."

"그럼 저는 제 차 몰고 집으로…."

민호가 멍한 얼굴로 벌떡 일어나 허둥댔다. 누가 봐도 반쯤 정신이 나간 모습이다. 성재가 민호의 어깨를 두드린다.

"자네 차는 여기 일단 놔두고 내 차 타. 정신없을 때 운전하는 거 아냐. 옷 갈아입고 나와."

성재가 밖으로 나가자 민호가 눈물을 뚝뚝 흘렸다. 엄마 상태가 이렇게 급격히 나빠지리라곤 생각지 못했다.

"엄마가 멀쩡했어요. 그래서 언제부턴가 시시티브이를 안 보고…. 내가 봤어야 하는데…. 하늘이도 임신해서…."

모든 게 자기 때문인 것 같았다. 민호는 이불을 사들고 정아 이모 집을 찾아가던 날이 떠올라 가슴이 미어졌다. 길 위에 막막한 얼굴로 서 있던 엄마의 얼굴. 그때 알아차렸어야 했다. 엄마 상태를 단순한 건망증 정도로 넘겨버린 자신에게 화가 나 견딜 수 없었다. 엄마에게 좀 더 관심을 가져야 했다. 바쁘다고, 마누라 챙겨야 한다고. 이런저런 핑계를 대며 어느 순간 엄마를 잊고 있었다.

안쓰럽게 바라보던 충남이 민호를 다독인다.

"그만.. 눈물 닦아. 지금은 누구보다도 네가 정신 차려야 돼."

"네."

민호는 이렇게 자책에 빠져 있을 때가 아니라는 생각이 들어, 눈물을 닦고 옷을 갈아입었다. 머릿속은 엄마에게 마구 달려가는데 손발이 떨리고 몸도 굼뜨기만 했다. 허겁지겁 밖으로 튀어나가는 바람에 문에 머리를 부딪쳤다. 그 모습을 안타깝게 바라보던 충남이 숨을 깊이 토해내고 자리에서 일어났다.


성당에서 돌아올 시간이 함참 지났지만 희자는 집에 없었다. 전화도 받지 않았다. 거실 소파에 앉아 있는 정아와 민호는 딱해 보일 정도로 넋이 나간 얼굴이었다. 충남은 난희와 완이에게 번갈아가며 전화를 걸고, 성재는 성당이며 친한 경찰들에게 전화를 걸었다. 성재가 겨우 전화를 끊자 충남이 답답한 듯 한숨을 내쉬었다.

"영원이 난희, 완이 다 전화를 안 받아. 난희 가게에 전화해서 물어보니까 종업원이 희자 언니는 온 적 없대."

"성당에선 사무실에 묵주만 놓고 간 게 서너 시간 전이래. 시시티브이는 기술자가 없어서 확인 못하고. 파출소랑 경찰서엔 아직 신고 들어온 거 없고."

"실종 신고 해야지."

"그냥 실종 신고는 조건이 안 되고, 치매 실종 신고는 했어."

당장 할 수 있는 일들은 모두 했지만, 충남은 초조한 마음에 손톱을 물어뜯었다.

"이제 어쩌지?"

"다들 집에 있어. 나는 성당 한번 가볼게. 답답해서 못 있겠다, 여긴."

성재가 나가자 민호도 가만히 앉아 있을 수 없는지 벌떡 일어났다. 충남이 다가가 그를 다시 자리에 앉혔다.

"앉아. 저 아저씨가 여기저기 다 손 써놨어. 앉아서 기다려."

정아가 민호를 물끄러미 보다가 입을 열었다.

"시장 가봐. 마트도 가보고."

민호가 후다닥 자리에서 일어나 서둘러 나갔다.

"야, 네 엄마는 시장 안 가!"

충남이 소리쳤지만 민호는 이미 밖으로 나간 뒤였다. 그때 정아가 소파에서 일어나 부엌으로 갔다. 뭐라도 하지 않으면 미칠 것 같아서였다. 싱크대를 열려던 정아가 거기 붙어 있는 종이를 가만히 바라보았다.

'요양원은 제2의 고향. 가게 될 때 웃으며 간다. 치매에 걸리면 민호와 정아, 충남, 영원, 난희, 친구들의 충고를 듣

는다. 매일 세 번씩 읽어서 마음에 새길 것.'

한 글자 한 글자 또박또박 적어 넣은 희자 글씨가 아프게 느껴졌다. 정아는 속상한 마음을 누르고 수납장을 열었다. 수납장 안엔 음식쓰레기며 그릇들이 너저분하게 헝클어져 있었다. 깔끔한 성격의 희자에겐 있을 수 없는 일이었다. 왜 진작 눈치채지 못했을까. 정아는 좀 더 빨리 친구의 증상을 알아차리지 못한 자신이 원망스러웠다.

"희자 언니가 언니랑이면 모를까, 시장이나 마트 가는 사람이 아니잖아. 배달시키지."

충남은 쓸데없이 민호를 보낸 게 마음에 걸렸다.

"다들 얼굴 마주 보고 앉아 있으면 뭐할 거야. 그것도 속 터지지."

"그 말이 맞네."

정아는 바닥에 쭈그리고 앉아 수납장 안의 물건들을 꺼내기 시작했다.

"희자 년 머릿속이 이 지경인가 싶어서 속이 상한다, 내가."

"말하지 말고 손 놀려 그냥."

충남도 옆에 쭈그리고 앉아 물건을 꺼냈다. 불안하고 초조할 때는 차라리 몸을 놀리는 게 나을지도 모른다.

희자 소식을 듣고 석균도 부리나케 달려왔다.

"난희 가게에서 희자 집 오는 길 좀 한번 가봅시다."

성재는 전화로 석균에게 그렇게 부탁하고 갑자기 뭐가 떠올랐는지 급하게 또 전화를 걸었다.

"김경관, 그게… 자네 혹시 아직 도로상황실에 있나?"

희자가 어디로 갔는지는 모르지만 서울 시내 시시티브이를 모두 볼 수 있는 도로상황실에 가면 그녀의 흔적을 찾을 수 있을 터였다.

석균은 충남을 차에 태우고 희자가 갈 만한 곳을 샅샅이 찾아 돌아다녔다. 돌다 보니 언젠가 희자가 자살 소동을 벌였던 한강 다리 위였다. 석균이 차를 세우자, 충남이 부랴부랴 밖으로 나가 주변을 살피다 난간 밑으로 고개를 내밀었다.

"거길 왜 들여다봐?"

석균이 어이없는 얼굴로 물었지만 충남은 난간에 매달려 고개를 더 뺀다.

"오죽 답답하면 내려다보겠냐?"

"뛰어내리진 않았어. 희자 걔 그 정신은 있어. 치매는 확 안 와. 곰실곰실 오지. 울 어머니 치매였잖아. 너도 알잖아. 네 엄마도 치매 아니었어?"

"울 엄마는 길에서 죽었어."

충남이 슬픈 눈으로 강을 바라본다.

"그… 그땐 약이 없었잖아."

석균이 진심으로 위로의 말을 던지자 충남이 고개를 돌려 석균을 빤히 본다.

"평생 처음으로 오빠처럼 말하네."

"싸가지 없이 말하지 말고."

"좋은 남편 십계명 잘 외우고 있냐? 첫 번째가 뭐야."

"남편은 밖에서 불편하던 감정이나 얼굴로 집안 식구들을 대하지 마라!"

"잘하고 있군. 정아 언니한테 잘해. 희자 언니 봐봐. 우리다 조만간… 가게 생겼어."

충남이 턱짓으로 하늘을 가리켰다.


어느새 날이 저물었다. 성재는 끼니도 거르고 돌아친 민호의 등을 떠밀어 식당으로 갔다. 하지만 불판 위의 고기가다 익었는데도 민호는 넋이 나간 사람처럼 앉아만 있다.

"구웠는데 안 먹으면 돼?"

성재가 민호 밥그릇에 고기를 얹어주며 따뜻하게 웃었다. 괜찮다고 고개를 젓던 민호는 그의 성의에 못 이겨 겨우 밥한술을 떠먹었다.

"형들한텐 말했나?"

"뭐, 대충. 걱정할까 봐…. 큰형수가 갑상선암이라… 다시 연락한다고 그랬어요."

"네 엄마 별일 없어. 내가 장담해."

성재가 확신에 찬 목소리로 말했다. 그는 그렇게 믿고 있

다. 아니 믿고 싶은 것이다. 민호가 그런 장담이 어디서 나
오냐는 듯 그를 빤히 보았다.

"원래 무슨 일이 크게 나면 연락이 꼭 와. 내가 살아보니
그래. 일이 없어서 연락이 안 오는 거야. 그러니까… 내가
네 엄마를 무지 좋아해도… 먹을 땐 먹는 거야. 힘이 나야
네 엄말 지킬 거 아냐."

민호는 엄마에 대한 성재의 마음이 생각보다 깊은 데 놀
라 눈이 동그래졌다.

"왜, 내가 네 엄마 좋아해서 싫으냐? 그래도 어쩔 수 없
어. 좋아하니까. 근데… 그냥 친구! 저스트 프렌드."

"네."

민호는 지난번 엄마 집에서 성재에게 무례하게 군 일이
떠올라 미안한 마음이 들었다.

"대답만 하지 말고 먹어. 남자는 대찬 데가 있어야 돼. 먹
고 기운 차리고."

그때, 성재의 전화기가 울렸다. 성재는 어서 먹으라는 듯
민호에게 손짓하고 전화를 받았다.

"어, 나다. 아아… 알았어. 나, 나… 지, 지금 경찰청 근처
에서 대기하고 있었어. 어, 어. 곧 갈게!"

성재가 긴장한 듯 말을 더듬더니 전화를 끊고 부리나케
일어난다.

"야야, 그만 먹고 가자. 엄마 찾았단다!"

두 사람이 경찰청 도로상황실에 들어가자, 직원이 캡처한 화면을 성재에게 보여줬다.

　"여기 보세요. 보내주신 인상착의 보고 캡처해놨는데…."

　직원은 희자가 성당을 빠져나가는 모습과 거리를 걷는 모습, 그리고 다리를 걷고 있는 모습을 차례로 보여주었다.

　"엄마예요."

　민호가 울먹였다. 성재는 시시티브이를 유심히 바라보았다. 화면 속 희자는 홈웨어 차림을 하고, 등에 무언가를 업은 채 열심히 걷고 있었다.

　"지금 여기는… 반포대교 아닌가? 근데, 뭘 업은 거 같네."

　"이게 친구분께서 서울 인근 마지막 시시티브이에 찍힌 모습인데, 강일 아이시 넘어서서 미사리 방향입니다. 어딜 가시는 건지…. 일단 저희가 경기 지역에 협조는 구해보겠지만, 확인하는 데까진 시간이 많이 걸릴 거 같습니다."

　직원이 성재에게 말했다. 시시티브이를 확인하긴 했지만 그녀를 찾았다고 할 수는 없다. 그녀가 지금 어느 길을 걷고 있는지는 아무도 모른다. 밤은 깊어가고, 확인하는 데 시간이 걸린다는 직원의 말에 두 사람은 온몸에 힘이 쭉 빠졌다. 지금은 그녀가 무사한 모습을 본 것만으로 만족할 수밖에 없었다.

　민호는 가슴이 미어지는 기분으로 엄마가 찍힌 화면을 보고 또 본다. 도대체 엄마는 어디로 가고 있는 걸까. 무슨 생각을 하며 밤길을 하염없이 걷고 있는 건가. 전혀 감을 잡을 수 없었다. 자신이 엄마에 대해 무엇을 알고 있었던가 싶다. 그저 필요할 때만 엄마를 찾았을 뿐 그녀 마음속에, 머릿속에 어떤 생각과 감정이 담겨 있는지 관심을 기울여본 적이 없다. 자식이 되어 이토록 엄마에게 무심했다니 놀랍고 당혹스러웠다.

이대로 엄마를 찾지 못하게 될까 봐 머릿속이 하얘졌다. 미칠 것만 같았다. 그렇게 된다면 자신을 영원히 용서하지 못하리라. 엄마에게 연락처가 새겨진 팔찌나 목걸이라도 채워줄걸. 왜 그때 그 생각을 못했을까. 엄마가 치매로 갈 수 있다는 진단을 받았을 때, 좀 더 대비하고 준비하지 못한 자신이 원망스러울 뿐이었다.

길 위 어딘가에서 막막한 눈으로 주위를 두리번거리고 있을 엄마 얼굴이 떠올라 민호는 가슴이 찢어질 듯 아렸다.

# 끝까지 엄마답게,
# 끝까지 투사처럼

"고만! 오늘 너무 진했어."

나는 연하의 입술에 길게 입을 맞추고 노트북 화면에서 얼굴을 떼며 웃었다.

"소설은 진행 잘 돼가?"

"칠십 프로? 초고긴 하지만."

"근데 왜 전화야. 부지런히 일해야지. 이럼 나한테 올 시간이 자꾸 늦어지잖아."

"너 악덕 애인 같아. 애인 팔아먹는. 야, 나도 어쩌다 잠깐은 좀 쉬자. 내가 무슨 글 쓰는 기계도 아니고."

연하가 호탕하게 웃으며 테이블에 있던 그릇을 들어 화면에 비춘다. 그릇 위에는 스크램블을 얹은 예쁜 토스트가 놓여 있다.

"상이야. 먹어."

"죽을래, 너!"

"그럼 너 대신 내가."

연하가 얄밉게 토스트를 한입 베어 물고 깔깔 웃는다.

"진짜 상 줄게."

연하는 노트북 화면을 돌려놓고 휠체어를 운전해 벽 쪽으로 갔다. 그리고 벽 옆에 있던 의자 손잡이를 짚고 천천히 일어섰다. 팔을 부들부들 떨면서 연하가 일어섰다. 사고 후 그가 이렇게 서 있는 모습은 처음이다. 나는 너무 놀라 입이 벌어졌다.

"뭐, 뭐야!"

"아직은 팔 힘이 구십구 프로. 다리엔 힘이 안 가. 그래도 시도는 해보는 게 중요한 거니까. 늘 넘어지는 게 싫어서 이렇겐 안 해봤는데… 최근에 해보고 있어. 널 위해."

연하는 그 자세가 힘든지 숨을 씩씩 내쉬었다. 순간 가슴이 뜨거워졌다. 노력하는 모습이 고마워 눈물이 날 거 같았다. 나는 연하에게 엄지손가락을 들어 보였다. 지금 이 순간 그는 세상에서 최고의 남자였다. 이마에 송골송골 땀이 맺힌 연하가 다시 휠체어에 앉았다.

"일해라."

나는 컴퓨터 옆에 놓인 작은 탁상 달력을 들어 보여줬다.

'연하에게 가는 날'이라고 적혀 있는 달력을.

"이날 갈 수 있어."

"기다리고 있지."

연하가 웃으며 영상통화를 끊었다. 나는 물끄러미 화면을 보다가, 정신 차리자 싶어 두 손으로 볼을 가볍게 탁탁 쳤다. 소설을 끝내야 그에게 갈 수 있다. 그리워도 참고 지금은 일에 열중해야 한다. 일에 대한 보상이 너무나 달콤해서 소설 쓰기는 속도감 있게 진행 중이다. 다시 기쁜 마음으로 일을 시작하려는데 똑똑 노크 소리가 들렸다.

영원 이모였다. 잠깐 들르겠다는 전화를 받고 기다리던 참이었다. 집에 들어서는 이모 얼굴이 유난히 어두웠다. 이모에게 무슨 일이 있나 싶었는데, 뜻밖에 엄마 얘기를 꺼냈다. 나는 순간 아무 생각도 할 수 없었다. 믿을 수 없었고, 믿고 싶지도 않았다.

내가 아무 반응도 없이 굳은 듯 가만히 있자 이모가 내 손을 꼭 쥐었다. 나는 울컥 올라오려는 감정을 꾹 누르고 이모 손을 뿌리쳤다.

"엄마가 만난 의사 선생님… 내가 지금 좀 만날 수 있나?"

이모는 곧바로 의사에게 전화를 걸었다.

병원으로 가는 내내 나는 엄마의 암 진단이 오진이거나 꿈이길 바랐다. 그 와중에도 머릿속 한쪽에선 연하 생각이 떠나지 않았다. 그와의 약속을 못 지키겠구나 하는 좌절감. 엄마가 암으로 죽을 수도 있는 상황에서 고개를 치켜든 지독한 내 이기심에 나는 치를 떨었다.

수술복 차림의 의사는 피곤한 기색이었지만 엄마 상태에 대해 자세히 설명해주었다. 나는 혹시 엄마도 알고 있느냐고 물었다. 며칠 동안 엄마는 아무런 내색도 하지 않았던 것이다.

"물론 어머니도 다 알고 계세요. 본인 일인데 누구보다 먼저 아셔야 하지 않겠어요."

참으려고 안간힘을 썼지만 주르륵 눈물이 흘러내렸다. 나는 이를 악물고 눈물을 쓱 닦은 뒤 단단히 팔짱을 꼈다. 내 앞의 의사가 마치 싸워야 할 대상이라도 되는 것처럼.

"아까 선생님이 그러셨죠. 이런 경우, 수술 안 하는 사람들이 육칠십 프로가 넘는다고. 완치율도 이십 프로밖엔…."

"난 일 프로의 가능성이 있어도 수술은 해야 된다는 쪽이에요. 이십 프로의 가능성도 가능성이니까."

울컥 눈물이 솟구쳐 고개를 돌렸다. 견뎌야 한다. 나는 심호흡을 한 뒤 다시 차분하게 말했다.

"그 말을 듣고 싶었어요. 가능성! 고마웠습니다, 선생님. 이모 연락할게."

"완아, 할머니한텐 이모가 말할게!"

이모를 뒤에 남겨둔 채 나는 병원을 빠져나왔다. 엄마가

미웠다. 느닷없이 암인 것도 미웠고, 그 큰일을 하나밖에 없
는 딸에게 말하지 않은 것도 화가 났다. 그때 전화벨이 울렸
다. 충남 이모였다.

"어, 이모."

"넌 왜 이렇게 전화를 안 받아. 너 늙은이들 귀찮아하는
건 아는데, 네 엄마가 전화를 안 받는다. 그래서 너한테 전
화했어. 완아, 희자 이모가 치매래. 근데 이모가 없어졌어.
네 엄마한테⋯."

"이모, 나 울 엄마한테 그 얘기 못 전해. 이모도 울 엄마
한테 전화하지 마. 울 엄마⋯ 암이야."

희자 이모 일도 큰일인 걸 알지만 내겐 그 슬픔까지 나눠
질 힘이 없었다. 조금 전까지만 해도 믿기지 않던 엄마의 병
이 너무도 선명한 현실로 내게 다가왔다. 내 엄마가 된 뒤로
그녀가 꽃으로 활짝 피었던 순간을 나는 보지 못했다. 아빠
의 배신으로 엄마의 젊은 시절은 너무나 빠르게 시들어버렸
고, 아빠가 세상을 떠난 뒤엔 가장이란 이름으로 아등바등
살아왔다. 이제 좀 살 만하다 싶은데 암이라니. 엄마 인생이
너무 불쌍했다. 이건 너무나 불공평하다.

나는 무너져 내리는 마음을 간신히 추스르고 엄마 집으로
향했다.


엄마는 외출복을 갈아입지도 않은 채 통화하느라 여념이

없었다. 내가 들어오는 걸 보고도 계속해서 재료상이며 냉장고 점검 업체며 야채가게며… 온갖 거래처에 전화를 걸었다. 몸속에 암이 퍼져 내일 당장 어떻게 될지 모르는 사람이 가게 일에 매달려 있는 것이 이해되지 않았다. 가게가 뭐라고, 돈이 뭐라고, 죽으면 그것들이 무슨 소용이라고.

나는 엄마가 들고 있는 전화기를 빼앗아 끊고 팔달에게 전화했다.

"어, 팔달아. 엄마가 급하게 수술을 받아야 돼서, 당분간 네가 책임지고 가게 좀 봐야 할 거 같아. 알아, 바쁜 거. 사람 써. 그리고 경북 아줌마랑 경북 아저씨한테도 오늘 안으로 전화해서, 엄마 병원 들어간단 거 알리고."

엄마는 화난 얼굴로 나를 뚫어져라 노려보다가 전화기를 빼앗았다. 그러더니 아직 통화할 곳이 남았는지 전화번호부를 뒤적였다.

"전화 그만해. 벌써 열 통도 넘게 하는 거 알아?"

"내가 전화 안 하면 가게는? 네가 할 거야?"

"팔달이랑 상숙이…."

"그것들이 뭘 아냐? 서빙이나 할 줄 알지. 뭐 사장은 거저먹는 줄 아냐? 상숙이 앤 왜 전화를 안 받아!"

"자겠지. 지금 새벽 한 시야."

그제야 벽에 걸린 시계를 보고 엄마가 일어났다.

"젠장. 뭔 놈의 시간은 이렇게 잘 가."

엄마는 구시렁거리며 화장실로 들어갔다. 세수와 양치를 하면서도 엄마는 쉴 새 없이 푸념을 했다.

"맘에 안 들어. 맘에 안 들어. 진짜로 뭐 하나 맘에 드는 게 없어. 이제 나 죽으면 어쩔 거야, 다들! 무덤 와서, 엄마 내가 살아생전 잘할걸, 잘못했어요, 하고 울기만 해봐라! 나이나 적어? 남들은 그 나이에 애들 두셋 낳아서, 그 건사 다 하고… 부모 공양하고 남편 수발들고…. 옷 좀 가져와!"

"가져가려고 했어!"

나는 옷장에서 엄마 옷을 찾고 있었다. 하지만 변변한 옷이 없어 이것저것 들었다 놓기만 했다. 엄마의 일상복은 하나같이 솔기가 터지거나 목이 늘어졌거나 색이 바래 있었다. 속이 상하고 화가 치밀었다. 엄마는 자기 자신을 돌보는 일에 너무나 인색했다. 그게 무슨 소용인가 말이다. 철부지 딸은 그녀가 지금 치르고 있는 병의 대가로 얻은 떡고물을 당연한 듯이 받아먹기만 했다. 닳아빠진 옷들이 마치 몸속에 병을 품고 있는 엄마를 닮은 것 같아 나는 그 옷들을 옆으로 치워버렸다.

어느새 엄마가 세수를 마치고 들어와 내가 던져놓은 옷을 들고 흔들었다.

"이거 주면 되잖아, 이거! 무슨 옷을 하루 종일 찾아! 아으, 진짜… 맘에 안 들어."

엄마는 옷을 갈아입자마자 또 바쁘게 몸을 움직였다. 집

안을 뒤져 온갖 문서와 통장들을 꺼내 주방 식탁에 죽 펴놓고 일일이 비밀번호를 적어 내려갔다. 나는 싱크대에 기대서서 가만히 엄마를 불렀다. 제발 그만하라는 신호였다. 엄마가 내일 당장 죽기라도 할 것처럼 이러는 걸 참을 수 없었다.

"통장 비밀번호 적은 건 남 보면 안 되니까, 네가 가져다 너만 아는 데 둬. 보험은 담당자들 전화번호 적어놓을 테니, 뭔 일 나면 알뜰히 챙겨. 나중에 못 찾아먹어서 보험사들 배부르게 하지 말고."

"엄마."

"혹시나 싶어서 그래. 혹시나가 역시나가 안 되면… 좋고."

엄마는 허둥거리고 있었다. 내가 아는 엄마는 큰일에 허둥거리는 사람이 아니다. 작은 일에 악다구니 치고 화를 내는 경우는 있지만 큰일 앞에선 오히려 초연해지는 사람이다. 그런 엄마를 알기에 나는 최대한 침착해지려고 버텼다.

"일주일 전에 작은 병원 갔을 때 이미 알았었다며. 우리 하루걸러 통화했는데… 왜 나한테 말 안 했어?"

"말하면 뭐가 달라지냐?"

엄마는 톡 쏘아붙였다.

"말 안 하고… 어쩌려 그랬는데 혼자서."

"내가 언젠 혼자가 아니고 둘이고 셋인 적 있었냐!"

엄마가 또 버럭 소리를 질렀다. 나는 그런 엄마를 가만히 바라보기만 했다.

"웬일로 소릴 안 질러? 내가 암 걸렸다니까 왜 갑자기 착한 척하고 그러냐고! 늘 애미 소리 지르면 같이 소리 지르던 기지배가. 내가 너한테 말하면, 할머니한테 말하면 뭐가 달라져? 둘 다 평생 내 짐인데! 대신! 아파주기라도 할 거야? 다들 평생 내 짐인데! 평생 딸년이라고 있어도, 엄마 아버지 형제가 있어도 다 내 짐이고 내 차지지! 내가 낼모레 죽는단 소릴 들어도 어디 가서 의지할 데가 없어! 수술 날짜 받아놓고 이 지경이 돼서도, 나 없음 어떻게 살까… 할머니 할아버지 삼촌은… 그 걱정으로 머리가 한짐이야, 내가!"

악다구니를 쓰는 엄마 눈가가 붉어졌다. 내 안에서 뜨거운 덩어리가 울컥하고 올라왔다. 나를 집어삼킬 것 같은 아픔과 설움이었다. 나는 안간힘을 써 그것들을 눌렀다. 그 감정의 덩어리가 한번 둑을 타 넘으면 그대로 무너져버릴 것 같았다. 나는 꾸역꾸역 올라오는 감정을 누르고 엄마에게 물었다.

"누가 엄마 혼자 짊어지래?"

"뭐, 넌아!"

"누가 엄마 짐이야? 내가 왜 엄마 짐이야! 나는 나대로 잘 살았어, 여적! 낼모레 사십인 딸년을 그렇게 엄마 맘대로 쓸모없는 짐짝 만들면 좋아? 누가 짊어지래! 누가 짊어지래!"

나는 안다. 내가 엄마한테 짐이었다는 걸. 엄마가 지금껏 딸과 친정 식구들을 어깨에 짊어지고 악다구니 치며 살아왔다는 걸. 하지만 인정하고 싶지 않았다. 그래야 그녀의 어깨가 조금은 가벼워질 테니까. 짐이란 건 원래 없었으니 제발 엄마 자신만 생각하라고 나는 바락바락 소리를 질렀다.

"내가 안 짊어지면 네 할머니, 할아버지, 네 삼촌, 너, 애저녁에 죽었어, 년아!"

맞는 말이다. 너무나 맞는 말이라 가슴이 아렸다. 그 짐이 결국은 엄마에게 병을 남긴 것 같아 화가 났다.

"착각하지 마. 할머니, 할아버지, 삼촌은 살 운명이라 산 거야. 엄마 때문이 아니라! 만약 다 죽을 운명이면, 엄마가 죽지 말라고 고사를 지내도 벌써 죽었어! 꼭 이렇게까지 해야 되냐? 끝까지 딸년을 이렇게 비참하고 쓸모없는 짐짝처럼 만들어야 되냐? 그래야 엄마 속이 시원해?"

엄마에게 이렇게밖에 말하지 못하는 스스로에게 화가 났다. 나는 끝까지 뻔뻔스럽고 나쁜 딸이다. 엄마가 내게 짐이라고 생각했었다. 그 짐 때문에 연하를 밀어낸 거라고 나를 방어했었다. 하지만 이제 안다. 그 누구도 누군가의 짐인 적 없고, 누군가의 짐이길 바란 적도 없다는 것을. 그 짐을 내려놓아야 자유로워질 수 있다는 것을. 이젠 엄마도 가벼워져야 한다.

"완아… 어, 엄마가… 안 그러려고 하는데…."

"수술하고 항암받고 그럼 돼. 의사 선생님이 세계 일인자래. 약도 좋대."

나 자신에게 이르듯 엄마를 다독였다. 나는 차마 엄마가 무너지는 모습을 보고 싶지 않았다. 내가 무너질 것 같아서 제발 그녀가 버텨주길 바랐다.

"엄마가… 너무 무섭고, 너무 억울하고… 너무 살고 싶…."

그 밤, 산 같은 엄마가 끝까지 엄마답게, 바다 같은 엄마가 끝까지 투사처럼 버텨내지 못하고… 참으로 미덥지 않은 자식 앞에서 아이처럼 무너져 내렸다.

엄마가 울며 내뱉은 한마디 한마디가 내 가슴에 칼날이 되어 꽂혔다. 나도 이렇게 무서운데 엄마는 오죽할까. 그저 열심히 살아왔을 뿐인데 보상은커녕 암이라니. 엄마는 끝내 살고 싶다는 말을 맺지 못했다. 가슴이 뜨겁고 쓰라려 견딜 수 없었다. 울컥울컥 차오르는 울음을 입술을 잘근잘근 씹으며 삼켰다. 앙다문 입에서 피 맛이 느껴졌다.

엄마는 소파에 너부러져 짐승처럼 울고 있다. 서러운 울음을 꺼이꺼이 토해내고 있다. 엄마를 끌어안고 한바탕 울고 싶었다. 무서워 말라고, 살 수 있다고 위로 한마디 건네고 싶었다. 하지만 나는 부들부들 떨리는 손으로 싱크대를 붙잡고 버텼다. 울 자격조차 없는 딸이기에. 여전히 내 마음 속에 일고 있는 이기심을 용서할 수 없었기에.

# 넌 왜 맨날 사는 게
# 힘드니?

"엄마, 엄마… 엄마 왜 이래…."

영원이 자다 깬 얼굴로 아궁이에 불을 지피고 있는 쌍분을 달래고 있다. 지난밤 영원은 쌍분 집으로 달려와 난희가 조금 아파서 수술할 거라고 대충 둘러댔다. 하지만 쌍분은 마치 다 아는 사람처럼 내내 슬픈 눈으로 말이 없다.

"에베베베… 이러다 울겠네. 왜 그래 진짜! 나랑 밤새 말도 안 하고, 눈 떠서도 말 안 하고. 난희 큰 수술 아니라니까… 진짜로."

"미친년! 배 가르면 큰 수술이지. 난희는 많이 아퍼. 내가 알어. 안 그럼 배 가를 년이 아니지."

쌍분이 울상을 지으며 밖으로 나갔다.

"엄마!"

뒤늦게 영원이 따라나섰지만, 쌍분은 이미 빠른 걸음으로 마당을 나간 뒤였다. 영원은 착잡한 마음으로 우두커니 마당에 서 있었다. 난희가 이 집안에선 심적으로나 물적으로나 기둥이었으니 가족들의 충격이 클 것이다. 암으로 치면 자신이 선배지만 친구가 그 고통스러운 과정을 겪어내야 한다고 생각하니 마음이 쓰디썼다. 그때 충남에게서 문자가 왔다.

'난희 소식 들었다. 너 어떡하니? 희자 언니 치매란다. 우리 이제 어떡하니?'

영원은 울컥했다. 어쩌면 좋으냐. 줄줄이 이어지는 당혹스러운 소식에 머릿속이 하얘졌다.


정아, 충남, 성재와 석균, 민호는 희자네 집에 모여 거의 뜬눈으로 밤을 지샜다. 민호와 정아는 새벽이 되어서야 겨우 잠들었고, 석균 또한 코를 골며 잠든 지 얼마 되지 않았다. 성재는 아예 눈 한 번 붙이지 않고 소파에 앉아 골똘히 생각에 잠겨 있다.

충남은 일어나 아침 식사를 준비했다. 오늘 하루 희자를 찾아 움직이려면 뭐라도 먹어야 할 것 같았다. 하루 먹는 약만도 한 움큼이나 되는 늙은이들이 그 약이라도 먹고 버티려면 우선 식사를 해야 했다.

"좀 먹어."

충남이 누룽지 끓인 것과 간장만 놓인 조촐한 밥상을 거실에 내려놓으며 성재에게 말했다. 그리고 정아를 흔들어 깨웠다.

"언니, 누룽지 먹어."

"됐어."

"이제 시작인데 늙은이들이 밥 한 톨 입에 안 대고… 인생 포기했어? 다들 뭐 한곳에 드러누워 떼로 죽을 거야?"

충남의 잔소리가 채 끝나기도 전에 정아가 정신이 번쩍 든 얼굴로 수저를 들었다. 희자를 찾으려면 힘을 내야 했다. 충남이 쐐기를 박듯 말을 이었다.

"약해지지 마. 뒤처리 나 혼자 못해. 난희도…."

그러다 충남이 말을 삼켰다. 당장 희자 일로도 정신이 쏙 빠져 있는데 난희 일까지 덧붙이는 건 무리다 싶었다.

"간장도 찍어 먹고."

"너도 먹어."

정아가 충남을 자리에 앉혔다. 그때 자는 줄 알았던 민호가 벌떡 일어나 화장실로 들어갔다. 잠깐 눈이라도 붙이는 줄 알았는데 내내 깨어 있었던 모양이다.

곰곰이 생각에 잠겨 있던 성재는 불현듯 여행지에서 희자가 했던 말을 기억해냈다.

'첫아들 죽었을 때… 그냥 열감기였는데…. 남편 고향 근

처 살 때였는데 남편은 출장 중이어서… 애 업고….'

그녀는 첫아들이 태어났을 때 가장 기뻤고, 그 아들이 죽었을 때 가장 슬펐다고 했다. 게다가 다시 생각해보니 시시티브이에 찍힌 희자는 등에 무언가를 업고 있었다. 성재는 희자의 말을 곱씹으며 중얼중얼 혼잣말을 했다.

"걷고 또 걷고… 나무 길을 걷고 또 걷고…. 희자 남편 고향이…. 정아 씨, 희자 남편 고향이…."

"희자 남편은… 이북인데. 함경도라던가…,"

"경기도 양리면 양우리 51번지!"

코를 골던 석균이 느닷없이 일어나 소리쳤다.

"이북은 희자 남편 부모님 고향. 내 첫 번째 직장 공장이 거기 있었잖아. 내 공장은 양리면 지양산 옆이었고, 희자가 거기서 이삼 년 신혼 살았잖아. 순영이 넌 우리 부모님이랑 서울 올라와 하꼬방 살고, 나는 거기서 한 삼 개월 기숙사 생활하면서 지낸 거 기억 안 나? 내가 희자네 두어 번 갔다고 했잖아."

"형님 나오쇼. 거기 찾아갑시다. 짚이는 게 있어."

"내가 기억력이 좀 좋아? 내가 아직도 거기라면 손바닥 보듯 훤해. 그 공장에서 개고생을 해서."

석균이 성재를 따라 나가며 자신 있게 소리쳤다. 민호가 화장실에서 나와 어리둥절한 표정을 지었다.

"너는 여기서 꼼짝 말고 있어. 네 엄마 여기 오면 꽉 잡아

두고. 성재 아저씨가 뭔가 감이 있나 봐. 전화할게."

정아가 먼저 나가고, 충남이 정리를 한 뒤 서둘러 신발을 신었다. 그제야 정신을 차린 민호가 울듯한 얼굴로 현관까지 나왔다.

"이모. 이모. 나도…."

"하늘이 애기 오늘내일한다며! 전화 오면 받아야지! 정신 차려!"

충남이 민호의 볼을 톡톡 두드리고 밖으로 나갔다.


희자는 걷고 또 걸었다. 어느새 깨어난 아기가 칭얼거린다. 아기 몸은 불덩어리처럼 뜨겁고 밤새 경기를 일으켜 울다 까무러치기를 반복한다. 그녀는 어쩔 줄 몰라 발을 동동거린다. 밤이 깊어 읍내에 있는 병원에도 갈 수 없다. 남편은 출장 중이고, 정아는 힘들어 못 온다.

동이 트지도 않았지만 속수무책 바라볼 수만 없어서 아기를 둘러업고 계속 걸었다. 가로수 길이 끝없이 보인다. 칭얼거리던 아기 몸이 순간 축 늘어진다. 새근거리는 아기의 숨소리가 들리지 않는다. 너무 무섭다.

희자는 동이 트기 시작한 가로수 길을 걸으며 자장가를 부른다. 등 뒤에 느껴지는 아기의 몸이 뻣뻣하다. 희자는 엉엉 울며 자장가를 부른다.

"둥게 둥게 둥게야."

석균은 시 외곽으로 차를 몰았다. 희자가 신혼 때 살던 동네 근처, 커다란 가로수가 끝도 없이 늘어선 길에 들어섰다. 성재와 충남은 반대쪽 길을 따라 이쪽으로 오고 있을 것이다.

"여기 같은데…. 이 근방 나무 길이면…."

석균이 차창 밖을 두리번거렸다. 정아는 창가를 보며 다시 눈시울을 붉혔다.

"희자가 여기 살 때… 나보고 놀러 오라 했는데 그걸 못 와봤네."

"지금은 차나 있지. 그땐 차도 없고. 나 여기 있을 땐 너랑 나랑도 삼 개월을 못 봤어."

석균이 정아를 위로했다.

"희자랑은 그때 이 년을 못 봤어."

정아는 작게 한숨을 쉬며 마음을 다잡았다. 그때는 그녀도 참 힘든 시기였다.

"길이 예쁘네."

그녀는 무시로 이 길을 지나다녔을 희자를 떠올리며 가슴이 뭉클해졌다.

"그러게, 길이 좋네. 나도 여긴 처음 와본다."

석균이 다정한 말투로 답하더니 갑자기 차를 세웠다.

"왜?"

"저거… 뭐야?"

석균이 가로수 길 저편을 가리키자 정아가 조심스럽게 고개를 돌렸다. 희자였다. 등에 무언가를 업은 모습으로 희자가 털레털레 이쪽으로 걸어오고 있었다. 때마침 성재의 차가 희자 뒤편에서 달려와 멈춰 섰다.

충남이 두근거리는 가슴을 억누르며 담담히 성재에게 말한다.

"오빠, 내가 갈게. 민호한테 알려."

충남이 차에서 내려 조심스럽게 희자 옆으로 걸어갔다. 지칠 대로 지친 희자의 모습에 성재는 가슴이 울컥해 저도 모르게 고개를 떨구었다. 충남이 가만히 희자의 팔목을 잡았다.

"언니, 어디 가?"

따뜻한 목소리에 희자가 멍한 눈으로 충남을 본다.

"너 왜 여기 있어?"

희자는 등에 업은 베개를 소중하게 다시 고쳐 업었다. 정아가 눈물을 흘리며 금방이라도 쓰러질 듯 휘적휘적 다가왔다. 희자의 시선이 정아에게 멈추더니 갑자기 독기 서린 얼굴이 되어 충남의 팔을 차갑게 뿌리쳤다. 충남이 놀라 다시 붙잡기도 전에 희자가 정아에게 달려가 주먹으로 머리를 세게 내리쳤다.

"너, 뭐야! 네가 왜 와, 이 쌍년!"

희자는 이를 악물고 걷잡을 수 없는 분노를 터트렸다. 정아는 느닷없이 날아온 주먹에 놀라 머리를 감쌌다. 몸속 어디에 그런 힘이 남아 있었는지 희자가 다시 정아에게 달려들었다. 정아는 넋이 나간 듯 그 주먹질을 받아냈다. 충남과 성재, 석균이 희자를 뜯어 말렸다. 하지만 희자는 정아의 머리채를 놓지 않고 길길이 악을 썼다.

"이 개년, 이년! 네가 여길 왜 와! 네가 감히 여길 어떻게 와!"

"희자야 왜 그래! 나, 정아야. 나, 정아… 아, 악!"

정아는 희자가 자신을 알아보지 못하는 거라 생각했다.

"이 물어뜯어 죽일 년, 이년!"

힘으로 말려도 진정되지 않자 충남이 희자의 뺨을 치고 그녀를 부둥켜안았다.

"언니, 언니 정신 차려."

희자는 충남에게 안긴 채 버둥거리며 소리쳤다.

"내가 너한테 전화했지! 내 아들이 열감긴데 도와달라고! 약 먹어도 안 낫는다고, 무섭다고 와달랬지! 내 아들 살려내! 내 아들 살려내, 이년아! 넌 친구도 아냐! 이 나쁜 년!"

희자는 너무나 무서웠다. 아기는 이미 그녀의 등에서 죽었다. 기댈 수 있는 친구는 정아뿐인데 와주지 않았다. 정아가 와주었더라면 아기를 살리고, 자신도 이렇게 무섭진 않았을 것이다.

"왜 넌 매일 힘드니? 왜 넌 매일 힘들어서 내가 필요할 땐 없어! 남편도 전화 안 되고, 그 밤에 얼마나 무서웠는데! 기껏 전화했더니 뭐? 나도 힘든데 징징대지 말라고? 그러고 네가 전화 끊었지! 나는 너밖에 없는데! 왜 넌 맨날 지지리 궁상이야! 왜 맨날 사는 게 힘들어! 그래서… 왜 내가 한 번도 마음 편하게 치대지도 못하게…."

희자는 펑펑 눈물을 쏟으며 악다구니를 쳤다. 정아가 오죽하면 그런 말을 했을까. 모르지 않는다. 하지만 희자는 그 오죽이나 팍팍한 친구의 삶이 늘 아프고 화가 났다.

정아가 먹먹한 얼굴로 스르르 주저앉았다. 희자의 분노가 그 먼 기억에서 왔다는 걸 알고 나니 정신이 아득해졌다. 정아는 고개를 떨구고 뚝뚝 눈물만 흘렸다.

그날이 선명하게 떠올랐다. 아들을 유산한 지 채 한 달도 안 된 날이었다. 황망한 정신에 시어머니의 구박이 한층 기승을 부려 머리채를 잡히던 날. 정아는 희자에게 달려갈 힘이 없었다.

"잘못했어, 언니. 우리가 다 나쁜 년이야."

충남이 희자를 안고 울먹였다. 그제야 희자가 몸을 늘어뜨리고 바닥에 주저앉았다.

"다, 싫어. 다 싫어. 내 아들이 내 등에서 죽었어… 내 아들이…."

악을 쓰느라 목이 쉬어 목소리가 갈라져 나왔다. 정아가 울며 기어가 희자를 안았다.

"그만해, 희자야, 그만해…."

정아의 품에 안겨 희자는 짐승처럼, 새끼 잃은 짐승처럼 애달프게 울었다.

# 지금부터 엄마 딸 말고,
# 친구 하자

지난밤 아이처럼 목 놓아 울던 엄마는 한결 담담해진 얼굴이다. 슬쩍슬쩍 엄마 눈치를 살피는 나를 의식했는지 밥을 떠 넘기며 한마디 한다.

"안 아파."

"정말?"

"아프면 밥 먹냐?"

"다행이네. … 그럼 암이 아닌가?"

내가 혼잣말처럼 중얼거리자 엄마 얼굴에 금방 화색이 돈다.

"너도 그래? 나도 그런데. 암 아닌 것 같지? 그치?"

나도 그렇게 믿고 싶었지만 검사 결과는 명백했다. 괜한 기대를 주고 싶지 않아 나는 말을 돌렸다.

"여행 가자."

"뭔 여행을 가, 이 마당에."

"그럼 이 마당에 뭐해? 여행 안 가고 가게 가서 장사해?"

"말을 해도 꼭!"

"장난희 딸 박완 말투."

나는 애써 밝게 웃었다.

"어휴, 웃고 만다. 어디로 가?"

"발길 닿는 대로."

"그래, 가보자. 가게 나가서 손님 보고 웃을 자신도 없고."

"돈 찾을까? 싹 다. 그래서 비싼 호텔에서 엄마랑 나랑…."

엄마가 도끼눈을 뜨고 째려본다. 나는 재빨리 말을 바꾼다.

"싼 데 가자."

"넌 이 애미를 좋아는 하냐? 남들은 엄마가 아프면 울기도 하더구만, 넌 내가 암에 걸렸는데 슬프지도 않아?"

나는 그냥 큭큭 웃고 만다. 엄마가 서운해해도 나는 울 수 없으니까. 엄마 앞에서는 더더욱.

"재수 없지?"

"밥이나 처먹어."

애써 웃음 지었지만 마음은 쓰라렸다.

인터넷에 들어가 교외의 예쁜 펜션을 예약했다. 엄마와의 조촐한 하룻밤 여행이다.

펜션으로 가는 차 안에서 한동안 엄마와 나는 말이 없었다.

"너… 뭔 생각해?"

창밖을 보던 엄마가 먼저 입을 열었다.

"엄마가 무슨 생각하나… 그 생각."

하지만 짐작만 할 뿐 엄마가 하는 생각의 결과 결을 나는 끝끝내 알지 못할 것이다.

"난 네가 무슨 생각하나 그 생각하는데. 난생처음 너랑 나랑 찌찌뽕이다."

서운하고 부족한 딸의 마음을 헤아려보려는 엄마에게 미안함이 밀려온다.

"기분 좋은 생각해봐."

"찾는 중이야."

"남자 만났댔지? 그 사람 생각하면 되겠네. 그럼 기분 좋아질지 혹시 아냐?"

내가 웃으며 말을 돌렸다.

"지랄해, 아주! 암튼 말마다 가관이야! 내가 넌아, 지금 목숨이 왔다 갔다 하는데 남자 생각할 정신 있으면 그게 아픈 거냐? 돌은 거지! 미친년."

엄마가 되레 화를 낸다.

"엄마… 지금부터 우리, 엄마 딸 말고… 친구 하자."

"친구는 어떻게 하는 건데?"

엄마가 솔깃한 표정으로 나를 돌아본다.

"맘 편하게 아무 말이나 하면 돼. 내가 좋아, 그 남자가 좋아?"

"어라?"

"잤냐?"

내가 친구에게 하듯 다그쳐 물었다.

"뭐!"

"안 잤구나. 나랑은 자고… 그 남자하곤 안 자고. 그럼 내가 더 좋은 거로 안다. 믿어도 되지?"

놀리듯 엄마를 힐끗거리며 웃었다.

"너 차 세워. 아주 내가 네 주둥아릴 뜯어놓고 갈라니까. 차 세워, 기지배야!"

펄쩍 뛰는 모습이 너무 귀여워 엄마 볼에 입을 맞췄다.

"미쳤어, 미쳤어! 운전해, 기지배야! 그러다 뒤져! 미친 년… 아주, 엄마한테 남자랑 잤냐가 뭐야. 아이고… 저것도 딸년이라고."

엄마가 푸념하듯 중얼거린다.

"지금은 딸년 아니고 친구! 친구랑은 그런 얘기하잖아. 영원 이모, 충남 이모랑은 하지? 내가 다 안다."

"에헤! 고만해! 아이고, 기가 차고 코가 차네. 딸년이 애미한테 남자랑 잤냐가 뭐야. 아이고….”

　어이없는 웃음이지만 엄마가 웃으니 좋다. 웃으라고 한 얘긴데 어쩔 수 없이 코끝이 찡해온다. 이제 막 시작한 사랑일 텐데, 사랑과는 지지리도 인연이 먼 엄마 인생이 짠하다. 왜 이제야 엄마가 갖지 못한 것들이 마음에 들어오는 것일까. 그동안 나는 엄마를 엄마라는 자리에만 올려놓고 당연한 듯 이용하고 부담스러워하기만 했다. 자식이란 늘 이렇게 미련스럽다.

# 지금처럼
# 혼자 살 수 있어

희자를 태워 집에 돌아오니 어느덧 밤이었다. 정신이 돌아온 뒤 희자는 친구들과 눈도 마주치지 않고 내내 아무 말도 하지 않았다. 성재의 차가 대문 앞에 서기 무섭게 희자가 심통난 사람처럼 차 문을 열고 나갔다. 성재가 따라 내리려 하자 뒷좌석에 앉아 있던 충남이 말렸다.

"가만있어. 자극하면 안 돼."

충남이 조심스럽게 따라가자, 희자는 대문 앞 화분 밑에서 열쇠를 꺼내 대문을 땄다.

"울 언니, 정신이 또렷하네."

충남이 다정하게 말을 붙였지만, 희자는 자신을 놀린다 생각했는지 한번 째려보고는 대문 안으로 들어갔다.

"언니, 내일 또 올게."

충남이 다정하게 말하는데도 희자는 아무 대꾸 없이 문을 쾅 닫았다. 석균의 차를 타고 도착한 정아가 희자의 뒷모습을 막막하게 쳐다봤다.

"지금은 멀쩡해. 쭉 팔려서 저래. 일단 집에 가서 자. 내일 보자."

충남이 다가와 위로한다.

"우리 집에 같이 가. 너도 늙었어. 이 밤에 집에 갔다 어찌 또 올래, 힘들게."

"그러네."

성재는 여전히 희자가 들어간 집을 뚫어지게 보고 있다. 충남이 어서 가라고 인사를 한 뒤 석균 일행과 떠난 뒤에도 성재는 한참 동안 그녀 집 앞을 지켰다.


희자는 창피하기도 하고, 자기 자신에게 화가 나 견딜 수 없었다. 차라리 혼자 있고 싶었지만 민호는 기어코 함께 잘 모양이다. 희자는 민호에게 말 한마디 붙이지 않고 등을 돌려 누웠다.

"울 엄마 아들 보고도 웃지도 않네."

"하늘인?"

"장모님이랑 치킨 먹을걸."

민호가 등 뒤에서 희자를 살며시 안았다.

"엄마 치료받을 거야. 그러니까 너 내일 가."

"나 여기서 살라고."

희자가 화난 얼굴로 돌아봤다.

"싫어. 네가 왜 나랑 살아? 넌 결혼도 했는데 마누라랑 살아야지. 전에 의사가 그랬어. 망상장애래. 치매 아니고. 약 먹으면 괜찮아."

희자는 다시 돌아누워 눈을 감았다.

"맞아. 그러니까 엄마, 약 잘 먹자."

"알아. 약 안 먹음 치매 걸려. 내가 약을 좀 걸러 먹어. 그래서 그래. 그러니까 난 병원 가고, 넌 집에 가고. 우린 지금처럼 따로 살아."

"엄마, 우리 영화 볼까?"

"졸려."

희자는 무참한 기분으로 눈을 감았다. 혼자 할 수 있다는 그녀의 호기는 이렇게 무너지고 말았다. 그것도 자신의 의지가 아닌, 자신도 알 수 없는 병 때문에. 그것이 억울하고 무참해서 주르륵 눈물이 흘러내렸다.

"그래, 자자. 나도 졸리다."

민호가 뒤에서 엄마를 꽉 끌어안았다. 엄마는 작은 아이처럼 품에 쏙 들어왔다. 이제 그녀는 자신이 어리광 부리고 기대던 동산 같은 존재가 아니었다. 민호는 가슴이 시큰거려 눈을 꼭 감았다. 한 줄기 눈물이 볼을 타고 흘렀다.

정아는 집에 돌아와서도 희자 생각에 마음이 착잡했다. 기진한 듯 소파에 앉아 있는 정아를 대신해 석균이 안방에 이부자리를 폈다. 세수를 하고 나온 충남이 그 모습을 보고 인상을 찌푸렸다.

"오빠 딴 방 가서 자."

"방마다 딸년들이 갖다놓은 짐이 한짐이야. 여기서 잘 거야."

"그러게 내가 정아 언니네 데려다달랬지?"

"나는 안 늙냐? 거기 둘을 데려다주고, 다시 둘을 데리러 내일 아침 차 끌고 또 가고…. 나는 청춘이냐!"

석균은 버럭 소리를 지르고 그대로 누워 이불을 뒤집어썼다. 충남이 결국 체념하고 거실로 나갔다. 입씨름할 기운조차 없었다. 냉장고에서 물을 꺼내 마시며 난희를 떠올렸다. 암이라는데 가벼운 상태도 아닌 모양이었다. 남자친구 생겼다며 새실거리던 난희 얼굴이 어른거려 한숨이 나왔다.

"언니… 난희가 암이래."

초점 없는 눈으로 창가를 보던 정아가 멍하니 고개를 돌렸다. 충남의 말이 어지럽게 그녀의 머릿속을 웅웅 울렸다.

# 우리는 눈물 흘릴
# 자격도 없다

오후 늦은 시각이 되어서야 풀숲이 우거진 아담한 펜션에 도착했다. 펜션 앞에 차를 세우자 엄마는 주위를 둘러보며 만족스러운 듯 밝게 웃는다.

"애미 끌고 와 어디다 묻으러 가나 했는데, 아니네!"

나는 엄마에게 눈을 찡긋했다. 엄마와 단둘이 이렇게 여행 온 게 언제였는지 기억도 나지 않는다. 내가 유학을 떠나기 전에 한 번 갔었던가. 엄마를 좋아한 적도 있지만 귀찮아한 적이 더 많았고, 내가 엄마에게 해준 게 털끝이라면 엄마에게 받은 건 헤아릴 수 없다. 엄마가 쌓아놓은 게이지에 비해 내 게이지는 새 발의 피도 되지 않는다. 그 차이를 줄이기엔 너무 짧은 여행이다.

트렁크에서 짐을 꺼내자 엄마가 가방 하나를 냉큼 뺏어든다.

"안 아파. 나 기운 빠지면 그땐 들어달라 할게."

가방을 들고 앞서가는 엄마를 보며 이번 여행으로도 내 게이지를 높이긴 힘들겠다는 예감이 들어 씁쓸하다.

짐을 정리하고 씻고 나오자 창밖에는 벌써 어둠이 짙게 깔렸다.

"이제 뭐해? 여긴 밤도 긴데."

나를 물끄러미 바라보는 엄마의 표정이 말갛다.

"얼굴 보고 있지, 뭐."

"지랄…"

실내를 둘러보던 엄마가 노래방 기계를 발견하고 신이 나서 내 등을 두드린다.

"노래해봐. 어려선 엄마 앞에서 까불고 잘했잖아."

"맨정신에?"

내 말이 떨어지기 무섭게 엄마가 가방에서 소주 두어 병과 마른오징어를 꺼냈다.

"미쳤어?"

기가 막혀 엄마를 노려보자 마른오징어를 찢으며 겸연쩍게 웃는다.

"집에 사둔 거… 너 먹으라고."

"자기가 못 먹으니까 딸년이라도 먹이시겠다. 그럼 마셔

주지."

나는 엄마가 따라준 소주를 벌컥벌컥 들이켰다.

"잘 마시네."

"그럼! 누구 딸인데."

술잔을 내려놓고 한쪽에 놓인 노래방 책자를 폈다.

"뭘 부를까…."

"야야, 너 그거 아니? 찰랑찰랑."

"엄마 십팔번? 오케이!"

노래를 찾아 입력하고 엄마에게 마이크를 건넸다. 트위스트 리듬에 맞춰 엄마가 신나게 노래를 부르기 시작한다. 나는 기꺼이 엄마의 백댄서가 되어 몸을 흔들었다. 덩달아 신이 난 엄마가 내 허리에 손을 두르고 몸을 흔든다. 이렇게 놀아주는 걸로 나는 엄마와 백만 개쯤 차이 나는 게이지의 눈금 하나를 가볍게 채운다. 이렇게 쉬운걸….

나는 평소 주량에 훨씬 못 미치는 소주 한 병을 마시고 비틀거리며 엄마에게 뽀뽀 세례를 퍼부었다. 이마에, 입술에, 볼에.

"지랄한다, 진짜. 소주 한 병 먹고 해롱해롱…."

안 하던 짓이라 어색한지 엄마가 내 등짝을 후려친다.

"어디서 하던 지랄이야, 이게!"

말은 그렇게 해도 딸의 뽀뽀가 싫지 않은 얼굴이다.

"남자한테!"

내가 새침하게 웃으며 말했다.

"오줌이나 싸!"

"갑자기 안 마려워. 뽀뽀하자."

엄마를 놓아주고 싶지 않았다.

"그럼 토를 하던가. 술기운 빠져나가게."

엄마는 내가 많이 취했다고 생각하는 모양이다. 하지만 나는 전혀 취하지 않았다. 그저 취한 척할 뿐이었다. 맨정신에는 엄마에게 이렇게 진하게 뽀뽀할 자신이 없어서, 눈물겹도록 예쁜 그녀에게 취한 척 매달렸다.

"왜, 내가 주정할까 무섭냐?"

"바로 안 서!"

걱정되었는지 엄마가 버럭 소리를 질렀다. 나는 비틀거리던 몸을 똑바로 세웠다.

"멀쩡해. 술자리 치워. 나 오줌 누고 나올게."

"저게 멀쩡하면서 지랄했네, 여적."

엄마가 어이없어하다가 노래를 흥얼거린다.

볼일을 보고 거울에 비친 내 얼굴을 보았다. 엄마 앞에서 재롱도 부리고 담담한 척하고 있지만 나는 여전히 떨고 있었다. 엄마를 잃을까 두려운 만큼 연하에게 돌아갈 수 없게 될까 봐 슬펐고, 엄마 없이 나 혼자 어떻게 살아가나 막막했다. 눈물 흘릴 자격이 없어 꾹 누르고 있지만 내 얼굴은 너무나 멀쩡해 보였다. 나는 거칠게 내 뺨을 때렸다. '짝!' 하는 파열음이 화장실을 가득 채운다.

"뭔 소리야?"

소리가 밖에 있던 엄마에게까지 들린 모양이다.

"아무 소리 안 냈는데?"

나는 화장실 문을 열고 엄마를 보며 웃었다.

"엄마, 나 그 노래 불러줘. 그거 좋더라. 시인의 노래."

"오줌 싸면서 신청곡까지…. 내 딸이지만 참 별나다 별나. 내가 암이야, 넌아!"

엄마는 괜히 투정 섞인 말을 뱉고는, 싫지 않은 얼굴로 노래방 기계 앞으로 다가갔다. 곧이어 엄마 노랫소리가 들리기 시작했다.

다시 화장실 문을 닫고 억지로 올리고 있던 입꼬리를 내렸다. 세면대에서 세수를 하고 마음을 다잡아보지만 여전히 거울 안엔 가증스러운 내가 서 있다. 나는 다시 그 얼굴을 후려쳤다.

엄마의 암 소식을 처음으로 영원 이모에게 전해 들으며, 나는 그때 분명히 내 이기심을 보았다. 암 걸린 엄마의 걱정은 나중이고, 나는 이제 어떻게 사나, 그리고 연하는 어쩌나, 나는 오직 내 걱정뿐이었다. 지금도 여전히 문득문득 그 생각이 나를 사로잡는다.

맞아도 싼 내 뺨을 또다시 짝 소리 나게 후려쳤다. 한 대

또 한 대. 지금 이 순간에도 연하가 보고 싶은 내게, 그에게 돌아가지 못하게 된 것이 더 괴로운 내게, 나는 연거푸 뺨을 올려붙였다.

그러니까 장난희 딸 나 박완은, 그러니까 우리 세상 모든 자식들은 눈물을 흘릴 자격도 없다. 우리 다 너무나 염치없으므로.

## 사랑하는 사람들을 위해
## 할 수 있는 일

다음 날, 영원은 부지런한 쌍분을 따라 새벽부터 일어나 밭일을 도왔다. 쌍분이 먼저 들어간 뒤에도 땀을 뻘뻘 흘리며 열심히 잡초를 뽑았다.

밭일을 대충 마무리하고 집에 들어가자 아궁이에 장작불이 활활 타오르고 가마솥에선 모락모락 김이 솟고 있었다. 이른 새벽부터 움직여 배가 고플 쌍분을 위해 영원이 양푼에 밥을 비벼 아궁이 앞으로 갔다. 가마솥 안에선 온갖 나물들이 팔팔 끓고 있었다.

"약물보다 좋다는 나물 물이네? 아버지랑 인봉이가 이거 드시고 죽다 살아났구나."

"이건 난희 거. 진작 좀 줄걸, 쌍."

든든한 기둥 같기만 하던 딸이 아파 배를 가른다는 소리를 들으니, 인봉이 뒤치다꺼리하느라 딸에게 못해줬던 일만 생각나 쌍분은 가슴이 쓰렸다. 천성이 다정하지 못해 딸이라고 하나 있는 거 살갑게 품어주지도 못했다. 고생해 번 돈 밑 빠진 독에 물 붓듯 친정에 쏟아붓는 딸에게 늘 미안하고 고마웠지만 정작 몸에 좋은 약물 한 번 해주지 못했다.

쌍분은 밑도 끝도 없이 옛날 일이 떠올라 장탄식을 했다. 그날은 난희가 제 남편 바람피는 걸 봤다고, 한밤에 완이를 데리고 찾아온 날이었다. 난희는 술을 처먹어 비틀거리고, 완이는 코를 흘리며 부뚜막에 앉아 있었다. 그 꼴이 가슴 아프고 속상해 쌍분은 대뜸 물 한 바가지를 떠 난희에게 뿌리며 '지랄하네, 미친년! 집에 가! 네 애미 어제도 맞아서 눈두덩 시퍼런 거 안 보여? 네 동생 맞아서 다리 분질러진 거 안 보여!' 하고 소리를 질렀다. 난희는 그제야 쌍분의 멍든 얼굴을 보곤 '이런, 그러네.' 하며 완이를 끌고 나갔다. 그리고 들판에서 농약을 먹은 것이다. 그날 쌍분은 딸애와 손녀를 흔들며 통곡했다. 애미라고 저 사는 게 팍팍해 딸애 맘 아픈 걸 들여다보지 못했다. 그때나 지금이나 딸은 늘 뒷전이다. 깊은 회한 때문에 쌍분이 뜨거운 한숨을 내쉬었다.

영원이 쌍분을 짠하게 바라보다 밥 한 숟가락을 떠 내밀었다. 밥이 넘어갈 리 없는 쌍분이 고개를 모로 틀었다. 영원이 아기 달래듯 그녀를 얼렀다.

"난희한테 이른다. 엄마가 밥도 안 먹고 나 속 썩인다고."

"일러."

"아, 알아서 해. 누군 뭐 밥을 먹고 싶어 먹냐? 엄마 어찌 되심 싹 다 난희 몫인데, 엄마도 가만 보면 되게 이기적이야! 난희가 죽냐? 아이고, 내가 난희면 살려다가도 엄마 때문에 지레 죽겠다. 꼴 보기 싫어서. 어제, 그제 진종일…. 어지간히 좀 하지."

쌍분은 솥에서 나물 물을 한 그릇 퍼서 영원에게 내밀었다. 이번엔 영원이 고개를 돌렸다.

"아, 안 먹어! 엄마는 내가 주는 거 안 먹는데, 나는 뭐 속없냐? 그걸 받아먹게!"

영원의 말이 끝나기도 전에 쌍분이 양푼을 뺏어 밥을 퍼먹으며, 나물 물을 다시 내밀었다. 영원이 따뜻한 눈으로 보며 웃다가 나물 물을 호호 불어 마셨다.


석균은 아침 일찍 일어나 밥을 하느라 분주했다.

"내가 너 준다고 밥한다. 투덜대도 수영이, 호영이가 하루걸러 반찬을 해다 날라. 네가 애들은 잘 키웠다."

막 잠에서 깬 정아가 주방으로 들어오자 석균이 생색을 냈다. 정아는 아무런 대꾸도 없이 냄비 뚜껑을 열었다. 지난번 그녀의 말을 새겨들었는지 멸치를 넣은 된장찌개가 끓고 있었다. 그녀는 한쪽에 있는 파를 썰어 찌개에 넣었다.

"내가 어제 간만에 잘 잤다. 네가 있어서. 네가 없으니 내가 통 잠을 못 자."

"난 못 잤어. 내 집에선 잘 잤는데."

"말을 해도 꼭⋯. 난희가 암이란 소리 들었어. 네가 건강해 다행이다."

그는 서운한 마음을 애써 참으며 다정하게 말을 건넸다. 하지만 정아는 묵묵히 찌개에 넣을 야채를 찾아 다듬었다. 석균은 정아가 못 들었나 싶어 다가가 다시 큰 소리로 반복한다.

"네가 건강해 다행이라⋯."

"시끄러, 좀!"

정아가 짜증을 냈다. 난희가 암에 걸린 마당에 자신은 건강하니 다행이라고 가슴을 쓸어내릴 기분이 아니었다. 게다가 어젯밤 희자에게 온 문자 때문에도 마음이 영 편치 않았다.

석균은 다정하게 굴어보려고 애쓰는데도 퉁박만 맞자 서운한 마음이 들었다.

"너도 참 만만찮다 나한테! 안 착해 너도! 나는 뭐 희자, 난희 그런 게 좋냐? 그래도 산 사람은 살아야 하니까⋯."

정아는 더 대거리하고 싶지 않아 소파에 놓여 있던 웃옷을 들고 밖으로 나가버렸다.

"내가 이젠 밥도 하잖아! 밥 먹지, 어디 가!"

석균이 고래고래 소리치는데 외출 준비를 끝낸 충남이 방에서 나왔다.

"눈치 좀 있어라."

"내가 뭘?"

"정아 언니, 난희 소식 듣자마자 어제 희자 언니한테 문자 받았어. 이제 다신 자기한테 찾아오지 말라고."

"난희, 희자가 남편보다 중하냐?"

"나도 정아 언니도 오빠보다 난희랑 희자 언닐 더 오래 봤어."

"순영이랑 난 살 섞고 살았어."

"우린 살 대신 맘 섞고 살았고."

충남이 가려 하자 석균이 다급하게 불러 세웠다.

"왜, 너도 가게? 야야야, 이걸 내가 혼자 어찌 다 먹어! 밥은 먹고 가! 왕따하냐?"

안된 마음이 들어 충남이 식탁에 앉는다.

"내가 너한테만 하는 말이지만⋯."

"오빠, 입 좀 닫아. 오빠 밥하는 것보다, 반찬 만드는 것보다, 청소하는 것보다 가장 먼저 그냥 입을 닫아. 어?"

석균이 벌떡 일어나더니 냉장고에 붙여뒀던 '좋은 남편 십계명' 아래쪽에 메모를 하고 중얼거렸다.

"입을 닫자."

식탁에 돌아와 다시 밥을 퍼먹던 석균이 속상한 마음에 웅얼거린다.

"나도 노력해. 늙으면 안 바뀌지만 배울 순 있다 생각하고, 배우려고 노력한다고."

꼬장꼬장하게 할 말 다 하고 살던 석균이 풀 죽어 있는 모습을 보니, 충남은 짠한 마음이 들었다. 여전히 못 미치지만 그는 나름 최선을 다하고 있는 중이다.

"그러네. 언니가, 우리가 나빴네."

충남이 처음으로 석균 편을 들어 위로했다.


민호는 만삭인 하늘이를 보러 집에 와서는 수시로 시시티브이를 확인하며 혹시 엄마가 혼자 나갈까 봐 조바심을 냈다. 집을 나서면서도 혹시 자기가 가는 사이 또 엄마가 사라지진 않을까 싶어 쉬지 않고 달렸다. 하필 오늘 차가 고장 나고 말았던 것이다. 그는 한달음에 엄마 집으로 달려갔다.

"엄마 나 왔어! 엄마, 엄마!"

민호가 대문을 벌컥 열고 들어왔다. 온몸이 땀에 흠뻑 젖은 민호는 희자가 집에 있는 걸 확인하자마자 숨을 고르며 벽에 기대 주저앉았다. 옷을 챙겨 입던 희자는 속이 상해 부루퉁한 얼굴로 그런 민호를 내려다보았다.

"네가 있으랬잖아. 가만히 집에서 씻고, 옷 갈아입고."

"내 차가 고장 나서 죽어라 뛰었어. 그랬더니 힘들어. 좀만 쉬자."

"그러게 왜 뛰어. 나 혼자 병원 가도 되는데. 괜히 환자 취급하고!"

희자는 단 한순간도 자신을 혼자 두려 하지 않으며 중증 환자 취급하는 민호에게 화가 나 있다.

"하늘인 혼자 두면 안 돼. 너 가."

민호가 작게 웃으며 말을 돌렸다.

"엄마, 그거 했어?"

"뭘?"

"요실금 있잖아. 기저귀. 그거 해야 돼. 검사가 길어서 안 하면…."

희자는 자신이 또 그걸 잊었구나 싶어 무참한 기분으로 기저귀를 꺼내 화장실로 갔다.


병원에서 이런저런 검사를 받고 나서 희자는 의사와 마주 앉았다. 의사가 그녀의 생년월일을 물었다.

"천구백사십오 년 구 월 이십사 일생."

"옆에 아드님은요?"

자신 있게 입을 떼려는데 한순간 머릿속이 아득해졌다. 눈동자만 이리저리 굴리던 희자가 울상을 지었다. 그 정도는 안다고 자신했는데… 아무것도 기억나지 않는다.

"큰애는 칠십 년 십이 월 일 일. 소량도 섬마을 선생님이고. 죽은 앤 육십…."

왜 다른 건 다 기억나는데 바로 옆에 있는 민호 생일은 기억나지 않을까.

"엄마 내 생일은?"

민호가 재촉했지만 도저히 기억이 나지 않아 의사에게 고개를 돌렸다. 의사가 괜찮다는 듯 웃으며 다른 질문을 했다.

"여기 병원 이름은 뭐죠? 제가 어르신한테 아까 가르쳐 드렸는데. 기억하시라고."

가물가물 떠오를 것 같으면서 또렷하게 떠오르질 않았다.

"엄마, 여기는 신응사거리 옆에 있는…."

"말하지 마! 내가 기억할 거야."

자신이 얼마나 잘 기억하는지 아들에게 보여주고 싶었다. 그녀는 의사의 얼굴을 보며 곰곰이 생각하려고 애썼다. 하지만 역시 기억나지 않았다.

"근데… 나 엠알아이는 찍었죠? 그건 기억나. 좀 전에 시티 말고 엠알아이."

이후, 몇 가지 질문을 더 하고 나서 의사는 치매 사 등급이라는 진단을 내렸다. 그녀는 기대보다 높은 등급에 화가 났다. 정아에게 하소연이라도 하고 싶었지만 어젯밤 연락 끊고 살자고 문자를 보낸 건 바로 자신이었다.

희자는 병원 세미나실 앞에서 민호가 치매 관련 교육을 받는 모습을 보며 입술을 물어뜯었다. 화가 나고 초조했다. 그때 전화가 왔다. 정아였다. 희자는 받을까 말까 망설이다 가 자기도 모르게 통화 버튼을 누르고 말았다.

"집에 없네. 나 네 집 왔는데… 화분 밑에 키로 문 열고 들어왔는데 너 어디 갔어? 대답 안 해? 너 진짜 나 안 봐? 희자야… 대답 안 해? 나 집에 가? 그냥… 꺼져?"

정아의 다정한 목소리를 듣자 희자는 속상해서 눈시울이 붉어졌다.

"어, 꺼져."

"기지배…. 그래도 말은 하네. 민호랑 병원 갔어?"

"의사 새끼가… 내가 노인장기요양등급이 사 등급이래. 나는 오 등급 같은데 사 등급이래. 검사 결과가 그렇대."

희자는 자기도 모르게 목에 걸린 말을 불쑥 쏟아냈다.

"노인장기요양등급은 뭐야?"

"치매의 다른 말이겠지. 화내면 더 중증 된다고 맘 편히 가지라는데, 지금은 그 말이 더 화나."

말을 하고 나니 조금은 후련한 기분이다. 정아는 희자가 무슨 말이든 떠들어대는 게 좋아 한결 밝은 목소리로 물었다.

"나… 여기서 너 기다려?"

순간 기다리라는 말을 하고 싶었다. 하지만 언젠가 정아가 했던 말이 떠올랐다. 짐 되지 않고 편안한 친구 하나 사귀기가 그렇게 힘들다고. 석균 때문에 한 말이었지만 이젠 자신도 정아에게 짐이 될 수 있었다.

"가."

"오늘은 가고… 나중에 볼까? 네가 전화할 거야? 내가 해?"

정아가 다시 다정하게 물었다. 그때, 언제 왔는지 성재가 불쑥 나타나 옆자리에 앉았다.

"전화 끊고 싶어."

"알았어. 끊어. 내가 집 치우고 갈 거니까, 귀신이 했구나 하고 놀라지 말고, 정아가 했네, 하고 알아. 내가 또 전화할게. 너 보고 싶은데 오늘은 네가 별로니까… 나중에 보고. 끊어."

희자는 정아 생각에 그렁해진 눈으로 앞만 바라보았다. 옆에 앉은 성재가 말을 걸었다.

"보고 싶어서 민호한테 전화했지. 민호랑 나랑 친해졌어."

"다들 나 때문에 무슨 죄야."

그녀는 주위 사람들에게 민폐를 끼치는 자신을 견딜 수 없었다.

"나도 지금이냐 나중이냐 그 차이밖에 없을걸. 치료 잘 받자."

"그럴 거야."

지금 그녀가 사랑하는 사람들을 위해 할 수 있는 일은 그 것뿐인 듯했다. 그녀를 가만히 바라보던 성재가 손을 잡았다. 희자는 입술을 꾹 깨물고 성재에게 잡힌 손을 빼더니 양 손을 겨드랑이에 감춰버렸다. 성재가 허허 웃으며 그녀를 따라 팔짱을 끼고 고개를 돌렸다.

"남자가 힘으로 손잡는 건 매너가 아니라서, 내가 봐주는 줄 알아."

"나한테 오지 마요."

"내 맘이야."

"답답해. 걷고 싶어. 근데 민호가 여기 있으래. 민호 말 들어야 내가 말 잘 듣는구나, 정상이구나 생각하고 날 혼자 살게 할 거야. 그러니까 말 잘 들어야지. 쟤는 하늘이랑 살고, 나는 누구도 짐스럽지 않게 혼자. 그렇게 할 거예요."

"넌 강해. 난 믿어, 네 말."

"내 말에 다들 오냐오냐, 환자 취급하는 거 알아."

성재는 물끄러미 희자를 보다가, 언제 풀었는지 밖으로 나온 그녀의 손을 꼭 잡아 자신의 주머니에 넣었다.

## 이제야 좀 위로가
된다

　난희는 아침에 일어나자 엄마가 보고 싶어졌다. 수술하면 당분간 얼굴도 보지 못할 것이다. 펜션 근처에서 간단히 아침을 먹고 막 출발하려는데 문자가 날아왔다.

　'저 이일우예요. 금요일에 영화 구경 갈래요?'

　그날은 난희가 수술을 하기로 한 날이다. 난희는 문자를 보며 씁쓸하게 웃었다. 그와의 인연은 여기까지인 모양이다. 며칠 전 그와 산책하며 살짝 들떴던 마음이 마치 오래전 일처럼 느껴졌다.

　엄마네 집으로 가는 차 안에서 충남의 전화를 받았다. 충남은 전화를 걸어놓고 입을 떼지 못했다. 조금 전 정아 언니도 그랬다. 말을 잇지 못하는 정아에게 난희는 병원에서 보자는 인사를 전하고 끊었다.

"전화 걸어놓고 왜 말을 안 해?"

결국 난희가 먼저 입을 열었다. 충남은 입을 떼는 순간 울음이 쏟아질 것 같아 그저 눈물만 글썽이고 있었다. 그 마음을 아는지라 난희가 흥얼흥얼 노래를 불렀다.

"울고 싶은 내 마음… 눈물을 글썽이며 허공만… 흐흐… 할 말 없으면 끊어, 언니. 전화통만 붙잡고 뭐하는 거야."

"네 언니… 이번에 모의고사 평균 육십팔 점 맞았어."

충남이 눈물을 꿀꺽 삼키고 엉뚱한 화제를 꺼냈다. 난희가 화들짝 반기며 호응한다.

"전엔 오십팔 점이었잖아!"

"고무적인 건 늘 사십 점 미만이던 수학을 오십팔 점 받은 거야."

난희가 금방이라도 넘어갈 듯 깔깔 웃었다.

"어머머머, 이 여자 진짜 그러다 검정고시 붙으시겠어?"

"내가 기지배야, 대학 갈 거야! 너 고졸이지?"

"그래서 대학은 무슨 과 가게?"

"영어영문과."

"아이고, 진짜로… 내가 언니 땜에 웃는다. 아, 웃겨 진짜."

"난희야, 우리 어려서 불란서 영화에서 봤던 파리 가자. 언니가 영어 해서 너 데리고 파리 간다. 기대해. 또 전화할

게."

난희는 충남의 말을 알아들었다. 꼭 수술 잘 받고 치료 잘 해서 완치하라는 뜻이었다.


완은 강가에 차를 세우고 엄마와 잠시 산책을 했다.

"우리 둘이 이런 여행 처음이지?"

"아마도."

찰랑거리는 물색이 청명하고 강 건너 산색도 짙었다.

"엄만 여적 살며 뭐했어? 이런 데도 안 와보고."

엄마를 추궁하는 게 아니었다. 엄마와 여행 올 생각을 한 번도 하지 못했던 자신에 대한 추궁이었다.

"사는 게 바빴지, 년아."

"엄마 동문회 전국에서 열리잖아. 그때마다 뭐했어? 산 보고 강 보고 그러지."

"기껏 짬 내서 동문회 가면 산도 강도 볼 여유 없어. 늙은 이들 죽기 전에 할 말이 좀 많아? 특히 기자 언니. 그 언니 말 들어주다 보면 밤이고, 그럼 집에 와야 하고…. 장사해야 되니까."

난희가 느닷없이 킥킥 웃었다.

"너, 그거 아냐? 늙으면 늙을수록 수다 떨 때 말이 빨라지는 거? 저승열차 타기 전에 이승에서 할 말 마저 다 할라고 사십엔 시속 사십, 칠십엔 시속 칠십. 다다다다다…."

"아빠랑도 이런 데 한 번도 안 와봤어?"

"네 아빤… 숙희랑 댕겼겠지."

난희가 서글프게 웃었다. 별생각 없이 물었는데, 완은 도리어 가슴이 저릿해졌다.

"화장실 다녀올게. 차에 들어가 있어."

난희는 좀 더 얘기하고 싶은데 완이 가버리자 서운한 맘이 들었다. 조수석 문을 열자 뒷좌석에 둔 완의 가방에서 휴대폰이 울렸다. 그러나 전화기를 꺼내자 벨소리가 뚝 끊어졌다. 발신인은 연하였다. 난희는 휴대폰을 다시 가방에 넣으려다 조심스레 비밀 기호를 풀었다. 완이 연하와 끝났다고는 했지만, 동거까지 한 사이라면 헤어지고 그렇게 아무렇지 않게 연락을 주고받긴 힘들 터였다.

난희는 완의 휴대폰에 있는 사진 폴더를 클릭했다. 폴더 안에는 충남 집에 다 같이 모여 잔 날의 사진과 좀 전에 강가를 걷던 사진, 그리고 어젯밤에 찍었는지 잠든 난희 사진이 담겨 있었다. 난희는 '연하와 완'이라는 이름의 폴더를 열었다. 침대에 누워 밝게 웃는 완이와 연하, 그리고 각자 잠들어 있는 모습, 담요를 두르고 식사를 준비하는 모습 등 일상적이면서도 은밀한 사진이 들어 있었다.

'헤어진 지가 삼 년이 넘었는데….'

난희는 이상하다 느끼며 사진을 계속 뒤적였다. 그러다 마침내 사진이 찍힌 날짜를 확인했다. 그 사진들은 최근에 찍은 것이었다. 그때, 화장실 쪽에서 완이 나오는 게 보였다. 난희는 휴대폰을 가방에 얼른 집어넣고 조수석에 탔다.

"너는 가서 일하지. 나만 할머니 집에 놔두고."

난희가 시동을 거는 완에게 넌지시 말을 걸었다.

"내가 알아서 해."

창밖으로 스치는 풍경만 바라보며 한동안 아무 말 없던 난희가 지나가는 말처럼 가볍게 물었다.

"완아… 엄마 수술 잘 되겠지?"

"당근이지."

완의 답은 담백했다.

"전엔 너랑 하루 종일 있음 뭐 대단히 재밌을 줄 알았는데… 별로네."

완은 그렇게 말하는 엄마가 귀여워 가만히 웃었다.

"그럼 기타맨한테 한번 전화해보시든가. 혹시 알아? 재밌을지."

빽 소리를 지를 거라 생각한 완의 예상을 깨고 엄마가 뜻밖의 이야기를 꺼냈다.

"너… 혹시 연하 만나니?"

완은 못 들은 척 운전만 한다.

"완아, 연하는… 왜 여자 안 만나? 다리가 아파서… 여자가 안 따라?"

완은 난희를 한번 돌아보고 서글프게 웃었다.

"연하는 다리가 아파도 매력이 넘치는 애거든요."

"근데 왜 안 만나? 혹시 걔… 너 기다려? 너 여기 오고 나서부터 계속?"

"몰라."


"어머머머머 맛있어, 맛있어. 방풍, 민들레 전부 다 맛있어, 맛있어."

난희는 쌍분이 내온 온갖 나물과 김치를 맛보며 감탄사를 내뱉었다. 옆에서 곰취전을 부치던 쌍분이 흐뭇하게 바라보다 딸 입가에 묻은 양념을 닦아주었다.

"엄마도 먹어."

난희가 엄마 입에 나물을 넣어주고, 엄마가 그랬던 것처럼 입가를 닦아주었다.

"엄마, 히…."

난희가 애기처럼 웃었다.

"바보 같아. 왜 그리 웃어?"

"이거 싹 다 나 줄라고 하니까. 아버지, 인봉이 아니고, 나."

쌍분은 딸이 부리는 어리광을 멀뚱히 보다가 방금 구운 전을 집어 다시 입에 넣어준다. 그렇게 엄마는 딸이 좋아하는 음식을 하나라도 더 먹이려고 종일 분주하고, 나이 든 딸은 어린아이가 되어 헤헤 어리광을 부렸다.

저녁이 되어 난희가 마당에서 세수를 하고 방에 들어가려는데, 평상에 누워 있는 인봉이 눈에 들어왔다. 쌍분 옆에 꼭 붙어 있느라 종일 인봉에게는 신경을 쓰지 못했다. 난희가 동생 옆에 앉아 다리를 주물렀다.

"엄마 아버진 내 병 뭐라고 알고 있어?"

"간이 좀 안 좋다고. 손톱만큼 뭐가 나서 자를 게 있다고 말했어."

인봉은 하늘만 올려다보며 담담하게 대답했다.

"잘했네. 누나 괜찮을 거야. 허술한 너한테 두 노친네 맡기고 어떻게 안 돼. 근데 너 자꾸랑 키스해봤냐?"

"당연하지."

다리를 주무르던 난희가 킥킥 웃으며 동생의 얼굴을 매만졌다.

"아이고, 자식… 다 컸네. 진짜 곧 결혼식 해야겠네. 누나가 네 통장에 돈 좀 넣었어. 준비해. 누나 수술 끝나면 곧 할수 있게. 한쪽 다리만 쓰니 이게 아프지. 그러려니 해. 두 다리 못 쓰는 사람도 있는데… 나는 괜찮다, 그렇게. 안 그럼 성질 나 못 산다."

난희는 자꾸 연하가 떠올라 마음이 휘적휘적 흔들렸다.

그날 밤, 모녀 삼대는 한방에서 잠이 들었다. 마치 엄마의 온기를 받으려는 해바라기들처럼, 난희는 잠결에도 엄마가 고개를 돌리면 다시 제 쪽을 보게 돌렸고, 완이는 등 뒤에서 제 엄마를 꼭 끌어안고 잤다.


　다음 날, 서울로 돌아갈 준비를 마친 난희가 밭일 중인 쌍분을 불렀다.

　"엄마! 엄마!"

　쌍분은 마음이 아파서 딸 얼굴을 차마 못 보고, 들일을 핑계 삼아 아예 뒤돌아 앉아 있었다.

　"나 가! 엄마, 병원 오지 마! 환자복 입으면 멀쩡한 사람도 진짜 환자 같아 보이니까. 퇴원해서 봐. 병원 와서 엄마 울면 나 속상하니까, 알았지! 엄마, 내 말 듣고 있어?"

　"들어!"

　"그런데 왜 말을 안 하고…. 나 가요!"

　가려고 돌아섰던 난희가 다시 소리친다.

　"엄마, 나 퇴원하면 닭백숙 해줘."

　그러자 쌍분이 벌떡 일어나 어디론가 걸어가기 시작했다.

　"어디 가!"

　"닭 잡으러!"

　"벌써 무슨 닭을 잡어! 엄마, 나 퇴원하려면 보름은…."

　난희는 차마 말을 잇지 못하고 돌아섰다.

　완의 차를 타고 큰길로 나오자, 저 앞에 인봉이 사륜오토바이를 세워놓고 서 있었다.

　"쟤 왜 저기 있어? 밭일 안 가고."

난희가 중얼거렸다. 완은 인봉 옆에 차를 세우고 차창을 내렸다. 인봉이 절뚝이며 다가와 난희에게 쪽지 한 장을 건넸다. 얼핏 보니 그의 눈시울이 붉어져 있었다.

"인봉아, 너 병원에 절대 노친네들 데리고 오지 마, 어?"

난희가 소리쳐도 인봉은 대꾸 없이 사륜오토바이를 타고 멀어졌다.

"우리 집 식구들은 왜 하나같이 묻는 말에 대답이 없어. 속 터져요."

난희가 한숨을 쉬며 쪽지를 폈다.

'오쌍분 딸 장난희. 장호진 딸 장난희.'

아버지 호진이 쓴 글씨였다. 초등학생처럼 삐뚤삐뚤 쓴 글씨에 담긴 아버지 마음이 그대로 전해졌다.

"우리 아버지가 글씨를 제법 쓰네."

난희는 쪽지를 다시 접어 소중히 가방에 넣고 창가로 고개를 돌렸다.

"근데, 희자 언니가 어째 전화가 없냐? 이기적인 언니. 나 아프단 소리 들었을 건데⋯. 내가 그냥 확 성질나는데 화풀이나 해야겠네."

난희가 전화를 하려 하자 완이 그제야 소식을 전했다.

"이모는 몰라, 엄마. 이모가 좀 아프거든."

"이모가 어디가 아파?"

난희는 서울에 도착하자마자 희자네 집으로 달려갔다. 희자는 그녀를 보고도 반갑게 맞기는커녕 화난 사람처럼 벽에 기대앉아 있었다. 난희가 다가가 앉았지만 여전히 눈길조차 주지 않았다. 그때 옆에 놓인 전화가 울렸다. 정아였다. 희자는 발신인만 확인하고 고개를 돌렸다.

"정아 언닌데 왜 안 받아?"

난희가 다정하게 물어도 대답이 없다.

"언니가 정아 언니보다 날 더 좋아하는지 예전엔 미처 몰랐네. 아닌가? 언니는 나 여기 와도 문 열어주기 싫었는데, 민호가 어쩔 수 없이 열어준 건가?"

"가."

희자 시선은 여전히 창밖을 향해 있다.

"영원이 여기로 오기로 했는데…. 언니 개도 보지 마. 그냥 나만 봐, 어? 다 따돌리고 우리만 친한 척하자. 어때, 좋지?"

"민호가 날 중증 환자 취급해. 장가간 애가 제집에도 안 간대. 창문에 안전장치도 하고, 가스 안전장치도 달고… 집에 날 가둬놓고 등신 취급해."

희자는 오늘 업자를 불러 달아놓은 창문 안전장치와 가스 타이머, 시시티브이를 노려보며 울먹였다. 희자 소식을 듣고 찾아온 첫째 아들과 며느리는 밤이 되도록 울다가 돌아갔는데, 정작 돌아갔으면 싶은 민호는 여전히 집에 머물고 있다. 그녀 자신은 멀쩡한데 모두가 그녀를 병자 취급하는 게 싫고, 전전긍긍 그녀에게 매달려 있는 것도 부담스러웠다.

난희가 희자를 가만히 보다가 입을 열었다.

"언니… 내가 암이래."

희자는 눈을 동그랗게 뜨고 난희를 돌아보았다.

"많이 크대, 암이. 내일 병원 들어가. 진짜."

애써 웃어 보이는 난희를 희자가 와락 끌어안았다.

"어떡해… 어떡해…."

희자가 눈가에 그렁그렁 눈물을 달고 난희 얼굴을 두 손으로 쓰다듬는다. 이를 어쩌나, 이 젊고 예쁜 애를 어쩌나 싶어 눈물이 방울방울 떨어진다.

"언니가 나보다 낫다 생각해라. 나는… 나는… 언니보다 내가 낫다 생각할게. 우리 그냥 그렇게 생각해버리자."

난희는 다시 희자를 안고 웃으려 애썼다.

"이제야 좀 위로가 된다. 병자끼리 있으니까."

난희와 희자는 그렇게 서로를 안았다. 서로의 따뜻한 체온이 전해지고, 하필 왜 나한테 이런 병이 온 건가 하는 분노와 아픔이 전해지고, 자기 품에 안긴 아픈 여인의 애틋함이 가슴속 깊이 전해져왔다.

# 이젠
# 돌이킬 수 없는 일

성재는 아침부터 차를 몰아 충남의 야외 카페를 찾았다. 희자에게 가고 싶었지만 자꾸 내치기만 하니 별수 없었다. 혼자 집에 앉아 있기도 답답해 말동무 겸 희자 얘기라도 나눌까 싶어 길을 나선 것이다. 카페엔 영원도 와 있었다.

"희자 언니네 안 가봐도 돼?"

"설마, 언니가 오빠도 안 본대?"

"뭐, 그런 건 아닌데… 지금은 민호도 있고."

충남은 성재가 아닌 척해도 얼마나 애가 타고 힘들까 싶어 차라리 농담을 건넨다.

"그러게, 오빤 희자 언니가 아니라 처음부터 날 만났어야 돼."

"내 생각도 그래. 오빠 충남 언니를 만났어야 돼."

"내 말이."

충남과 영원이 하이파이브까지 해가며 주거니 받거니 농담을 하자 결국 성재도 껄껄 웃고 만다.

"아이고, 아이고… 진짜 내가 너희들 때문에 웃는다."

그때, 성재의 휴대폰 벨이 울렸다. 민호였다.

"여보세요. 어. 그래 민호야."

민호의 목소리는 다급했다. 하늘이가 진통을 시작해 병원에 실려 갔다는 것이다.

"저… 그게요, 아저씨. 지금 우리 집에 오실 수 없어요?"

민호는 식은땀을 흘리며 창 위의 안전장치들을 여기저기 확인하며 돌아다녔다. 그때, 희자가 속상한 얼굴로 민호에게 달려와 전화기를 빼앗았다.

"성재 씨, 일 봐요. 걱정 말고."

희자는 전화를 끊고 싱크대 수납장에 붙여놨던 종이를 떼어 민호에게 보여주며 재촉한다.

"너 하늘이한테 가. 어서! 여기 쓴 대로 엄만 네 말 들어. 민호 말 듣는다고 쓰여 있잖아. 엄마 믿어. 엄마 여기 있을게. 다녀와. 같이 가고 싶은데, 내가 가면 너희들 더 신경 쓰니까. 여자가 애 낳는 게 얼마나 무서운데…. 하늘이 혼자 두지 말고 가 어서."

민호는 이러지도 저러지도 못하는 복잡한 얼굴이다.

"그럼 여기서 아저씨랑 정아 이모랑…."

그러더니 머리를 감싸 쥐고 울먹이며 버럭 소리를 질렀다.

"엄마 혼자 두고 내가 어떻게 가!"

희자는 혼자선 아무것도 못 하는 사람 취급받는 게 속상했지만, 그래도 아들을 보내려면 그의 말을 들을 수밖에 없었다.

"그래, 알았어. 그럼 가다가 네가 아저씨든 이모든 불러. 난 여기 있을 거니까."

그제야 안심한 민호가 서둘러 통화를 하며 밖으로 달려나갔다.


정아는 성재 연락을 받고 급하게 희자 집으로 달려갔다. 초인종을 눌렀지만 안에서는 아무 답이 없었다. 화분 밑에 늘 숨겨놓던 열쇠도 보이지 않자 정아는 초조해졌다. 그때, 희자에게서 전화가 왔다.

"희자야, 너 어디야?"

"집! 의심나면 시시티브이로 확인해."

희자는 화난 목소리로 그렇게 말하고 전화를 끊었다. 정아는 다시 한 번 문을 두드렸다. 하지만 희자는 정아가 아무리 애타게 불러도 문을 열어주지 않았다.

뒤늦게 성재가 달려왔지만 희자의 반응은 마찬가지였다.

두 사람은 해가 저물도록 성재의 차에 앉아 꼼짝 없이 대문 앞을 지켰다. 시시티브이 화면 속 희자 또한 동상처럼 꼼짝 않고 거실 소파에 앉아 있었다.

"기지배…. 고집스레 진종일 꼼짝도 않고."

성재 휴대폰으로 시시티브이를 들여다보며 정아가 속상해 중얼거렸다. 그때, 민호가 택시에서 뛰어내려 대문을 열고 집으로 들어갔다.

"아이고, 쟤 왔네."

정아가 차 문을 열고 후다닥 나가다 돌아보니 성재는 움직일 생각을 않고 앉아 있다.

"안 들어가요?"

"난 희자가 들어오라고 하면… 그때 들어갈게. 그러는 게 좋을 거 같아."

정아가 고개를 끄덕이고 서둘러 집으로 들어가니, 민호가 화장실 문 앞에 서서 멍한 얼굴로 희자를 부르고 있었다.

"엄마, 엄마…."

서글픈 목소리에 정아가 다가갔다.

"엄마가 왜?"

민호가 속상한 얼굴로 턱짓하는 걸 따라가 보니 소파에서 화장실 문 앞까지 물 흐른 자국이 길게 나 있었다.

"지렸네…. 민호야, 화장실 열쇠 좀 찾아봐."

정아는 차분하게 말하고 서랍장에서 수건과 샤워 가운을

꺼냈다. 민호가 싱크대 서랍에서 열쇠를 찾아와 건네자 정아가 화장실 문을 조심스레 열었다. 그리고 민호에게 말했다.

"바닥 좀 닦고 밖에 나가 있어."

"이모, 내가…."

"아들도 남자야. 가. 가서 아저씨랑 밥 먹고 와."

민호가 훌쩍이며 걸레로 바닥을 닦기 시작했다. 정아는 민호를 안쓰럽게 보다 화장실로 들어갔다. 희자는 눈물을 흘리며 화장실 벽에 기대서 있었다. 발밑으로 오줌과 뒤섞인 똥물이 뚝뚝 흘러내렸다. 정아는 희자가 민망하지 않게 자연스러운 몸짓으로 가져온 옷을 변기 뚜껑 위에 올려놨다.

"속상해?"

"민호 아빠가… 가만있으랬어. 움직이지 말고 집에 꼭. … 걱정 안 시키고 싶었어."

희자는 혼나는 어린애처럼 고개를 푹 숙이고 중얼거렸다. 정아가 희자를 가만히 보다 되물었다.

"민호 아빠?"

그제야 희자가 고개를 들어 정아를 빤히 응시했다.

"민호 아빠 죽었어."

"희자야, 나… 누구야?"

정아는 희자의 기억이 지금 어디에 머물러 있는 건지 알

수 없었다. 희자가 막막한 눈빛으로 곰곰이 생각에 잠겼다.

"영원이…? 충남이는… 난희… 아니고. 정아!"

정아는 그제야 안심한 듯 활짝 미소를 지었다.

"옷 벗어. 젖었어."

정아는 희자가 옷을 벗고 샤워하게 도와준 뒤 화장실 문을 닫고 나와 물끄러미 상념에 젖었다. 그러다 퍼뜩 정신을 차리고 주방으로 가 차를 끓였다.

얼마 뒤, 샤워 가운을 입고 소파에 앉아 차를 마시던 희자가 웅얼거린다.

"더워."

정아는 식탁에서 의자 하나를 가져다 밟고 올라서 창문에 달린 안전장치를 풀었다. 활짝 열린 창으로 시원한 바람이 들어오며 얇은 커튼을 흔들었다.

"바람이 좋네."

정아가 희자 옆에 나란히 앉으며 따뜻하게 웃었다. 희자는 고집스럽게 찻잔만 내려다보았다.

"너 왜 나 안 봐? 저번에 쌍년, 개년 한 게 미안해서 그러지?"

희자가 여전히 찻잔만 보며 고개를 끄덕이자 정아가 허허 웃고는 다시 다정하게 물었다.

"너 저번 날… 거의 매일 밤마다 성당에 왜 기도하러 갔어? 뭐 빌러 갔어?"

"주님하고 마리아님한테 용서하시라고…. 내가 애를 잘 못 돌봤다고… 너무 어려 그랬으니 용서하시라고."

희자의 아픔이 이토록 깊고 아린 것이었던가 싶어 정아는 울컥 눈물이 솟구쳤다.

"그때 너한테 못 간… 내 죄도 좀 빌어주지."

"그랬어. 정아도 사는 게 힘들어 그런 거니 용서하시라고."

"그때 나도 배 속 애가 유산돼서…. 그래도 미안해."

정아는 희자 머리를 쓸어 넘겨주며 미안하다는 말을 되풀이했다. 희자가 정아의 손을 잡더니 처음으로 눈을 마주쳤다.

"세상이 우리한테 미안해해야 돼."

정아가 눈물을 닦고 따뜻한 눈으로 희자를 바라보았다. 살아오며 마주했던 뜻하지 않은 시련에 대해 누굴 원망할 수 있겠는가. 그 누구도 장담할 수 없는 게 인생인 것을.

"하늘이 애 낳았다는 말 들었지?"

"좋아… 너무. 근데 민호는 이제 가라 그래, 정아야. 나는 걔들 피해 안 주고 혼자 살 수 있어. 혼자 뭐든 할 수 있고. 그러니까 네가 걔들한테…."

희자의 눈빛이 간절했다. 정아는 슬프지만 진실을 말해주어야 한다고 생각했다. 그것이 그녀를 위한 최선이다. 받아들이고 나면 또 아무것도 아닌 것이 인생 아닌가.

"혼자 살 수 있었고… 혼자 할 수 있었어. 이젠… 아니고."

지푸라기라도 잡고 싶을 만큼 간절했던 희망이 무너져 내리자 희자가 어린아이처럼 펑펑 울었다. 상처받은 어린 짐승이 가슴 저 깊은 곳에서 끌어올린 신음 소리처럼 애가 끓게 참담한 울음이었다. 그녀를 품에 안고 등을 쓸어주는 정아 눈에도 하염없이 눈물이 흘렀다.

# 우리 자식들의 잘못은
# 단 하나

엄마가 글을 쓰라며 등을 떠미는 바람에 오피스텔로 돌아왔다. 내일이면 엄마가 입원해 수술을 받는다 생각하니 마음이 진정되지 않고 불안하게 떠다녔다. 마음을 다잡아보려고 집을 홀딱 뒤집어 청소한 뒤 노트북 앞에 앉았다. 하지만 도저히 글은 써지지 않았고 애써 뒷전으로 미뤄두었던 연하 생각만 스멀스멀 올라왔다.

연하에게 한 약속을 나는 지킬 수 없게 되었다. 엄마의 병이 어떻게 진전될지 알 수 없는 일이다. 내가 아무리 염치없는 딸이라 해도 그런 엄마를 두고 떠날 순 없다. 나는 결심을 굳히고 연하에게 전화를 걸었다. 엄마가 아프다고, 암에 걸렸다고 꽤 어렵게 말을 꺼냈다.

"그래서… 그러니까 내가 너한테 하고 싶은 말은… 아무래도 이번 여름에… 이번에도 역시 나는 너와 한 약속을…."

담담하게 말하려 했지만 어쩔 수 없이 가슴에 통증이 일었다.

"완아."

연하가 따뜻하게 나를 불렀다. 나는 머리를 한번 쓸어 올리고 애써 아무렇지 않은 척했다.

"나라도 엄마가 그러면… 너한테 못 가."

"그런가?"

연하의 말이 너무도 따뜻하고 너무도 다정해서 한순간 슬픔이 마구 몰려오다가 또 한순간 발밑이 꺼지는 것처럼 아득해졌다.

"기다리지 마. 니키타는 너무 예쁘니까 만나지 말고 다른 애…. 아니다. 이왕이면 예쁜 니키타가 낫겠…."

울컥 올라오는 감정을 꾹꾹 누르며 애써 농담을 던졌다.

"그냥… 좀 울지?"

연하가 안타까운 눈으로 나를 본다. 나는 고개를 저었다. 난 엄마 앞에서도, 연하 앞에서도 울 자격이 없다.

"내가 대신 울어줄까?"

연하가 농담처럼 가볍게 말했다. 나는 여전히 억지웃음을 지으며 고개를 저었다. 그가 반지 낀 손을 살짝 들어 보여준

다. 화면에 비친 그의 손을 꽉 잡고 싶었다. 그다음엔 안고
싶고, 그에게 달려가고 싶어질 테지. 연하를 보고 있을수록
누르고 있던 감정이 쿨렁쿨렁 넘어오려고 한다.

"나 일할래."

"전화할게."

전화를 끊고 손가락에서 커플링을 뺐다. 또다시 약속을
어긴 스스로에게 내리는 벌이다. 나는 서둘러 노트북 전원
을 끄고 의자에 기대 고개를 뒤로 젖혔다. 눈물을 참느라 온
몸이 시큰시큰 저려왔다.


그날 저녁, 영원 이모는 엄마에게 깜짝 이벤트를 선물했
다. 바로 일우 아저씨와의 데이트를 주선한 것이다. 엄마는
당황했지만 그가 이끄는 대로 호텔 스카이라운지에서 멋들
어지게 와인을 마셨다.

"여적 살며 이렇게 좋은 호텔 카페는 처음이에요. 안 믿
기지?"

엄마가 창밖으로 펼쳐진 근사한 야경을 보며 감탄사를 내
뱉었다.

"믿겨요. 나도 첨인데요, 뭐."

"정말?"

"아내 있을 땐 돈이 별로 없었어서. 지금은 뭐 좀 있지
만…."

"나도 돈 좀 있는데. 아끼다 똥 됐지만."

두 사람은 서로를 바라보며 웃다 다시 창밖으로 시선을 돌렸다.

"아… 진짜 좋다. 여기."

"손잡아봐도 돼요? 응원차…. 수술 잘 하시고 다시 보자고."

엄마가 어색하게 웃었다.

"그냥 다시 보면 되지, 왜 손을 잡아."

아저씨가 테이블 위에 놓인 엄마 손을 가만히 잡아주었다. 따뜻하지만 왠지 서글픈 느낌이었다. 하지만 아저씨는 끝까지 밝게 웃으며 '파이팅!'을 외쳐주었다.

깜짝 데이트를 마치고 아저씨가 엄마를 집 앞까지 데려다주었다.

"퇴원하면 전화해요."

아저씨는 아쉬운 듯 계속 엄마에게 눈을 맞춘 채 뒷걸음으로 걸었다.

"그러다 넘어진다. 퇴원하면 전화할게요."

엄마의 답을 듣고서야 아저씨가 활짝 웃으며 돌아섰다. 내가 집 앞에서 다 지켜보고 있는 것도 모르고 엄마는 오래도록 아저씨의 뒷모습을 보며 미소 지었다. 그러다 나를 발견하고 화들짝 놀란다.

"어이구, 깜짝이야!"

"저 아저씨 괜찮네. 근데… 너무 젊다."

"낼 오지, 뭐하러 왔어?"

엄마는 민망한지 말을 돌린다.

"엄마 감시하러. 오늘 들어오나 안 들어오나. 영원 이모 가 팁 주더라고, 엄마 오늘 안 들어올지도 모른다고."

"지랄…."

민망했던지 엄마는 나를 피해 얼른 집으로 들어가려 했다. 나는 엄마 어깨에 팔을 올리고 볼에 입을 맞추며 엄마를 놀렸다.

"둘이 이렇게 뽀뽀했냐?"

"아우, 왜 이래 얘가…."

"아까 그 남자분이랑 있을 때 엄마, 제법 여자 같더라."

"그럼 네 엄마가 뭐 여자지, 남자냐?"


다음 날, 엄마는 수술을 앞두고 필요한 검사를 받느라 온 종일 불려 다녔다. 저녁참이 되어서야 겨우 검사를 마치고 병실에 돌아온 엄마가 투덜거린다.

"무슨 검사를 하루 진종일 하고…. 사람 생으로 죽겠네. 근데 웬 일인실이야?"

"내 유산 좀 썼어. 이리 와."

내가 침대에 누워 부르자 엄마도 순순히 곁에 와 눕는다.

"좋으시겠어요. 유산 많으셔서. 근데 충남 언니랑 영원이는 왜 안 와? 정아 이모는 희자 언니한테 갔다 쳐도."

"수술 끝나고 올 거야. 내가 그러랬어."

"왜? 나 심심하게?"

"내가 엄마랑 단둘이만 있고 싶어서."

"둘이서 뭐하게?"

"얼굴 보게."

나는 옆으로 돌아누워 엄마 얼굴을 보며 웃었다. 엄마는 그게 민망해 벽 쪽으로 고개를 틀고 나는 다시 엄마 얼굴을 감싸 내 쪽으로 고정시켰다.

"뭐하는 짓이야 이게."

"뭐하는 짓이긴. 얼굴 보는 짓이지."

그러며 엄마 머리칼을 조심스럽게 쓸어 넘겼다. 내 손길이 싫지 않은지 엄마가 가만히 눈을 감는다. 하루 종일 이렇게 엄마 얼굴만 바라봐도 지루하지 않을 것 같다. 엄마는 할 말이 있는 듯 감았던 눈을 뜨고 나를 본다.

"완아, 만약에 엄마가…."

"엄마."

"어."

"우리 오늘은 그냥 이러고 자자. 더는 아무 얘기도 말고. 하고 싶은 얘기 있어도 참고. 수술 다 하고 엄마 깨면 그때 가서…."

"근데 완아…."

"엄마, 참아."

나는 엄마의 말을 막았다. 지금은 엄마가 하고 싶은 말을 듣고 싶지 않았다. '만약에…'를 대비한 그 말들을 나는 결코 듣지 않을 것이다. 그래야 그 '만약에…'가 실제로 일어나지 않을 것 같아서. 엄마가 못다 한 그 말 때문에 기어코 눈을 감을 수 없도록.

사랑은 내리사랑이라고, 부모가 자식을 더 사랑한다고 사람들은 말하지만, 그 말은 부모 된 입장에 선 사람이 한 말일 거다. 우리 자식들의 잘못은 단 하나. 당신들을 덜 사랑한 것이 아니라, 당신들이 영원히, 아니, 아주 오래 우리 곁에 있어줄 거라는 어리석은 착각. 아마도 그것이 아닐까.

# 이젠 울어도
## 돼

전화를 끊은 뒤 연하는 마음을 잡을 수 없었다. 당장 완이 어머니 수술도 걱정이지만 그걸 감당해내야 할 완이가 마음 쓰였다. 겉으론 단단한 척 강해 보이려 하지만 여리고 약한 여자였다. 연하는 약속을 지키지 못할 것 같다는 완에게 괜찮다고, 이해한다고 했지만 정작 완은 전혀 괜찮아할 여자가 아니었다. 자신을 자책하고 미안해하며 또 한 번 스스로를 괴롭힐 여자였다. 어머니 걱정만으로도 마음이 한짐일 텐데, 또 한 번 애인을 버렸다는 자책으로 더 큰 짐을 짊어질 완을 생각하니 마음이 무거웠다.

완이는 어떻게 생각할지 모르지만 연하는 그녀가 있어 견뎠다. 사고가 난 뒤 완이 떠났을 때 연하는 차라리 안도했다. 만약 완이 계속 남아 있었다면 연하는 모질게 그녀를 떼어냈을 것이다. 분명히 그랬을 거다. 그러고 나선 스스로를 망가트렸겠지. 그녀를 떠나보낸 걸 후회하면서, 때론 그럴 수밖에 없는 자신의 처지를 원망하면서.

흔히들 버림받은 사랑이 더 아플 거라 생각하지만 그건 사랑을 몰라서 하는 말이다. 사랑하는 이를 버리는 마음은 버림받는 것보다 더 아프고 고통스럽다. 연하는 완이 자신보다 더 힘든 사랑을 선택했다는 걸 잘 안다. 그래서 늘 짠하고 고마웠다.

물론 하루아침에 두 다리를 못 쓰게 된 연하에게도 그 시간은 지독한 고통이었다. 하지만 시간이 흐른 뒤 완과 '친구'라는 이름으로 영상통화를 나누게 되면서 연하도 조금씩 마음의 안정을 되찾았다. 두 사람은 마치 아무 일도 없었던 것처럼, 진짜 하고 싶은 말은 묻어둔 채 서로의 안부를 챙기고 농담을 주고받았다.

그러다 연하가 먼저 용기를 내 사고 얘기를 꺼냈고, 피하려고만 하던 완도 천천히 마음을 열었다. '나도 네 다리가 그리워.'라는 완의 말에 연하는 못 쓰게 된 자기 다리와 직면할 힘을 얻었다. 사고가 났던 곳, 완과 결혼식을 올리기로 했던 그 성당을 삼 년 만에 다시 찾아간 것도 그녀가 불어넣어준 용기 덕분이었다.

그리고 거짓말처럼 완이 슬로베니아로 찾아왔을 때 그는

적잖이 당황했다. 자신이 완의 사랑을 감당할 준비가 되어 있는지 의심스러웠다. 하지만 그건 순간의 기우였다. 그들은 삼 년 전의 불안한 연인이 아니었다. 어떤 경우든 서로를 감당하고 받아들일 만큼 완도, 연하도 강해져 있었다. 상황이나 현실이 그들을 배신한다 해도 두 사람은 서로에 대한 사랑을 믿었다.

연하는 밤새 고민하다 누나에게 전화했다.

"누나, 나 좀 도와줘."

이번엔 그가 달려갈 차례다. 완이 그에게 달려와 힘이 되어주었듯, 연하 또한 그녀에게 갈 수 있다는 걸 깨달았다.


아침 일찍 난희는 수술실로 들어갔다. 완은 그때부터 꼼짝도 않고 보호자 대기실을 지키고 있다. 벌써 다섯 시간째 마치 한자리에 굳은 듯 앉아 현황판만 노려보는 모습이 마치 벌을 서고 있는 듯 처연하다. 처음엔 잘될 거라 긍정적인 생각만 했는데 시간이 지날수록 자신도 모르게 초조해졌다. 태어나 한 번도 기도라는 걸 해본 적 없는 그녀였지만 누군지 모를 신에게 간절히 기도했다. 제발 엄마를 살려달라고, 제발 무사히 수술을 마치게 해달라고, 자신이 잘못했으니 용서해달라고 빌고 또 빌었다.

"완아, 좀 쉬지. 다섯 시간째 한 자세로… 힘들어. 의사가 여섯 시간 걸린다 했잖아."

"수술이 늦게 끝나도 그렇지만, 빨리 끝나는 것도 별로야. 그러니 어디 가서 좀 쉬어."

영원과 충남이 걱정했지만 완은 꿈쩍도 하지 않았다. 그렇게 뚫어져라 현황판만 보는데, 내내 '수술 중'이라고 적혀 있던 글자가 '수술 종료'로 바뀌었다.

완은 벌떡 일어나 엘리베이터로 달려갔다. 마침 문이 닫히고 있었다. 비상구를 향해 내달렸다. 조금 전 충남이 한 말이 불길하게 그녀를 따라붙었다. '수술이 빨리 끝나는 것도 별로야.' 완은 고개를 저으며 계단을 뛰어올랐다.

숨을 헐떡이며 겨우 수술실이 있는 층에 도착했을 때 비상구 앞에 휠체어 한 대가 멈춰 서 있었다. 연하였다! 완은 눈앞에 나타난 그가 비현실적으로 느껴져 순간 멈칫했다. 연하가 어떻게 여기에? 그는 언제나처럼 따뜻한 눈으로 그녀를 보고 있었다. 그의 눈은 '네 옆에 내가 있어. 두려워하지 마.'라고 말하고 있었다. 완은 어쩔 줄 몰라 그 자리에 멈춰 선 채 연하와 수술실을 번갈아 보았다. '연하야, 엄마가… 엄마가….' 그러다 결국 연하를 지나쳐 수술실 앞으로 달려갔다. 그 순간 그녀에겐 연하를 돌아볼 겨를이 없었다.

마침 의사들이 수술실에서 나오고 있었다. 완은 잔뜩 겁먹은 아이처럼 의사에게 다가갔다. 어떤 말이 나올지 긴장한 채 그의 입만 바라보았다. 의사는 피곤해 보이는 얼굴로 수술은 잘 마쳤다고, 다행히 예상보다 상태는 나쁘지 않았다고 했다. 순간 온몸을 조이고 있던 긴장이 풀리며 완이 휘청했다.

잠시 벽을 짚고 서 있던 완이 비상구를 향해 걸어갔다. 그 짧은 순간, 머릿속에서 수많은 엄마의 모습이 스쳐 지나갔다. 중국집에서 맥주를 뿌리며 장난치던 모습, 악을 쓰며 싸우던 모습, 사랑스럽게 웃던 모습, 약하게 무너지던 모습들이 소중하게 빛을 발하며 떠올랐다. 살아줘서 고마워, 잘 견뎌줘서 고마워 엄마. 그녀는 비로소 안도했다.

완은 비상구로 들어가자마자 벽에 기댄 채 고개를 떨어뜨렸다. 연하가 휠체어를 몰고 조심스럽게 다가왔다.

"… 완아."

연하가 가만히 그녀의 손을 잡았다. 그제야 완이 고개를 들어 그를 보았고, 스르르 주저앉으며 울음을 터트렸다. 그동안 꾹꾹 눌러 참았던 감정이 멈추지 않고 터져 나왔다. 이젠 됐다고, 이젠 마음 놓고 울어도 된다고, 다투어 풀려난 감정이 비상계단 통로를 쩌렁쩌렁 울렸다. 연하의 무릎에 머리를 묻고 완은 그렇게 아이처럼 엉엉 목 놓아 울었다.

# 사랑도 별거
# 아니네

희자는 새로 태어난 손주를 보기 위해 산후조리원을 찾았다. 정아와 성재, 석균과 함께였다. 산후조리원 응접실엔 산모와 아기를 만나고 있는 다른 가족들이 듬성듬성 눈에 띄었다. 희자도 곧 만나게 될 손주 생각에 마음이 들떴다. 하지만 온전히 기뻐할 수만은 없었다. 아침에 수술실에 들어간 난희의 소식을 아직 듣지 못했기 때문이다. 충남과 영원에게 전화해도 받지 않자 답답한 마음에 저마다 얼굴이 어두웠다.

그때, 아기를 안은 하늘과 민호가 응접실에 들어왔다. 잠시 그늘져 있던 네 사람의 얼굴이 아기를 보자마자 환하게 밝아졌다.

"어디서 이렇게 예쁜 게 나왔냐?"

"조막만 한 게… 아이고, 입이 있고 코가 있고 귀가 있고…. 하하하."

세 사람이 저마다 한마디씩 하며 웃는데, 희자는 떨려 아무 말도 못 하고 그저 아기를 가만히 보고만 있다. 겨우 마음을 가다듬고 희자가 아기를 안으려 손을 뻗자 석균이 막았다.

"안 돼. 주지 마. 너만 안 주는 게 아니라, 늙은이들 팔 떨려서 애 함부로 안으면 큰일 나. 떨어뜨리면 어쩔래."

사람이 몇 명이나 있는데 떨어뜨리냐며 성재가 핀잔을 주었지만, 석균의 말이 아주 틀린 것도 아니어서 희자는 아쉬운 듯 아기 얼굴만 들여다본다.

"네 시어머니 애기 잘 안게 네가 어떻게 해줘봐."

희자를 안쓰럽게 보던 정아가 하늘에게 손짓했다. 하늘이 아기를 희자에게 안겨주자, 민호가 뒤로 가서 희자와 아기를 한꺼번에 안았다. 잠깐 불안해하던 희자도 곧 민호의 든든한 팔에 마음이 놓여 아기를 안고 활짝 웃는다.

"엄마, 되게 되게 되게 예쁘지?"

"예뻐."

"어머니, 애기 이름 지어주세요."

"너희들이 지어. 좋은 걸로, 예쁜 걸로. 근데 이렇게 예쁜 애한테 어울리는 이름이 있을까 모르겠다."

희자는 다시 아기 얼굴을 물끄러미 바라본다. 입술을 오물거리는 아기 얼굴이 감격스럽고 사랑스럽다. 그녀는 난희도 이 아기를 보면 이뻐라 했을 건데, 싶어 짠한 마음이 들었다.

집으로 돌아와 저녁을 먹은 뒤 희자는 옷을 갈아입고 거실로 나왔다. 그녀는 거실에 나란히 깔린 이불 두 채와, 주방에서 설거지하는 성재를 번갈아 본다. 성재는 돌아갈 생각이 없는지 이부자리를 깔아놓고 설거지까지 도맡아 하고 있다.

"안 가요?"

"민호 말 못 들었어? 오늘 제 친구들이 애 보러 오니까, 저는 하늘이 곁에 있어야 된다고 나보고 집에서 엄마 곁에 꼭 좀 계셔달라고 한 말. 딱 꼬집어서 나. 정아 씨랑 석균 형님도 있는데 딱 꼬집어 나보고 그랬잖아."

설거지를 마친 성재가 물 묻은 손을 바지에 문지르며 의기양양 말했다. 희자는 소파에 앉아 텔레비전을 켜는 그를 물끄러미 보다가, 이불 한 채를 방으로 질질 끌고 갔다.

"민호가 네 곁에 꼭 있으랬다. 딴 방이 아니라 꼭 네 곁! 안 건드려. 이불 거기 놔."

"정아는…."

"집에 갔지. 네 옆에는 내가 있으니까."

희자는 다시 이불을 질질 끌어 제자리에 놓고 소파에 앉았다.

"엄마가 멀쩡할 땐 남자랑 있음 기겁을 하더니 이젠… 남자랑 있어도 상관없네, 민호 그 개놈이."

민호에게 서운해 중얼거리는 소리를 듣고 성재가 껄껄 웃는다.

늦게까지 텔레비전을 본 뒤, 두 사람은 잠자리에 들었다. 한참 누워 있어도 잠이 오지 않자 희자가 성재를 불렀다.

"자, 성재 씨?"

"안 자."

"근데 왜 눈 감고 있어?"

"그냥."

성재가 눈을 뜨고 다정하게 웃었다.

"왜, 할 말 있어?"

"성재 씨… 나 걷고 싶어."

희자가 칭얼거리듯 말했다. 성재가 가만 보다가 이불 속에서 손을 꺼내 희자에게 내밀었다. 같이 나가자는 뜻인가 싶어 희자가 조심스레 손을 내밀자, 성재는 그 손을 꼭 잡고 웃기만 한다.

"밤에 걷는 건 안 돼, 희자야."

"사랑하면 해줄 수 있지 않아?"

"사랑해도… 안 돼, 밤엔."

단호한 그의 말에 희자는 잡은 손을 뿌리치고 등을 돌려 누워버린다.

"그럼 사랑도 별거 아니네."

서글프게 중얼거리는 희자를 성재가 짠하게 바라본다. 그녀가 원하는 밤 산책이 성재라고 싫을 리 없다. 그보다 더한 것도 그녀를 위해서라면 해줄 수 있다. 하지만 밤 산책이 습관이 되면 희자에게 좋지 않다. 성재는 안타까운 마음에 희자의 등을 조심스럽게 토닥여주었다.

# 둘 사랑이 깊고
## 예쁘더라

"참내… 서너 시간을 계속 저기 혼자 있다가 이제 가네."

충남이 창밖을 내다보며 한숨을 쉬었다. 연하가 휠체어를 몰고 병원을 빠져나가고 있었다. 그는 내내 완을 기다리다 해가 뉘엿뉘엿 지는 지금에야 돌아가는 중이다.

"대단하다. 저 몸으로 그 먼…. 어디라 그랬지?"

영원이 따뜻한 눈길로 연하의 뒷모습을 쫓으며 답했다.

"슬로베니아."

"멋지네. 거기서 여기까지."

"예쁜 청춘이다."

영원이 맑게 미소를 지었다. 충남은 쓸쓸해 보이는 연하의 뒷모습에 마음이 불편하다.

"완이 나오라 그럴까? 저렇게 그냥 가게 하는 건 아닌 거 같은데…."

"됐대. 엄마 옆에 있겠대. 대신 우리가 봐주자."

당장이라도 병실로 들어갈 것 같던 충남이 영원의 말에 고개를 끄덕이며 다시 창밖을 본다.

"너무 멋진 애가 어쩌다… 뜨겁게 사랑했나? 아니, 했나가 아니라 아직도 하는 중인가? 여기 온 거 보면."

"언니도 다음 생에 태어나면 멋진 놈 만나 뜨겁게 사랑하고 사랑받고 살아. 아니다. 사지 멀쩡한데 지금이라도 해라."

"늙어갖고 남들 보면 웃어."

"그럼 남들 안 보게 해."

며칠 만에 실없는 농담을 하며 두 사람이 킬킬 웃음을 터트렸다.


며칠 뒤 난희가 기력을 회복했다는 소식에 정아와 석균, 그리고 쌍분이 기다렸다는 듯 병실로 달려왔다.

"그게 첨에는 간에 암 덩이가 내 주먹만 했대."

"쯔쯔쯔쯧. 어째, 어째."

난희의 설명을 들으며 정아가 안쓰런 맘에 혀를 찼다.

"의사가 아주 대놓고, 그만한 암이 간이랑 폐에 딱 달라붙어 있다 그러면서, 열어봐서 임파선까지 싹 다 퍼졌음 못 산다고, 죽을 거라고, 살 확률이 이십도 안 된다고. 내가 그 말에 손이며 입이 덜덜덜덜…."

난희가 두 팔을 들고 덜덜 떠는 시늉을 하자 정아가 얼굴을 찌푸리며 속상해했다.

"그런 말을 들으면 나 같아도 그러지. 손하고 입이 아니라 간까지 덜덜덜덜…. 뭔 그런 말을 해."

"그러게. 뭐 그런 말을 하는 개의사 놈이 다 있어?"

가만히 듣고 있던 석균도 맞장구를 쳤다. 침대맡에서 난희 손을 주무르던 쌍분도 부아가 치미는지 인상을 팍 구기며 욕을 내뱉었다.

"개놈이 아니여, 그놈은. 쌍놈이야! 대가리를 도끼로 부숴버릴 놈! 내가 힘만 있으면 그놈 살가죽을 벗겨 빨랫줄에…."

난희는 자기 병에 대해 마치 무용담을 늘어놓듯 이야기를 이어갔다. 배를 열어보니 야구공이 아니라 밤톨이었다느니, 자기 몸속 암은 좋은 놈이었다느니 하는 이야기들이었다. 물론 암이란 게 쉬운 병이 아니니 좋아하기엔 이르지만 큰 산 하나는 넘은 셈이었다.

다음 날엔 전날 못 왔던 희자와 충남, 영원, 성재, 기자까지 병실로 몰려들었다. 덕분에 휑하니 넓게 느껴졌던 일인실이 바글바글 시끌벅적해졌다.

"내가 그 늙은이보고 콜라텍 오지 말라고 그런 게 아니

야! 만약 내가 그랬으면 그 늙은이가 내 모가질 비틀어도 나
할 말 없어!"

기자는 병실에 들어서기 무섭게 또 신세 한탄을 시작했다.

"자기가 인기가 없으니까 안 온 거라고! 콜라텍 왔는데,
수백 명 할망구 중에 단 한 할망구도 자기 손을 안 잡아주니
까. 그런데 나가서는 사람들한테 내가 오지 말랬다고. 내가
언제 저를 오지 말랬어, 내가 언제!"

"못돼 처먹었네, 그 늙은이."

영원이 언제나처럼 다정하게 기자 편을 들어줬다.

"내가 진짜 먹고살 게 없어서 거길 나가긴 하지만, 내가
원래부터 돈이 없었냐? 나 남편 살아선 돈 꽤 있었어. 내 아
들 이혼 전엔 내 아들도 나도 잘나갔어! 근데 지금 내 팔자
가…."

"속상하겠네. 근데 언니, 지금 난희가 암 수술했잖아."

"맞아, 지금 그 누구도 난희 앞에서 팔자타령은 아냐."

영원과 충남이 한마디씩 하며 기자를 말렸다. 그러나 기
자는 옷자락을 당겨 코를 풀더니, 언제 울었냐는 듯 딴소리
를 한다.

"야, 근데 난희야, 이 병실 얼마니? 비싸지? 나도 이런 병
실에 누울 수만 있다면 지금 당장 암 걸려 죽어도 소원이 없
겠다!"

그 말에 모두 경악해 얼굴을 찌푸렸다.

"야! 너는 무슨 그런 말을 하니?"

정아가 어이없어 그녀를 나무랐다.

"언니, 그러는 건 아니지."

"할 말이 있고 못 할 말이 있지. 지금 그게 말이야 똥이야?"

충남도 영원도 기가 차 한마디씩 거들자 기자는 자신이 한 말은 생각도 않고, 서운한 듯 버럭 소리를 질렀다.

"야, 나는 그냥 부럽다 소리야! 수술도 잘 되고, 친구들 다 와서 간병해주고, 돈 많고, 딸도 있고…."

"그래도 그렇지. 아픈 사람한테 와서 암 걸려 죽고 싶다니, 그게 말이 돼!"

충남이 목소리를 높였다.

"너무 부럽잖아. 근데 너희들, 특히 충남이하고 영원이 몸조심해. 너희들은 피붙이 없어서 아프면 그길로 저승이야. 말이야 바른말로, 아프면 돈보다 돌봐줄 피붙이 아니니? 모르긴 몰라도 너희들은 병 걸리면 아마 그 자리에서 앉아 죽을걸!"

기자 말에 모두들 어이없어 입을 다물지 못하는데 충남이 똑소리 나는 콧방귀로 응수했다.

"내가 언니 꼴 보기 싫어서라도 앉아선 안 죽어. 서서 죽지."

내내 듣고만 있던 쌍분도 참다못해 욕을 해댔다.

"저년은 미치지도 않고 번번이 미친 짓이야, 저거… 새파랗게 젊은 년이."

"엄마, 새파란 건 아니다."

모두가 그렇게 와자하게 떠들고 웃는 동안에도 희자는 저 혼자 어리둥절한 표정이었다. 사람들의 얼굴을 꼼꼼히 살피던 희자가 정아를 툭툭 친다.

"저 사람들 다 누구야?"

"다 네 친구잖아, 네 친구."

정아가 손을 잡으며 찬찬히 일러주었지만 희자는 다시 사람들에게 눈길을 던지며 고개를 갸우뚱했다.


다시 며칠이 흘러 난희가 퇴원해 집으로 돌아왔다. 역시 집이 최고다. 불편할 거 없는 병원이었지만 답답하기도 하고 괜히 의기소침하기도 했다. 그녀는 저물어가는 창밖을 담담히 바라보았다. 무사히 집으로 돌아와 바라본 풍경은 애틋했다.

"완이가 다 쓸고 닦았다던데? 늙은이가 앉아서 그러면 힘들어. 청소기로 했음 됐어."

충남이 쭈그리고 앉아 걸레질하자, 영원이 그냥 쉬라며 차를 내왔다. 충남은 영원이 가져온 차를 마시며 편하게 묻는다.

"그래서, 완이는 연하라는 애 만나러 갔니?"

영원이 차를 마시다 깜짝 놀라 캑캑거렸다.

"언니!"

"뭔 소리야? 연하가 왔어?"

난희가 묻자 영원은 한숨을 쉬며 차만 마셨다.

"엎어진 물이야. 네가 안 하면 내가 할 거라고."

충남은 작심을 하고 꺼낸 말이었다. 영원이 어쩔 수 없이 난희와 눈을 맞추고 담백하게 말한다.

"어, 왔대. 그리고 아마 갔을걸."

"얼핏 봐도 둘 사랑이 깊더라. 그냥… 깊더라고. 예쁘고. 완이 곁에 누가 있는 게 보기 좋더라고."

충남은 자신이 느낀 대로 솔직히 털어놓았다. 대놓고 둘의 사랑을 응원하는 말이었다. 난희는 더 듣고 싶지 않아 벌떡 일어나 방으로 들어가버렸다. 영원은 그럴 줄 알았다는 얼굴이다.

"허락 안 할걸?"

"그건 우리 소관 아니고."

충남은 덤덤한 기분으로 다시 차를 마셨다.


완이 외출에서 돌아왔을 땐 영원과 충남이 돌아간 뒤였다.

"이모들은 왜 갔어?"

완이 옷을 갈아입으며 묻자 난희는 한쪽에 놓인 완의 가방을 물끄러미 바라보며 건성으로 답했다.

"이모들도 일 많은데 일 봐야지. 맨날 나한테 들러붙어 있음 돼? 희자 언니랑 나 돌보러 다니다 언니 오빠들까지 병나게 생겼어."

"나 먼저 씻을게."

완은 화장실로 들어가다가 다시 난희에게 와 볼에 입을 맞추고 웃는다.

"장해! 수술도 잘 하고. 예뻐. 우리 항암도 잘 하자. 파이팅!"

주먹을 불끈 쥐고 완이 예쁘게 웃자 난희는 애써 맞장구를 쳐준다.

"파이팅!"

완이 화장실에 들어가자 난희가 완의 휴대폰을 꺼내 전화번호부에서 연하의 번호를 찾았다. 충남이 했던 말이 자꾸 떠올랐다.

'얼핏 봐도 둘 사랑이 깊더라. 그냥… 깊더라고. 예쁘고. 완이 곁에 누가 있는 게 보기 좋더라고.'

난희는 연하 전화번호를 한참 바라보다 휴대폰을 다시 완의 가방에 넣었다.

# 이제 정말 그건
# 꿈이네

희자는 난희의 퇴원 소식을 듣고 서운함이 차올랐다.

"모두들 나한테 이러는 건 아니지 않니? 어떻게 내가, 다른 사람도 아니고 네 엄마 난희가 암 수술을 했는데 거길 못 가봐? 내가 죽었니? 내가 치매라는 건 나도 인정해. 그런데 이모가 네 엄마 병실도 못 갈 정도는 아니야. 완아, 안 그래?"

그녀는 지난번 병문안 간 걸 기억하지 못했다.

"아닌데. 이모 엊그제 병실에 왔는데. 진짜 오셨어요. 그래서 나랑 반갑게 부둥켜안고 그랬는데. 내가 볼에 뽀뽀도 했어요. 그때. 다 왔지. 정아 이모, 충남 이모, 석균 아저씨, 성재 아저씨, 기자 이모… 전부 다."

완이 차분하고 따뜻한 목소리로 대답했다.

"애가 왜 이래? 내가 언제 거길 가! 너도 내가 치매라고 놀려? 없는 말 지어내고 왜 그래, 진짜! 난 난희 병원에 간 적이 없어!"

그때 민호가 나와 전화기를 빼앗았다.

"누나 미안. 전화 끊을게."

민호는 전화를 끊고 희자를 다독인다.

"엄마, 이제 자자."

희자는 자신이 난희 병문안을 갔었나 싶어 순간 멍해졌다. 그러다 뭔가 떠오른 듯 안방으로 가 조심스레 문을 열었다. 하늘이가 아기를 안고 자는 모습을 가만히 보던 희자가 어느새 따라온 민호를 돌아보았다.

"애기 왔지? 삼 일 됐는데 기억나지?"

"… 난희 병실에도 내가 갔나?"

"어."

희자는 속상해하는 아들 얼굴을 보고서야 자신이 또 기억하지 못했다는 걸 깨달았다. 그녀는 다시 잠든 아기를 가만히 보다가 안방 문을 닫았다.

"나는 방엔 들어가면 안 돼. 애기 놀래니까. 내가 실수로 확 어떻게 할 수도 있고. 이층도 안 돼. 내려오다 넘어지니까. 난 거실에서 자."

희자가 또박또박 말하고는 거실에 깔아놓은 요 위에 누웠다. 민호가 옆에 다가와 앉으며 이불을 덮어주었다.

"민호야, 엄마 약 잘 먹으면 치매 더 심하게 안 되지? 너도 의사가 하는 말 들었지? 엄마 지금은 많이 안 이상하지?"

"그럼, 그럼."

민호가 고개를 끄덕이며 안심시키려 했지만 희자는 기운이 빠지는지 졸립다며 눈을 감아버렸다. 민호가 희자 손을 꼭 쥐었다.

"엄마, 곧 치매 완치하는 약이 나온대. 그리고 지금도 약 먹으니까, 엄만 더 나빠지지 않을 거야. 그러니까 엄마… 너무 걱정 마."

민호가 어른스럽게 다독이는 말에도 희자는 생각 많은 얼굴을 풀지 않았다.

새벽녘, 민호가 깊이 잠든 걸 확인한 희자가 거실 구석에 쪼그려 앉아 전화를 걸었다.

"그게 충남아… 내가 다른 게 아니고…. 너는 치매 요양원 좋은 데 알지? 안 비싸고 좋은 데. 거기 나 좀 데리고 가면 안 돼?"

희자 목소리는 안쓰럽고 애처로웠다.


다음 날, 충남은 희자를 데리고 한 요양병원을 찾았다. 충남이 방문 허락을 받는 동안 희자는 환자들이 산책하거나 얘기하며 웃는 모습들을 살피고 있었다. 잠시 뒤 충남이 희자에게 돌아왔다.

"언니, 허락받았어. 우리 둘이 조용히 다니면 된대. 우리 이모 두 분이 여기 계셨거든. 내가 여기 싹 다 아니까 설명해줄게."

충남이 다정하게 말하며 희자 손을 잡는다. 요양원은 깔끔하고 평화로워 보였다. 층마다 마련된 강의실에선 노인들이 그림을 배우거나 동요를 따라 불렀고, 환자들이 생활하는 공간에서는 책을 읽거나 잠을 자는 등 한가롭고 자유로운 모습이었다.

"언니, 이제 일인실만 구경하면 다 하는 건데…. 나는 솔직히 그래. 언니가 하도 데려가라, 데려가라 하니까 데리고 오긴 했지만 언닌 이런 데 올 필요 없어. 여긴 노인장기요양 삼 등급부터 와. 근데 언니는…."

"일인실은 어디야?"

희자가 편하게 웃으며 그녀 말을 끊었다. 충남이 손가락으로 앞쪽을 가리켰다.

"다 왔어. 저기."

일인실은 침대와 작은 책상, 작은 창이 있는 방이었다. 희자는 방을 쓱 둘러보더니 창가로 가 창문을 열려 했다. 하지만 안전장치가 되어 있어 고작 손가락 두어 마디쯤만 열리고 그만이었다.

"이제 다 봤으니까 가자 언니."

충남이 재촉했지만 희자는 침대에 앉아 위아래로 몸을 흔들며 쿠션을 확인했다.

"침대도 괜찮네."

그때, 요양원 환자복을 입은 할머니가 방으로 들어와 희자를 보고 히죽 웃었다.

"할머니, 여기 왜 오셨어요?"

충남이 놀라 살짝 경계하며 물었다.

"그 할머니 아까부터 나 따라왔어. 냅둬, 친구 하게."

"뭔 소리야. 일어나. 가게."

충남이 정색을 했다. 따라 들어온 노인이 희자에게 사탕하나를 주고 수줍게 웃으며 방을 나갔다. 희자는 사탕을 물끄러미 보다가, 충남의 주머니에 사탕을 찔러 넣었다.

"난 안 가. 나랑 있으면 민호, 하늘이 다 고생이야. 애기랑 저희들끼리만 잘 살게 냅두고 싶어. 충남아, 언니 여기 냅둬."

희자가 충남을 보며 환하게 웃었지만 이미 눈시울이 붉어지고 있었다.

"평생 남 피해 안 주고 지금껏 살았는데… 언니 도도하게 여기 있다 갈래. 맘에 꼭 들어."

희자가 애써 히히 하는 웃음소리를 내고 창가로 고개를 돌렸다. 충남은 이런 결정을 한 희자 마음을 충분히 이해했다. 만약 자신이 치매에 걸렸어도 조카 놈들을 위해 기꺼이 요양원을 택했을 것이다. 아직은 아니라 해도, 자신의 말년 또한 이것과 크게 다르지 않을 것이다. 하지만 이해한다고 해서 아프지 않은 건 아니다. 이해하기에 충남은 말리지도, 잘했다고도 못 하고 그저 눈물만 삼키며 희자를 꼭 안았다.

"언니⋯."

"정아랑 놀러 와. 영원이 난희 데리고. 우리 다 같이 살면 좋았을 건데⋯ 이제 정말 그건 꿈이네."

"쉬쉬⋯. 언니 말하지 마. 말하지 마⋯."

충남은 이를 악물고 눈물을 참았다. 자신이 울면 희자의 도도하고 멋있는 배려가 초라하고 볼품없는 신파가 되어버릴까 봐.


희자가 제 발로 요양원에 걸어 들어간 그날 밤, 집에선 세 아들이 언성을 높이며 다툼을 벌였다. 차라리 잘된 일이라는 형들의 태도에 민호는 울분을 터트렸다.

"형 그거는 아니지! 엄말 거기에 두고 내가 맘이 편하냐? 내가 왜 못 모셔! 내가 왜 못 모셔!"

민호는 가슴을 퍽퍽 치며 악을 썼다. 하늘이는 안방에서 아기를 안고 형제들의 대화를 듣고 있었다.

"네가 못 한다는 게 아니잖아."

"엄마가 여기 있으면 안 편하시다잖아!"

형들 말은 더 들을 필요도 없었다.

"엄마는 요양원 갈 만큼 중증 치매가 아니라고! 나랑 같이 사는 데 문제없다고! 나 갈래!"

"이 밤에 어딜 가! 엄마랑 병원이랑 통화했잖아. 거기 안전히 계시다고. 일단 우리끼리 하던 말 끝내고…."

"무슨 말을 끝내, 무슨 말을!"

민호가 다시 제 가슴을 치며 소리쳤다. 몇 시간째 같은 말만 반복할 뿐, 의견은 좁혀지지 않고 점점 언성만 높아졌다.

희자 소식을 접한 정아도 억장이 무너지는 심정이었다. 억장뿐 아니라 온몸의 기운이 쭉 빠져 손가락 하나 움직이기도 힘들었다.

"그게 기어이 제 고집대로…. 내가 달려가 데리고 와야 하는데… 기운이 없네."

"일단 누워. 내일 가. 모레 가든가."

정아 걱정에 달려와 있던 석균이 베개를 밀어주며 툭툭 두들겼다. 정아가 힘없이 베개를 베고 누워 눈을 감았다. 그러자 석균이 정아의 다리를 주무르기 시작했다. 정아는 없는 기운에 차마 눈도 못 뜨고 축 처진 목소리로 말했다.

"누워. 당신도 힘들어."

"내일은 병원 가서 영양제 하나 맞아. 며칠째 영 기운을 못 차리고 왜 그래."

석균이 걱정하자 정아가 힘겹게 고개를 들어 그를 본다.

"영양제 맞을 돈 들 건데?"

"쓰고 죽어."

통명스럽고 무뚝뚝하지만 애정이 담긴 말에 정아가 작게 미소 지었다.

# 우리들의
# 러브 스토리

소파에 누워 있던 난희가 몸을 일으키자 거실 테이블에서 글을 쓰던 완이 화들짝 놀라 일어났다.

"엄마 왜, 뭐 줘?"

"물 마시려고."

난희가 말을 마치기도 전에 완이 주방에 가 물을 한 컵 가져온다. 난희는 그게 영 편치 않다.

"내가 그냥 마시면 되는 걸 뭐하러…."

"수술했잖아."

한창 글에 몰입해야 할 완이 자신의 일거수일투족에 매여 있는 게 안쓰럽고 속상했다. 다시 노트북 앞에 앉아 글을 쓰는 완을 가만 보던 난희가 일어났다.

"어디 가?"

"내가 이 좁은 집구석에서 화장실 아니면 안방이지. 지금 몸이 이런데 뭐 밖을 나가겠니? 일을 나가겠니?"

속상하고 답답한 마음에 난희가 버럭 성질을 부렸다.

"왜 화를 내?"

완이 웃으며 묻는다. 전 같으면 바락바락 소리 질렀을 딸이 이렇게 속없이 웃기만 하는 것도 그녀는 속상하다.

"네가 화나게 하잖아! 아침부터 저녁까지 온통 나만 보고 앉았고, 글도 대충 쓰는 거 같고, 이제 가게에 슬슬 가봐도 되는데 못 나가게 하고…. 네 엄마가 하루 이틀 아플 거냐? 이제 평생을 아플 건데, 사람 꼼짝 못하게 애면글면…."

"언제는 엄마한테 신경 좀 쓰라며. 아, 맞다!"

완은 할 일이 생각난 듯 휴대폰을 꺼내 전화를 걸었다.

"상숙아, 난데, 오늘 양배추 아저씨 결재해달라고 전화했던데, 너 결제해줬니? 야, 그런 건 네가 알아서 해줘야지! 아저씨가 엄마한테 전화했잖아! 지금 암 수술한 우리 엄마가 그런 거까지 신경 써야겠니, 기지배야!"

완은 난희 몫이었던 가게 일까지 신경 쓰고 있었다. 난희는 속상하고 화가 나 안방으로 들어갔다. 그때 영원이 장을 봐서 막 현관으로 들어섰다.

"왜 문을 열어놔!"

완이 통화를 하며 입 모양으로만 엄마가 방에 있다고 알려주었다. 영원이 안방 문을 열자 난희는 벽에 기대앉아 심술 난 아이처럼 입꼬리를 축 늘어뜨리고 있었다. 영원이 옆에 다가가 앉으며 조심스레 물었다.

"아파?"

"나 항암이 육 회차밖에 안 되면 아주 좋은 상태 아니냐?"

"뭔 말이 하고 싶으세요?"

"항암 때 많이 힘든가? 수술보다 더? 그래도 육 회차면…."

"육 회차라도 경과에 따라 일 년 이 년도 가. 내가 겪어보니 암은 평생 간다고 봐야겠더라. 기대 내려놔. 희망은 갖고."

영원은 이제 막 항암 치료를 시작하는 친구가 조바심을 내다 지레 지치지 않도록 담백하게 대답했다. 난희는 곰곰이 생각하다가 휴대폰을 들어 연하에게 전화를 걸었다. 그동안 내내 생각하고 있던 일이었다.

"연하니? 난 수술 잘 하고 괜찮지. 근데 너 아직 서울이니?"

난희가 연하와 만날 약속을 하고 전화를 끊자 영원은 놀라기도 하고 걱정스럽기도 했다.

"연하는 왜 보려고?"

"왜 보긴… 그냥 보는 거지."

"그냥 뭐하러 봐? 보려면 완이랑 같이 보던가. 완이한텐 말도 안 하고 몰래."

영원은 난희의 속내를 알 수 없어 답답했다.

"아, 몰라. 그냥 한 번은 제대로 봐야 할 거 같아서…."

여전히 영원 얼굴에 걱정이 가득하자 난희가 웃었다.

"동진이 때처럼 머리 안 뜯어. 걱정 마."

"그건 믿지. 수술한 년이 뭐 힘이 있냐?"

영원은 완과 연하가 서로 얼마나 아끼고 사랑하는지 알기에 마음이 복잡해졌다.


다음 날, 난희는 착잡한 마음으로 약속 장소에 나갔다. 연하는 사진이나 영상으로 보던 것보다 훨씬 건강해 보였다. 제법 까무잡잡하게 탄 얼굴이 계집애처럼 곱상하던 외모에 남자다운 티를 풍기게 했다.

연하는 직접 커피를 주문해 테이블로 가지고 왔다. 난희는 그 모습을 가만히 바라보고 있었다. 솜씨가 제법이다 싶으면서 한편으론 안쓰러웠다.

연하가 차를 내려놓았다. 난희가 조심스럽게 차를 받아 들자, 이번엔 연하가 가만히 그녀를 본다. 난희는 시선을 피해 창밖을 바라보며 차를 한 모금 마셨다. 연하는 찻잔을 쥐고 있는 난희의 조그마한 손이 어쩐지 안쓰럽게 느껴졌다. 혼자 완이를 키우고 집안 식구들을 건사했던 삶의 무게를 저 작은 손이 감당했겠구나 싶었던 것이다.

"근데… 넌 왜 여적 여자 안 만났어? 다리 아파서 여자들이 싫대?"

난희가 단도직입적으로 묻자 연하가 웃음을 터트렸다.

"제가 싫죠. 다른 여자들은."

난희는 이 녀석 제법이다 싶었다. 웬만하면 주눅이 들거나 자격지심에 화를 낼 수도 있는데 연하는 자신만만했다. 연하의 눈길이 다시 난희 손에 머무른다.

"왜, 내 손에 뭐 묻었냐? 자꾸 보게."

"그냥요. 너무 작아서."

제법 따뜻한 눈길로 사람을 볼 줄도 안다. 난희는 연하의 결 고운 심성이 느껴졌다. 다리 아픈 것만 빼곤 어디 하나 부족한 것 없이 탐나는 아이다.

"서울에 부모님은 건강하시고?"

"네."

"다행이네. 참, 너 돈 많이 버니?"

연하가 다시 호탕하게 웃는다.

"적당히요."

"나 속물 같지?"

난희가 민망한 듯 웃으며 찻잔을 내려놓자 연하가 조심스럽게 손을 잡는다.

"수술 잘 돼서 정말 다행이에요."

난희는 마음이 짠해 고개를 돌리다 연하가 손가락에 끼고 있는 반지를 보았다. 얼마 전까지 완이 끼고 있던 것과 똑같은 반지였다. 난희는 연하의 손을 더 꼭 잡았다.

"남자 손이 너무 곱다. 그림 그리는 사람 손이라 그런가? 오늘… 슬로베니아 간댔지? 조심히 가."

난희 목소리는 그 어느 때보다 따뜻했다.


완은 엄마 대신 가게에서 일을 거들다 연하의 전화를 받았다. 연하는 늘 그렇듯 다정한 목소리로 오늘 돌아간다는 말을 전했다.

"그렇구나. 지금 가는구나. 난 가게야. 나 투잡이잖아. 글쟁이, 잘나가는 가게 점원. 장사는 끝났어. 나도 이제 가려고 하는데 네 전화가 왔지."

그녀는 애써 담담하게 말했다.

"왜 그동안 전화 안 했어?"

"글쎄… 왜 전활 안 했을까. 아마도… 너한테 매달릴까봐. 가지 말라고."

완은 그가 이토록 가까운 곳, 바로 옆에 와 있는데도 그에게 해줄 게 아무것도 없었다.

"잡지. 그럼 잡힐 건데."

"안 잡아도 못 잡아도… 무지… 사랑은 해."

"잘 지내. 이번에 알았는데, 나도 여기 올 수 있더라고. 네 덕분에 자신감이 더 생겼어. 내가 무언가를, 지금보다 훨씬 더 할 수 있다는."

"그러게. 멋지더라."

그녀는 그가 병원에 나타났던 순간을 떠올렸다.

"많이 사랑한다, 박완."

"… 기다리지 마."

완은 마음이 아프지만 그렇게 말할 수밖에 없었다.

"안 기다려. 그냥… 있지. 전화 끊어. 나 곧 공항이야."

연하와 통화를 마치자마자 완은 곧장 엄마에게 전화를 걸었다. 연하에게 달려가고 싶은 마음을 다잡기 위해. 자신의 감정에 틈을 주지 않기 위해.

"엄마, 어디? 영원이 이모랑 있는 거 맞지? 다행이다. 나는 엄마 혼자 있나 해서. 미안해요, 집착해서. 아이고, 진짜… 되게 그런다."

아무렇지 않은 척 말하고 있지만 그녀 눈에선 눈물이 흐르고 있었다.

## 인생이란 얼마나
## 잔인한가

엄마가 할머니 집을 찾았을 때 밭일하는 인봉 삼촌 옆엔 자끌린이 꼭 붙어 있었다. 두 사람은 뭐가 그렇게 좋은지 일하는 내내 웃음이 끊이지 않았다. 할아버지도 엄마도 덩달아 기분이 좋았다. 하지만 할머니는 묵묵히 마늘만 깔 뿐 표정이 없었다.

"잘 어울리네. 애가 순해 보인다. 다음 달에 결혼하려면 방 도배해야겠네."

엄마가 그렇게 운을 떼도 할머니는 아무 반응을 보이지 않았다.

"엄마, 서운해? 인봉이 장가보내서?"

엄마가 할머니 눈치를 살피며 물었다.

"짐 덜었지 뭐. 이제 죽어도 여한 없어."

엄마는 할머니를 가만 보다가, 이내 입을 열었다.

"엄마, 완이한테 남자가 있어."

할머니가 마늘 까던 손을 멈췄다.

"근데 다리가 많이 아프네. 인봉이보다 심하게. 두 다리 다 못 써. 그래도 뭐… 농사는 안 지으니까."

"그런 놈한테 어찌 완일 줘. 주지 마."

삼촌을 생각해서인지 할머니 목소리엔 힘이 빠져 있었다.

"나도 그럴라 했는데, 나는 끔찍한 암 환자인데도 엄마 노릇 하면서… 걔는 장애인이래도 목숨엔 지장 없는데 왜 남편 노릇 못하나 싶더라. 근데 걔가 다른 나라 먼 데 있어. 거기 직장이 좋은가 봐. 장애인 살기도 좋고."

할머니는 속이 상해 까던 마늘을 내려놓고 엄마를 보았다.

"보내지 말어."

"안 보내면? 그냥 끼고 살면서 옆에서 처녀 귀신으로 늙혀 죽여, 딸년을? 그럴까, 콱?"

엄마는 밝게 웃으며 농담을 했다. 할머니도 차마 더는 반대할 수 없었다. 그날 엄마는 이미 나를 연하에게 보내려고 마음먹고 있었다. 나는 엄마가 비행기 티켓까지 끊어놓았다는 걸 그 다음 날에야 알았다.

다음 날, 엄마는 급한 일이 있는 것도 아닌데 할머니 집에서 택시를 타고 왔다.

"내가 빨래만 하고 데리러 간다니까 왜 택시를 타고 와. 다음 주 항암 들어가려면 컨디션 챙겨야 하는데….”

내가 타박하는데도 엄마는 그러거나 말거나 냉장고에서 물을 꺼내 마셨다. 엄마가 내 오피스텔을 훑어보더니 의아한 표정을 지었다.

"연하 사진은 왜 다 없앴냐?"

"어제는 잘 잤어?"

나는 말을 돌렸다.

"너 없으니 잠이 더 잘 오더라."

"내가 좀 좋아해주니까 튕기냐?"

나는 농담을 던지며 엄마 집에 가기 위해 짐을 챙겼다.

"어젠 소설 썼어?"

"가게 장부 정리했어. 희자 이모 단락 써야 되는데 맘 아파 잘 안 써지네."

엄마도 이모 생각을 하는지 얼굴을 살짝 찡그렸다. 그러고는 침대에 걸터앉아 나를 가만히 본다.

"엄만 다음 달 항암 하면, 전문 간병인 있는 요양원 들어가서 할까 봐."

"엄마 병원에 있을 때 내가 간병인 교육 다 받았어. 남보다 내가 나아. 쓸데없는 말 마."

또 무슨 똥고집을 부리려나 싶어 내가 엄마에게 눈을 흘겼다. 엄마는 자리에서 일어나 가방에 들어 있던 종이를 꺼내 내 앞에 놓았다.

"내일 연하한테 가."

무슨 소린가 싶어 하던 일을 멈추고 종이를 펼쳤다. 그건 슬로베니아로 가는 이메일 티켓이었다. 절대 장애인은 안 된다고 하던 엄마가 마음을 바꾼 건 고무적이고도 감사한 일이지만, 지금 이 순간 연하에게 가라는 건 이해할 수 없었다. 나는 종이를 접어 아무 곳에나 대충 던져버리고 싸놓은 짐을 챙겨 들었다.

"연하 온 거 이모들이 말했구나. 됐어. 끝났어. 가자, 엄마 집에."

"짐 챙겨. 내일 아침 비행기야."

"미쳤어, 진짜! 뭐하는 거야, 지금! 내가 다른 때 같으면 엄마가 가지 말래도 가. 그런데 지금은 아냐. 일어나. 집에 가자."

속상한 마음에 눈시울이 뜨거워진다.

"완아, 엄마 괜찮아."

"괜찮긴 뭐가 괜찮아! 그저께 자면서도 식은땀 흘렸잖아. 됐어. 안 가."

"의사가 성한 사람도 감기 걸리는데 환자가 그럴 수 있다잖아! 내가 병이 아니라, 네가 나 때문에 애타하는 통에 지레 죽겠어, 아주!"

"말이라도 죽겠단 말 하지 말랬지."

"내 병구완 일 년이 될지 오 년, 십 년이 될지 몰라!"

"엄마가 나 삼사십 년 키웠잖아. 괜찮아, 그깟 십 년쯤."

"네가 네 인생 안 살고 나만 보고 있으니까 내가 딸년 등 골 파먹는 진짜 등신 같잖아! 암 걸린 것도 성질나는데 등신 은 그렇잖아! 엄마가 너한테 집착이 많아서 아주 가란 소린 못 해. 이번엔 일주일만 가. 그러다 엄마 몸이 더 나아지면 그다음엔 한 달. 그러다 결혼해 아주 가고."

나는 다가가 엄마를 꼭 끌어안았다. 늘 그렇듯이 이번에 도 엄마의 사랑이 더 컸다. 난 이기적인 내 마음과 싸우며 이제 겨우 엄마에 대한 의리를 지키려고 하는데, 그마저도 엄마에게 들키고 말았다.

"엄마 맘 알겠어. 근데 나는 엄마⋯."

엄마가 포옹을 풀고 내 얼굴을 쓰다듬는다. 입은 웃고 있 지만 애틋함이 담긴 눈엔 물기가 차 있다.

"연하가 잠자리에선 잘 하냐? 많이 안아줘?"

나는 그저 웃고 만다.

"엄마 있잖아⋯ 그럼 이번에 말고 다음에⋯."

"다녀와선 마사지 배워둬. 두 팔로 휠체어 모는 게 전신 이 다 아픈 일이야. 네가 마사지 배워서 해줘."

그날 밤 내내, 엄마와 나는 눈물겨운 실랑이를 이어갔다. 그리고 결국 내가 졌다. 그건 처음부터 내가 이길 수 있는

싸움이 아니었다. 내가 아무리 나보다 엄마를 더 생각하려 해도, 엄마가 날 생각하는 마음을 이길 순 없었다. 언제나 그랬던 것처럼.

다음 날 나는 여행 가방을 들고 쫓기듯 집을 나섰다. 걸음이 무거웠다. 차마 발이 떨어지지 않아 뒤돌아 오피스텔을 올려다본다. 엄마가 창밖으로 고개를 내밀고 있었다.

"왜 안 가?"

"엄마, 나 나중에 가면 안 될까?"

"나 죽으면 어떻게 살래, 너! 야, 한 달 두 달 일 년도 아니고, 고작 일주일인데…."

"수술한 지 한 달도 안 된 사람을 두고, 단 며칠이래도 내가 발길이 떨어져? 그럼 다음 달에…."

"다음 달엔 항암 안 하니? 오늘 밤에 할머니 온대. 영원 이모 충남 이모도 올 거고. 아, 가! 나이가 몇인데 맨날 엄마 엄마야. 네가 그러니까 내가 미덥지가 않잖아!"

무거운 마음으로 발걸음을 옮겼다.

"완아! 웃으며 가. 화난 애처럼 그러지 말고."

엄마가 다시 소리친다. 나도 뒤돌아 응수해준다.

"밥 잘 먹고, 약 잘 먹고…."

"똥 잘 싸고, 잠 잘 자고 있을게."

엄마가 밝게 웃는다.

"가서, 연하한테 많이 만져달라 그래!"

"엄마나 기타맨 만나!"

속상해서 나도 소리쳤다.

"그러잖아도 오늘 아침에 문자 왔다. 나 보고 싶다고!"

엄마가 따뜻하게 웃고 집 안으로 사라졌다.

결국 아픈 엄마를 혼자 두고 나는 기어이, 내 살 길을 찾아 나섰다. 그리고 인생이란 게 참 잔인하단 생각이 들었다. 젊은 날엔 그렇게 모든 걸 하나라도 더 가지라고, 놓치지 말라고, 악착같이 살라고, 내 어머니의 등을 떠밀더니, 이제 나이가 들어 늙어서는 자신이 부여잡은 모든 걸, 그게 목숨보다 귀한 자식이라고 해도 결국 다 놓고 가라고, 미련도 기대도 다 놓고 훌훌 가라고 등을 떠밀고 있으니⋯ 인생은 그들에게 얼마나 잔인한가. 게다가 인생은 언제 끝날지 그 끝도 알려주지 않지 않는가. 올 때도 갈 때도 정확히 알려주지 않는 인생에게, 어른들을 대신해 묻고 싶었다. 인생아, 너 대체 우리보고 어쩌라고 그러느냐고.

# 자유롭게 길 위를
# 달리다

요양원에 들어간 뒤 열흘이 넘도록 희자는 누구도 만나려하지 않았다. 그녀 스스로 결정한 일이었지만 어딘지 모르게 심통 난 사람 같았다. 처음 요양원에 왔던 날 친구 해야지 했던 할머니도 귀찮아 피해 다녔다. 이곳 생활에 정을 붙이려 해도 잘 되지 않는 것이다. 그녀는 만나지 않겠다고 밀어낸 친구들이 보고 싶고 가족도 그리웠다. 정원에 나와 애써 영어 단어를 외우던 희자는 한 환자가 보호자의 차를 타고 요양원을 빠져나가는 걸 보았다. 그게 너무 부러워 차가 시야에서 사라질 때까지 눈을 떼질 못했다.

그날 밤, 희자는 새벽 세 시가 되도록 잠들지 못했다. 망설이고 망설이던 희자가 결국 정아에게 전화를 걸었다. 몇 번 벨이 울리기도 전에 정아가 반갑게 전화를 받는다.

"기지배, 나 가면 만나주지도 않더니… 왜 안 자고 전화야?"

"정아야, 우리 전에… 차 탔지?"

정아는 문득, 희자를 태우고 도로를 달리며 즐거워하던 때가 떠올랐다. 그리움에 눈가가 촉촉해진다.

"그랬지. 좋았지… 그때."

"우리… 또 차 타자. 정아야, 나 데리러 와, 차 갖고. 어?"

정아는 울컥 울음이 터질 것 같다. 이 새벽에 얼마나 외로웠으면 이럴까 싶다.

"정아야, 네가 그랬잖아. 넌 죽더라도 길 위에서 죽는다고. 나도 그럴래. 이 감옥 같은 좁은 방 말고."

희자가 그렇게 말하며 울먹이자 정아도 제가 누워 있는 방을 둘러보았다. 길에서 자유롭게 죽겠다고 큰소리쳤는데 결국 그녀가 도망쳐 온 곳은 작고 초라한 방 한 칸이었다.

"희자야, 너… 거기 꼭 있어. 내가 갈게. 그러니까 거기 꼭 있어."

정아는 전화를 끊고 일어나 희자가 사준 트렌치코트를 입었다. 택시를 잡아타고 석균 집으로 달려간 정아는 차 키부터 찾았다. 자다 깬 석균이 자기도 따라가겠다며 옷을 입고 나왔지만 그땐 이미 정아가 차를 몰고 출발한 뒤였다.

희자는 일인실 한쪽에 쌓인 자신의 짐을 차곡차곡 가방에 정리해 넣었다. 가방을 끌고 요양원 마당으로 나오니 보호사가 따라 나오며 안절부절못했다.

"할머니, 아드님이 전화를 안 받으시네요. 자나 봐요. 날더 밝으면 아드님한테 전화해보고, 그다음에….."

"알았어요, 알았어. 내가 다 알아서 해."

그때, '빵!' 하는 경적 소리가 울리더니 정아가 운전석에서 뛰쳐나왔다. 희자가 달려가 정아를 와락 끌어안고는 서로 등을 쓸어주며 활짝 웃었다. 탈출을 감행하는 도망자들처럼 두 사람은 재빨리 가방을 차 안에 던져 넣고 출발했다.

차가 요양원을 벗어나 도로를 달리기 시작하자 희자가 창을 내리고 속이 뻥 뚫리도록 소리를 질렀다.

"야! 나 조희자야! 내 친구는 문정아다! 우리는 간다!"

두 친구는 맞잡은 손을 하늘 높이 뻗어 흔들며 콧노래를 흥얼거렸다. 한 번도 맛보지 못한 해방감에 전율이 일었다. 정아는 영화 〈델마와 루이스〉의 한 장면을 떠올렸다. 차 한 대로 세상 끝까지 달려가던 그녀들처럼 이대로 달리다 죽어도 좋을 것 같았다.

하지만 세상 끝은커녕 겨우 국도변에 접어들었을 뿐인데 차가 멈춰 서고 말았다.

"왜, 왜 그래?"

"이런… 기름이 없네."

"그럼 우리 더 못 가?"

희자가 실망한 듯 울상이 되었다.

"가야지."

이 정도 일로 포기할 수는 없었다.

"어떻게 가?"

"생각해봐야지."

한동안 차 옆에 쭈그리고 앉아 있던 정아가 충남에게 전화했다.

"돈? 나야 돈은 많지. 언니도 알겠지만."

정아는 희자를 요양원에 데려다놓고 준비를 철저히 한 뒤 다시 데리러 와야 하나 고민스럽다고 했다.

"안 되지, 언니. 희자 언닐 거기 다시 두고 오면. 잠깐만. 잠깐만 생각 좀 해보고⋯."

충남이 고개를 들어 제집을 한번 둘러보았다. 거실 구석에 쌓인 그림들과 설거지거리, 너저분한 방 안이 눈에 들어왔다. 순간 그녀도 이 모든 걸 다 버리고 탈출하고 싶다는 충동이 일었다.

"내가 왜 못 가. 차야 택시도 있고 얻어 타도 되고. 내가 걸릴 게 뭐가 있어서 못 가? 거기 딱 있어. 돈 왕창 가지고 갈게!"

충남은 전화를 끊자마자 서둘러 옷을 갈아입었다. 그때, 조카 주영이 문을 열고 들어왔다.

"고모, 오늘 커피 들어오는 날인데 몇 킬로나 받아야⋯.

뭐해 고모?"

"장사 너희들이 알아서 해."

충남은 건성으로 답하며 영원에게 전화를 걸었다.

"영원아, 우리 언니들하고 여행 가자."

"고모! 여행은 무슨! 장사는 어쩌고?"

"그놈의 장사, 장사! 내가 장사해서 뭐해! 그 돈 벌어 너희들 다 줄 거. 됐다 그래! 영원이 너 여행 갈 거야, 말 거야?"

그렇게 충남은 영원에게, 영원은 난희에게 전화하는 것으로 소식이 번져 결국엔 동문회 친구들 모두 희자와 정아가 있는 곳으로 출발했다. 난생처음 번개 여행을 단행한 것이다.

하지만 하늘은 그들을 도와주지 않았다. 희자와 정아를 만나 차에 기름을 넣고 출발하자마자 천둥 번개가 치더니, 몇 분 만에 비가 쏟아지기 시작했다. 비가 와도 가리라 하고 달려봤지만, 거센 비를 뚫고 가기엔 늙은 몸이 힘에 부쳤다. 결국 얼마 못 가 당장 묵을 방을 찾아야 했다.

근처에 묵을 곳이라곤 다 허물어져가는 낡은 여관이 전부였다. 건물 벽의 페인트는 색이 바래 벗겨지고 방으로 들어가자 해묵은 곰팡내가 꿉꿉하게 달라붙었다. 그나마 넓은 방이 있는 여관이라 위안을 삼았다.

충남이 누렇게 뜬 벽지를 둘러보며 짜증스럽게 구시렁댄

다.

"기껏 여행이라고 와서 거지가 따로 없네. 내가 돈을 얼마나 싸들고 왔는데, 이게 이게 뭐야."

"좋은 데 찾다 비에 떠내려가. 됐어 이 정도면."

정아가 뿔난 충남을 다독이자 희자가 묻는다.

"우리 내일은 어디로 가?"

"어디로 갈까, 언니?"

영원과 충남이 다가앉으며 들뜬 목소리로 묻자 지도를 보고 있던 석균이 초를 친다.

"어디로 가긴 어디로 가! 비가 사흘이나 온다는데 집에 가야지."

"오빠나 가."

충남과 난희, 영원이 동시에 외친다. 희자까지 석균을 흘겨보자 정아가 편을 들고 나선다.

"왜 그래, 내 남편한테…."

"근데 둘은 뭐야? 합치려면 합치지, 따로 살며 여보 당신은 뭐야?"

영원이 핀잔을 주자 정아가 깔깔 웃는다.

"따로 살며 연애하는 거 같고 좋은데 뭐. 그치, 석균 씨!"

그 말에 모두 까르르 웃음을 터트렸지만 석균만은 끝내 진지한 표정이었다.

"지금 웃을 때가 아냐 이게. 내 차는 비가 와서 움직이지

도 못하고… 우리 다 성재 차를 탈 수도 없고. 이러다 늙은
이들 다 길에서 죽어. 충남이 너는 병 없어서 이리 다니는
게 쉽지만, 객사하면 어쩔 거야?"

"내가 왜 병이 없어? 여기 있는 사람 중에 나만큼 큰 병
있는 사람이 어딨다고."

"언니가 뭔 병이 있어?"

영원이 놀라 충남에게 물었다.

"이즘 인류 최대의 질병, 무병장수!"

충남의 재치 있는 대꾸에 다시 여기저기서 웃음이 터져
나왔다. 성재가 석균에게 물었다.

"객사가 무서워요?"

"당연히 무섭지. 객사하면 천당이나 극락 못 가."

"누가 그래?"

모두가 어이없다는 듯 석균에게 눈총을 준다. 충남이 이
참에 정리를 하자 싶어 나섰다.

"좋아. 그럼 결정하자. 죽는 덴 여러 가지 방법이 있어.
첫 번째 병사, 두 번째 자연사. 거기에 자살은 빼고 독거사,
자연사… 뭐 그 정도 있네. 오빠 뭐할래?"

"당연히 자연사지."

"그렇게 치면 독거사도 자연사지. 독거사가 좋아?"

"내가 왜 독거사를 하냐? 난 순영이 옆에서…."

"미안한테, 나는 당신보다 먼저 죽을 거야. 나중에 혼자

와."

정아가 그의 말을 끊었다. 석균은 내심 서운한 얼굴로 곰 곰이 생각하다 다시 입을 열었다.

"그, 그럼 애들이 보는 앞에서⋯."

"애들은 바쁘지. 일해야지. 살날이 창창한데."

"오빠가 언제 죽나 그것만 들여다보고 있나?"

저마다 한마디씩 거들었다.

"결론 났네, 그럼. 우린 멋지게 객사하자."

충남이 그렇게 정리를 하자 난희와 영원이 토를 달았다.

"객사는⋯ 무섭게."

"좋게 말해. 객사라 그러지 말고."

"길 위에서라고."

영원과 난희가 서로를 보며 한목소리로 말했다. 두 사람 이 낄낄 웃자 정아와 희자도 눈을 마주치고 미소 지었다.

늙어 길 위에서 죽는 것, 이보다 멋진 일은 없을 것 같았 다. 누추한 여관방에 모인 친구들은 추적추적 쏟아지는 비 를 느긋한 눈으로 바라보며, 각자 어떤 길 위에서 마지막 순 간을 맞이할지 머릿속으로 그리고 있었다.

나는 늙은 친구들이 또다시 길을 떠난다고 했을 때, 그 말
이 농담이거나 그저 이룰 수 없는 꿈을 말하는 것이겠거니
생각했다. 그런데 그건 내 착각이었다. 그날 이후로 그들은
정말 번번이 길을 나서고 있었다.

그들은 대형 캠핑카를 장만해 틈만 나면 여행을 떠났다.
강으로, 계곡으로, 끝이 보이지 않는 들판으로, 파도를 실어
나르는 시퍼런 바다로⋯ 내 늙은 친구들은 여전히 여행 중
이다. 그들 앞에 펼쳐진 여행길이 제아무리 험난해도 그들
은 결코 멈출 줄 몰랐다. 어차피 살아온 삶도 힘들었던 그들
에게, 길 위의 고단함은 아무것도 아니란 듯이.

엄마는 꾸준히 항암 치료를 받으며 일우 아저씨와 연애
중이다. 요즘도 나는 엄마에게 아저씨와 잤냐고 장난처럼
묻곤 한다. 그럴 때마다 엄마는 '미친년!'이라며 욕을 하지

만 전에 없이 얼굴이 붉어지는 걸 보면 아무래도 수상쩍다.

희자 이모는 여행 때 말고는 여전히 요양원에서 지낸다. 달라진 점이 있다면 퍼즐을 맞추는 노인들 훈수도 두면서 요양원 생활에 편하게 적응하고 있다는 것이다. 하루가 멀다 하고 찾아가는 성재 아저씨가 이모 옆에 껌처럼 붙어 있는 건 두말하면 잔소리다.

정아 이모는 석균 아저씨 집으로 다시 들어갔다. 그리고 평생소원이었던 맘 편한 친구 하나를 얻었다. 바로 석균 아저씨다. 아저씨는 눈물겨운 노력으로 스스로를 변화시키는 중이고 이모가 만족스러워할 정도로 성공했다. 그런 아저씨를 이제 나는 더 이상 꼰대라고 부르지 않는다.

영원 이모는 여전히 배우로 활동한다. 그리고 가을에 대철 아저씨를 만나러 시애틀로 날아갈 날을 손꼽아 기다리고 있다. 대철 아저씨는 이미 삼십 년 전에 이혼을 했단다. 췌장암 말기라 수술도 어려운 지경이었는데 이모를 보고 용기가 생겨 수술을 결심했단다. 사랑의 힘이란 그런 것이다. 살고 싶게 만드는 힘, 죽음과도 맞설 용기를 주는 힘 말이다.

충남 이모는 검정고시에 합격한 뒤 기어코 대학에 들어가겠다고 열공 중이다. 영문과 대신 불문과에 들어가 노친네들을 이끌고 파리 여행을 성사시키겠다는 게 이모의 꿈이다. 그 꿈이 이루어지기를 나는 누구보다 응원하고 있다.

나는 슬로베니아와 한국을 오가며 이중생활을 하고 있다.

엄마의 뜻대로 점점 슬로베니아에 머무는 시간이 길어지고 있지만 말이다. 요사이 연하는 목발을 짚고 몇 발짝 걷는 데 성공했다. 나를 위해, 아니 그 자신을 위해 노력하는 모습이 언제나 자랑스럽다.


어느 여름, 내 늙은 친구들의 여행길에 동행한 적이 있다. 길 위에서 자고, 길 위에서 눈을 떠 다 같이 양치질을 하면서도 그들은 누구 하나 불편하다 말하지 않았다. 다만 자주 내리는 비가 할머니의 불만이긴 했다.

"맨날 여행을 오기만 하면 비가 오고. 이제 갰네. 염병 지랄…."

"그럼 어머닌 다음엔 빠지셔."

석균 아저씨가 한마디 하자 할머니가 대번에 구수한 욕을 날린다.

"너나 빠져, 이 미친놈아."

그 투덕거림이 귀여워 내가 할머니를 꼭 안았다.

"할머니, 나 곧 책 나온다. 제목은 친애하는 나의 늙은 친구들."

"책 다 쓴 게 뭐 대단한 일이야. 애나 배."

"근데 할머니… 인생을 한마디로 딱 정의하면 뭐라고 할 수 있을까?"

"별거 없지 뭐."

할머니의 답은 너무나 명쾌했다.

"그럼 인생이 너무 슬프지 않나?"

"별게 없는데 슬플 건 또 뭐 있어? 별거 없는 인생 이만하면 괜찮다 그리 생각해야지."

구십 평생 살아온 인생이 별거 없다는 할머니 말씀, 어쩌면 그게 정답이리라. 별거 없는 인생에 남겨진 거라곤, 고작 이기적인 우리 자식들이 전부. 하지만 그렇게 자식들이 보기 안쓰럽고 마음 아픈 그들도, 저마다 즐겁고 행복하게 마지막 생을 즐긴다. 나는 나의 늙은 친구들 덕분에, 잔인하기만 한 줄 알았던 인생에서 희망을 찾았다.

나는 얼마나 어리석은가. 왜 나는 지금껏 그들이 끝없이 죽음을 향해 걸음을 내딛는다고 생각했을까. 그들은 다만 지난날 자신들의 삶을 열심히 살아온 것처럼, 지금 이 순간을 너무도 치열하고 당당하게 살아내고 있는데…. 어차피 처음에 왔던 그곳으로 돌아갈 수밖에 없는 거라면 그 길도 초라하지 않게 가기 위해 오늘도 이토록 치열하게 살아가고 있는데….

다만 소원이 있다면, 지금 이 순간이 조금 더 오래가길, 아무런 미련이 남지 않게 조금 더 오래가길 기원할 뿐이다.

친애하는 나의 늙은 친구들이여!

'Bravo your life!'